Scherz Krimi

Spannung mit Niveau

Die 007-James-Bond-Romane

Casino Royale
Countdown für die Ewigkeit
Du lebst nur zweimal
Leben und sterben lassen
Diamantenfieber
Der goldene Colt
Goldfinger
Der Hauch des Todes
Im Angesicht des Todes
Im Dienst Ihrer Majestät
James Bond jagt Dr. No
Liebesgrüße aus Athen
Liebesgrüße aus Moskau
Mondblitz
Sag niemals nie
Der Spion, der mich liebte

Ian Fleming

007 James Bond

Mondblitz

Scherz
Bern – München – Wien

Einzig berechtigte Übertragung aus dem Englischen
von M. F. Arnemann
Titel des Originals: »Moonraker«
Schutzumschlag von Heinz Looser
Foto: Thomas Cugini

7. Auflage 1993, ISBN 3-502-51205-1

Gesamtherstellung: Ebner Ulm

1

Die beiden 38er bellten gleichzeitig auf. Die Wände des Kellerraums warfen das Echo der Schüsse ein paarmal hin und her, bevor wieder Stille eintrat.
James Bond sah dem Rauch nach, der von beiden Enden des Raums in Richtung auf den Ventilator abzog. In seiner rechten Hand spürte er noch sein blitzschnelles Ziehen und Feuern, und das gab ihm Zuversicht. Er öffnete das Magazin seines Detective Spezial Colts und wartete, während der Trainer durch das Halbdunkel des Stollens auf ihn zukam.
Bond sah den Trainer grinsen und rief ihm entgegen:
»Ausgeschlossen! Diesmal hatte ich Sie!«
Der Schießlehrer schüttelte lächelnd den Kopf.
»Ich bin im Krankenhaus, Sir – aber Sie sind tot.«
In einer Hand hielt er die Zielscheibe in Form eines menschlichen Oberkörpers, in der anderen einen Polaroid-Film in Postkartengröße. Er reichte Bond den Film, und beide traten an einen Tisch, auf dem unter einer grünbeschirmten Schreibtischlampe ein Vergrößerungsglas lag.
Bond nahm die Lupe und beugte sich über das Foto. Es war eine Blitzlichtaufnahme von ihm. Um seine rechte Hand lag der Lichthof des Mündungsfeuers seines Colts, und auf der linken Seite seines dunklen Jacketts, genau im Herzen, saß ein winziger Lichtpunkt.
Schweigend schob der Schießlehrer die große weiße Zielscheibe unter die Lampe. Ihr Herz bezeichnete ein schwarzer Kreis, ungefähr acht Zentimeter im Durchmesser. Knapp darunter und zwei Zentimeter rechts davon war der Einschuß von Bonds Kugel.
»Durch die linke Magenwand und Ausschuß durch den Rük-

ken«, sagte der Schießlehrer befriedigt. Er nahm einen Bleistift und kritzelte eine Zahl an den Rand der Scheibe. »Zwanzig Schuß, und Sie schulden mir sieben Shilling sechs, Sir.«
Bond lachte und zählte ihm das Geld auf den Tisch. »Nächsten Montag verdoppeln wir den Einsatz.«
»Meinetwegen.« Der Schießlehrer zuckte die Achseln. »Aber wenn Sie für den Dewar-Pokal antreten wollen, sollten wir eine Zeitlang die 38er beiseite lassen und auf die Remington trainieren. Diese neue 22er Patrone, die jetzt herausgekommen ist, könnte mindestens 7900 von 8000 möglichen Gewinnpunkten bringen. Die meisten Schüsse müssen in der Zwölf sitzen, und die ist nicht größer als ein Shilling, wenn Sie sie vor der Nase haben. Auf hundert Meter Entfernung ist sie praktisch gar nicht vorhanden.«
»Ach was, ich pfeife auf den Dewar-Pokal«, sagte Bond. »Ich bin nur auf Ihr Geld aus.« Er schüttete die restliche Munition in seine hohle Hand und legte die Patronen zusammen mit dem Colt auf den Tisch. »Bis Montag. Gleiche Zeit?«
»Gut, Sir, Montag um zehn«, nickte der Schießlehrer und öffnete ihm die Eisentür. Er lächelte hinter Bond her, als dieser die Treppe zum Erdgeschoß hinaufstieg. Er war mit Bonds Ergebnissen sehr zufrieden, aber er hütete sich, ihm zu sagen, daß er der beste Schütze des Secret Service war. Das erfuhren nur M und sein Personalchef, der auch das Resultat der heutigen Trainingsstunde in Bonds Personalakte eintragen würde.
Bond trat durch die grüne gepolsterte Tür am oberen Ende der Kellertreppe und ging auf den Lift zu. Sein Büro befand sich im achten Stock dieses großen grauen Gebäudes in der Nähe des Regent's Park, das das Hauptquartier des Secret Service ist. Er war ganz zufrieden mit seiner heutigen Leistung, wenn auch nicht gerade stolz darauf. Während er auf den Lift wartete, überlegte er, wie er seine Treffsicherheit noch erhöhen, seine Reaktion noch beschleunigen könnte. Es kam darauf an, den Bruchteil einer Sekunde schneller zu reagieren, um die Maschine zu überlisten — diesen komplizierten Apparat, der die Zielscheibe für genau drei Sekunden freigab, mit einer 38er Platzpatrone auf ihn feuerte, einen dünnen Lichtstrahl auf ihn abschoß und ihn gleichzeitig fotografierte, während er in einem Kreidekreis auf dem Fußboden stand und auf die Scheibe schoß.

Die Lifttür öffnete sich knarrend, und Bond stieg ein. Der Liftführer zog den Geruch des Schießpulvers ein – so rochen sie immer, wenn sie von da unten kamen. Er mochte den Geruch; er erinnerte ihn an seine Militärzeit. Mit der rechten Hand drückte er auf den Knopf zum achten Stock, während er seinen linken Armstumpf gegen den Fahrhebel stemmte.
Wenn nur das Licht besser wäre, dachte Bond. Aber M bestand darauf, daß das Training unter ungünstigen Bedingungen stattfand. Trübes Licht und ein Ziel, das zurückschoß – das kam der Wirklichkeit jedenfalls näher als ein stures Scheibenschießen. »Eine Pappscheibe zu durchlöchern, ist keine Kunst«, war seine Devise.
Der Lift hielt, und Bond stieg aus. Mädchen mit Akten huschten über den düsteren grünen Korridor, Türen öffneten und schlossen sich, irgendwo läuteten Telefone. Bond schob die Gedanken an seine Schießübung beiseite und bereitete sich auf die Routinearbeit eines normalen Montags vor.
Er ging bis zur letzten Tür an der rechten Seite des Korridors. Sie trug weder Namen noch Nummer – ebensowenig wie die anderen Zimmer auf diesem Gang. Wer hier etwas zu tun hatte, ohne selbst ein Büro in diesem Stock zu haben, wurde von irgend jemandem zu dem betreffenden Zimmer begleitet und nachher wieder zum Lift gebracht.
Bond klopfte und wartete. Er sah auf seine Uhr. Gleich elf. Montag war immer die Hölle los. Da war alles aufzuarbeiten, was sich in zwei Tagen angehäuft hatte. Und gerade an den Wochenenden war meist allerhand passiert. Einbrüche in leerstehende Wohnungen. Kompromittierende Fotos. Mord, als Autounfälle getarnt – im Trubel des Wochenendverkehrs besonders schwer zu erkennen. Auch die wöchentliche Post aus Istanbul, Washington und Tokio war eingetroffen und sortiert worden – vielleicht enthielt sie etwas Wichtiges für ihn.
Die Tür ging auf, und wie jeden Morgen freute er sich darüber, daß er eine schöne Sekretärin hatte.
»Morgen, Lil«, begrüßte er sie.
Ihr wohlberechnetes Begrüßungslächeln wurde um ein paar Grad kühler.
»Geben Sie Ihren Mantel her«, sagte sie. »Er riecht nach Schießpulver. Und nennen Sie mich nicht Lil. Sie wissen, ich mag das nicht.«

Bond zog den Mantel aus und reichte ihn ihr. »Wer auf den Namen Loelia Ponsonby getauft ist, muß sich an Kosenamen gewöhnen.«
Er stand neben ihrem Schreibtisch in dem kleinen Vorzimmer, das durch einige frauliche Kleinigkeiten weniger nüchtern wirkte als die meisten Büros. Er sah ihr zu, wie sie seinen Mantel an den Eisenrahmen des offenen Fensters hängte.
Sie war groß, schlank, dunkel und von einer herben Schönheit, der der Krieg und die anschließenden Jahre im Secret Service einen Anstrich von Strenge verliehen hatten. Wie so oft bei ihrem Anblick, dachte Bond: Wenn sie nicht bald heiratet oder sich einen Liebhaber anschafft, schlägt ihre kühle Strenge ins Altjüngferliche um; dann wird sie zu den zahllosen Frauen gehören, die eine Karriere geheiratet haben.
Bond hatte ihr diese seine Ansicht schon häufig auseinandergesetzt. Und er und die beiden anderen Mitglieder der 00-Abteilung hatten bei verschiedenen Gelegenheiten massive Angriffe auf ihre Tugend unternommen. Sie hatte sie alle mit der gleichen kühlen Mütterlichkeit abgefertigt, die die Männer, um ihr Selbstbewußtsein zu retten, als Gefühlskälte abtaten; am nächsten Tag behandelte sie sie dann besonders freundlich und aufmerksam, um ihnen zu zeigen, daß die Schuld bei ihr lag und daß sie ihnen verzieh.
Sie ahnten nicht, daß sie sich jedesmal halbtot ängstigte, wenn einer von ihnen in Gefahr war, daß sie sie alle drei gleichermaßen liebte; daß sie aber fest entschlossen war, ihr Herz an keinen Mann zu hängen, dessen Leben ein ständiges Spiel mit dem Tod war. Im Grunde bedeutete der Dienst im Secret Service eine Art Leibeigenschaft. Als Frau ließ er einem kaum eine Möglichkeit für andere Beziehungen. Sie hatten nur die Wahl, den Dienst zu quittieren und in ein normales Leben hineinzuheiraten – oder sich für immer auf den Dienst am Vaterland festzulegen.
Loelia Ponsonby wußte genau, daß sie fast die Grenze für diese Entscheidung erreicht hatte, und ihr Verstand riet ihr, beizeiten auszusteigen. Aber die aufregende Welt des Service ließ sie nicht los.
Von ihren Kolleginnen in dem großen grauen Gebäude wurde sie allgemein beneidet. Sie zählte zu den wenigen Chefsekretärinnen, die Zugang zu den geheimsten Geheimakten hatten.

In zwanzig Jahren würde sie vielleicht irgendeine Auszeichnung erhalten und ihr Name würde in der Ehrenliste verdienter Staatsbeamter erwähnt werden.
Sie wandte sich vom Fenster ab. Sie trug zu einem schlichten dunklen Rock eine bonbonrosa und weiß gestreifte Bluse, die ihre Figur sehr vorteilhaft hervorhob.
Bond lächelte in ihre grauen Augen.
»Lil nenne ich Sie nur montags«, sagte er. »Die übrige Woche Miss Ponsonby. Aber niemals werden Sie mich dazu kriegen, Sie Loelia zu nennen. Das klingt ja direkt unanständig. Irgendwelche Nachrichten?«
»Nein. Aber ein Haufen Arbeit auf Ihrem Schreibtisch. Nichts Dringendes, bloß sehr viel. Ach ja, doch etwas Neues: 008 soll rausgekommen und jetzt in Berlin sein. Zur Erholung. Ist das nicht fabelhaft?«
Er warf ihr einen raschen Blick zu.
»Wann haben Sie das gehört?«
»Vor einer halben Stunde.«
Bond betrat das große Büro mit den drei Schreibtischen und schloß die Tür hinter sich. Nachdenklich stellte er sich ans Fenster und sah auf die Bäume von Regent's Park hinunter. Bill hatte es also doch geschafft. Peenemünde und zurück. Erholung in Berlin – das klang nicht gerade gut. Schien allerhand abgekriegt zu haben. Hoffentlich erfuhr Loelia bald mehr von den Mädchen. Die einzige undichte Stelle im Secret Service war der Aufenthaltsraum der Mädchen, wo die Sekretärinnen ihr Make-up auffrischten und ein bißchen Klatsch austauschten.
Bond setzte sich seufzend an seinen Schreibtisch und zog sich einen großen Stapel Aktendeckel heran, die alle den roten Stern, das Zeichen für »Streng vertraulich«, trugen. Was war mit 0011? Vor zwei Monaten war er in der »Schmutzigen Halben Meile« von Singapur untergetaucht, und seither hatte man nichts mehr von ihm gehört. Während er, Bond, 007, der älteste der drei Männer mit der Doppelnull, in seinem bequemen Schreibtischsessel saß, Büroarbeit erledigte und mit der Sekretärin flirtete.
Er zuckte die Achseln und öffnete entschlossen die erste Mappe. Sie enthielt eine genaue Karte von Südpolen und Nordostdeutschland. Eingezeichnet war eine gewundene rote

Linie, die Warschau und Berlin verband. Ein langes Memorandum lag bei, das den Titel trug: »Hauptstrecke, ein bewährter Fluchtweg von Ost nach West.«
Bond holte sein schwarzes Zigarettenetui aus Waffenstahl und sein schwarz oxydiertes Ronson Feuerzeug heraus und legte beides auf den Schreibtisch. Er zündete sich eine Zigarette an, eine Macedonian blend mit den drei goldenen Ringen um das Mundstück, die Morlands, Grosvenor Street, eigens für ihn herstellte. Dann machte er es sich in seinem gepolsterten Drehstuhl bequem und begann zu lesen.
Es war der Anfang eines ganz normalen Arbeitstags für Bond. Nur zwei- oder dreimal im Jahr wurde er mit Sonderaufträgen betraut, die seinen besonderen Fähigkeiten entsprachen. Der Rest des Jahres verlief für ihn genauso wie für irgendeinen gewöhnlichen Beamten im gehobenen Staatsdienst. Bürostunden von zehn bis sechs, die nicht allzu genau eingehalten zu werden brauchten; Lunch meist in der Kantine; die Abende in Gesellschaft einiger guter Freunde, beim Kartenspiel oder im Crockford; oder auch mit irgendeiner Frau, mit der ihn nicht mehr als eine flüchtige Liebschaft verband; die Wochenenden beim Golfspiel um hohe Einsätze in einem der exklusiven Klubs in der Umgebung von London.
Richtige Ferien machte er nie. Aber nach jedem Auftrag bekam er vierzehn Tage Urlaub — zusätzlich zu Kranken- oder Erholungsurlaub, der ohnehin meist erforderlich war. Er verdiente 1500 Pfund im Jahr, das Gehalt eines höheren Beamten des Staatsdienstes; darüber hinaus hatte er noch ein eigenes steuerfreies Einkommen von 1000 Pfund im Jahr. Wenn er im Einsatz war, konnte er soviel an Spesen ausgeben, wie er wollte. Und so konnte er den Rest des Jahres mit seinen rund 2000 Pfund netto ausgezeichnet leben.
Er hatte eine kleine, aber luxuriöse Wohnung in der Nähe von King's Road, eine ältliche Haushälterin (eine wahre Perle namens May) und ein Viereinhalbliter-Bentley-Coupé, einen rassigen Luxussportwagen, zwar gut fünfzehn Jahre alt, aber mit hochfrisiertem Motor, mit dem er ohne Schwierigkeiten 150 Kilometer die Stunde machen konnte.
Für alle diese Dinge gab er sein Geld aus. Und es war sein Ehrgeiz, so wenig wie möglich auf seinem Bankkonto zu haben, wenn er eines Tages über die Klinge springen sollte.

Denn er war fest überzeugt, daß er das fünfundvierzigste Lebensjahr nicht erreichen würde.
Er hatte noch acht Jahre bei der 00-Abteilung vor sich, bevor er einen ruhigen Schreibtisch-Job bekommen sollte. Das bedeutete: noch mindestens acht, vielleicht sechzehn, vielleicht auch vierundzwanzig knallharte Einsätze. Er sagte sich ganz nüchtern, daß die Chance, diese acht Jahre zu überleben, nicht allzu groß war.
Fünf Zigarettenstummel hatten sich in dem großen gläsernen Aschenbecher angesammelt, bis Bond sich die Einzelheiten der »Hauptstrecke« eingeprägt hatte. Er nahm einen roten Bleistift und überflog die Verteilerliste auf dem Aktendeckel. Sie begann mit M dann kam P.C. (für Personalchef), danach eine Anzahl von Buchstaben und Nummern und schließlich »00«. Dahinter setzte er einen Haken, unterzeichnete mit einer 7 und legte den Aktendeckel in den Korb für Ausgänge.
Es war zwölf Uhr. Bond nahm die nächste Mappe vom Stapel und öffnete sie. Sie war vom Radio-Nachrichtendienst der NATO, »Nur zur Information« bestimmt, und betitelt »Funkerhandschrift«.
Bond zog sich den Rest des Stapels heran und warf einen Blick auf jede Anfangsseite. Die Überschriften lauteten:
»Das Inspektoskop — ein Apparat zur Entdeckung von Schmuggelware.«
»Philopon — eine japanische Mord-Droge.«
»Mögliche Verstecke in Zügen. Nr. 2 — Deutschland.«
»Die Methoden von Smersh. Nr. 6 — Kidnapping.«
»Route fünf nach Peking.«
»Wladiwostok. Luftaufnahmen durch U. S. Thunderjet.«
Bond war nicht überrascht von der sonderbaren Mischung, die man ihm da zur Verarbeitung vorsetzte. Die 00-Abteilung des Secret Service hatte nichts mit den laufenden Angelegenheiten anderer Abteilungen zu tun, bekam aber grundsätzlich alle Informationen zugeleitet, die für sie von irgendwelchem Nutzen sein konnten. Diese drei Männer — die einzigen im Service, zu deren Dienstpflichten unter Umständen auch Mord gehörte — wurden über alles auf dem laufenden gehalten, womit sie vielleicht einmal in Berührung kommen könnten. Die Akten waren nicht dringend. Von Bond und seinen beiden Kollegen wurde keine unmittelbare Aktion erwartet. Jeder

von ihnen las diese Informationen, danach gingen die Akten ins Archiv, wo sie abgeheftet wurden.
Auf Bonds Schreibtisch befanden sich drei Telefone. Ein schwarzes für Anrufe von auswärts, ein grünes Haustelefon und ein rotes, das nur der Verbindung zu M und dem Personalchef diente. Es war das vertraute Summen des roten Telefons, das ihn in seiner Lektüre unterbrach.
Der Personalchef von M war am Apparat.
»Können Sie mal heraufkommen?« fragte die freundliche Stimme.
»M?«
»Ja.«
»Was Besonderes?«
»Er sagte nur, er möchte Sie gern sprechen.«
»Sofort«, sagte Bond und legte den Hörer auf.
Im Vorzimmer sagte er seiner Sekretärin, er müsse zu M und sie solle nicht auf ihn warten. Dann ging er über den langen Korridor zum Lift. Während er wartete, dachte er daran, wie oft das rote Telefon in sein Leben eingegriffen, wie oft es ihn von einem Augenblick zum anderen aus der beschaulichen Ruhe seines Büros gerissen und in eine Welt voller Gefahr und Abenteuer versetzt hatte.
Er zuckte die Achseln. Natürlich, Montag!
Dann kam der Lift.
»Neunter«, sagte Bond und stieg ein.

2

Das neunte Stockwerk war das oberste des Gebäudes. Es war zum größten Teil den Sende- und Empfangsanlagen der Nachrichtenübermittlung vorbehalten. Hier arbeitete ein ausgesuchtes Team von Radiofachleuten, deren absolute Zuverlässigkeit feststand und die ganz in ihrer Welt der Mikrowellen, Sonnenflecken und Frequenzen aufgingen. Auf dem flachen Dach darüber befanden sich die drei dicken Masten eines der stärksten Sender von England. Zur Tarnung dieser Anlage diente eine Firmenbezeichnung auf dem großen Bronzeschild in der Eingangshalle des Gebäudes: »Radio Tests Ltd.« Das Schild nannte noch eine Anzahl weiterer Scheinfirmen wie

»Universal Export Co.«, »Delaney Bros. Ltd.« und »The Omnium Corporation«.
Im Erdgeschoß saß die alte Miss Twining in einem kleinen Büro mit dem Schild »Auskunft« an der Tür. Ihre Aufgabe war es, höflich aber bestimmt alle Leute abzuweisen, die sich zu einer dieser Scheinfirmen durchfragen wollten. Vor vierzig Jahren war sie einmal eine Loelia Ponsonby gewesen. Jetzt, nach ihrer Pensionierung, verbrachte sie ihre Tage damit, Laufzettel zu zerreißen, Steuern und Abgaben ihrer geisterhaften »Mieter« zu bezahlen und im übrigen jede unliebsame Störung von ihnen fernzuhalten.
Es war immer sehr still im neunten Stock. Bond stieg aus dem Lift, wandte sich nach links und ging über den teppichbelegten Korridor bis zu der grünen Polstertür, die zu M's Büroräumen führte. Das einzige Geräusch hier oben war ein ganz dünnes, hohes Summen, das man nur wahrnahm, wenn man bewußt darauf horchte.
Er öffnete die Tür ohne zu klopfen und betrat das Vorzimmer, in dem Miss Moneypenny, M's Privatsekretärin, saß. Sie sah von ihrer Schreibmaschine auf und lächelte ihm zu. Sie mochten einander gut leiden, und sie wußte, daß sie ihm gefiel. Sie trug genau die gleiche Modellbluse wie Loelia, nur mit blauen Streifen.
»Neue Uniform?« fragte er.
Sie lachte.
»Loelia und ich haben dieselbe kleine Schneiderin. Die Farben haben wir ausgeknobelt, und ich hab' Blau erwischt.«
Aus dem Nebenzimmer kam ein ungeduldiges Knurren. Der Personalchef stand in der Tür. Er war in Bonds Alter, ein freundlicher und immer überarbeiteter Mann.
»Reißen Sie sich los, Bond, M wartet«, grinste er. »Essen wir nachher zusammen?«
»Gern«, sagte Bond. Er ging durch die Tür neben Miss Moneypenny und schloß sie hinter sich. Über der Tür ging das grüne Licht an. Miss Moneypenny sah fragend zu dem Personalchef auf. Der schüttelte den Kopf.
»Ich glaube nicht, daß er einen Auftrag für ihn hat. Wollte ihn nur mal sprechen.«
Er ging in sein Zimmer zurück und setzte sich wieder an seine Arbeit.

Als Bond eintrat, saß M hinter seinem großen Schreibtisch und zündete sich gerade eine Pfeife an. Er machte eine einladende Geste mit dem brennenden Streichholz, und Bond kam näher und setzte sich in den Sessel ihm gegenüber.
Durch den aufsteigenden Rauch sah M ihn scharf an, dann warf er die Streichholzschachtel auf die mit rotem Leder bespannte Schreibtischplatte.
»Guten Urlaub gehabt?« knurrte er plötzlich.
»Ja, danke, Sir«, antwortete Bond.
»Man sieht's. Noch ganz braungebrannt.« Das klang abfällig, fast ärgerlich. Gewiß neidete M ihm den Urlaub nicht, der halb und halb ein Genesungsurlaub gewesen war. Aber ein Vorwurf war nicht zu überhören.
»Ja, Sir«, sagte Bond beiläufig. »Es ist sehr heiß in der Nähe vom Äquator.«
»Stimmt«, brummte M. »Wohlverdiente Erholung.« Und nach einer kleinen Pause fuhr er fort: »Hoffentlich hält die Bräune nicht zu lange vor. Sonnenverbrannte Leute in England sind immer verdächtig. Entweder sie haben nichts zu tun – oder sie machen's mit Höhensonne.«
Er ließ das Thema mit einer ungeduldigen Handbewegung fallen. Dann steckte er die Pfeife wieder zwischen die Zähne und zog zerstreut daran. Sie war ausgegangen. Er griff nach den Streichhölzern und zündete sie umständlich wieder an.
Eine Weile herrschte Schweigen. M starrte in seinen Pfeifenkopf. Durch die offenen Fenster drang das gedämpfte Brausen des Londoner Verkehrs. Bond versuchte in dem wettergegerbten, ihm so vertrauten Gesicht zu lesen. Aber die grauen Augen waren ruhig, und die Schläfenader, in der es in aufregenden Momenten sichtbar zu pochen begann, zeigte kein Zeichen von Leben.
Plötzlich merkte Bond, daß M verlegen war; daß er nicht recht wußte, wie er anfangen sollte. Bond wollte ihm helfen. Er wandte den Blick ab und tat, als beschäftige er sich mit einem rauhen Fingernagel.
Endlich räusperte sich M und fragte in beiläufigem Ton:
»Haben Sie eigentlich im Moment irgend etwas Besonderes zu tun, James?«
James – das war ungewöhnlich. Es kam sehr selten vor, daß M jemanden mit seinem Vornamen ansprach.

»Nein, Sir, nichts Besonderes — nur die übliche Routinearbeit«, antwortete Bond. »Kann ich irgendwas für Sie tun?«
»Offen gesagt, ja. Aber es hat eigentlich nicht direkt mit dem Service zu tun. Mehr eine persönliche Angelegenheit. Ich dachte, vielleicht könnten Sie mir helfen.«
»Selbstverständlich gern«, sagte Bond, erleichtert, daß das Eis gebrochen war. Vielleicht war einer der Verwandten des alten Herrn in irgendwelche Schwierigkeiten geraten, und M wollte Scotland Yard nicht einschalten. M war schrecklich korrekt. Einen Beamten um eine Gefälligkeit zu bitten, das kam ihm vor, als wollte er seine Stellung mißbrauchen und Regierungsgelder veruntreuen.
»Gut, gut«, brummte M, immer noch etwas befangen. »Wird Sie nicht viel Zeit kosten. Ein Abend dürfte genügen.« Er machte eine kleine Pause und fragte dann: »Ist Ihnen Sir Hugo Drax ein Begriff?«
»Selbstverständlich, Sir«, sagte Bond überrascht. »Man kann ja kaum eine Zeitung aufschlagen, ohne seinen Namen zu lesen. Der *Sunday Express* bringt gerade seine Lebensgeschichte. Eine sehr ungewöhnliche Geschichte.«
»Ich weiß«, sagte M. »Sagen Sie mir alles, was Sie über ihn wissen, damit ich Sie eventuell berichtigen kann.«
Bond blickte einen Augenblick aus dem Fenster, um sich zu konzentrieren. Er wußte, daß M präzise Angaben schätzte und jedes allgemeine Gerede verabscheute.
»Also«, begann Bond schließlich. »Vor allem ist Sir Hugo Drax eine Art Nationalheld und ungeheuer populär. Das Volk sieht in ihm einen von seiner Art und zugleich ein Idol. Eine Art Supermann — auf seine Weise. Sein Aussehen ist eher abstoßend, durch die häßlichen Narben, die er sich im Krieg geholt hat; außerdem ist er etwas ungehobelt und großspurig in seinem Auftreten. Aber die Leute mögen das. Es schmeichelt ihnen, daß er sich aus kleinen Verhältnissen hochgearbeitet hat. Und was er für sein Land tut, beeindruckt die Leute tief. Schließlich ist er im Begriff, aus seiner eigenen Tasche England ein Geschenk von ungeheurem Wert zu machen. Ein Wunder, daß er nicht schon längst Premierminister ist.«
Bond sah den kalten Glanz in den grauen Augen des anderen, aber er war entschlossen, seiner Begeisterung für Sir Hugo Drax freien Lauf zu lassen.

»Immerhin«, fuhr er fort, »will er unser Land auf seine Kosten auf Jahre hinaus gegen feindlichen Angriff absichern — was bisher noch keine Regierung fertiggebracht hat. Ich kann verstehen, daß das Volk ihn bewundert. Dazu kommt noch das Geheimnis um seine wirkliche Identität, das ihn mit einer gewissen melancholischen Romantik umgibt. Er scheint ein einsamer Mensch zu sein, trotz seiner Millionen.«

M lächelte sarkastisch.

»Sie treffen den Stil des *Sunday Express* recht gut«, bemerkte er mit leichtem Spott. »Ein ungewöhnlicher Mensch ist er wirklich. Aber was weiß man eigentlich von ihm? Offen gestanden, ich lese derlei Zeitungsgeschichten nicht sehr gründlich. Und unsere Akte über ihn ist etwas dürftig. Also — was berichtet der *Express* über ihn?«

Bond sah wieder aus dem Fenster, um seine Gedanken zu sammeln.

»Der Artikel befaßt sich vor allem mit den Ereignissen im letzten Kriegswinter und der Verwundung von Drax. Sie wissen ja, daß bei dem deutschen Durchbruch in den Ardennen die Organisation Werwolf eine große Rolle spielte. Als Partisanen und Saboteure machten die Werwölfe den alliierten Armeen damals viel zu schaffen. Einer der schwersten Schläge, die sie uns zufügten, war das Attentat auf das Verbindungs-Hauptquartier zwischen der amerikanischen und der britischen Armee. Es handelte sich dabei um einen Führungsstab, dem Offiziere verschiedener Nationen angehörten, amerikanische Nachrichteneinheiten, britische Sanitätsfahrer, kurz eine sehr gemischte Gruppe, die in ihrer Zusammensetzung ständig wechselte.

Die Werwölfe brachten es irgendwie fertig, das Kasino in die Luft zu sprengen, wobei auch der größte Teil des Lazaretts zerstört wurde. Über hundert Tote und Verletzte wurden aus den Trümmern geborgen. Eines der englischen Opfer war Drax. Ihm war das halbe Gesicht weggerissen worden. Außerdem hatte er dabei sein Gedächtnis verloren. Ein volles Jahr dauerte die totale Amnesie, und danach wußte er immer noch nicht, wer er war. Etwa fünfundzwanzig Leichen hatten nicht identifiziert werden können. Zum Teil, weil sie bis zur Unkenntlichkeit verstümmelt waren, zum Teil, weil es sich um Personen handelte, die sich nur vorübergehend im Lager auf-

gehalten hatten und daher weder von den Amerikanern noch von den Engländern erfaßt waren.
Es war also sehr schwierig, Drax' Identität festzustellen. Als er nach einem Jahr aus dem Lazarett entlassen wurde, legte man ihm die Vermißtenlisten vor. Als er auf den Namen Hugo Drax stieß, zeigte er die ersten Anzeichen einer Erinnerung. Drax hatte vor dem Krieg in den Docks von Liverpool gearbeitet und besaß keine Angehörigen. Foto und Personenbeschreibung paßten ungefähr auf den Patienten, soweit sich das nach seiner schweren Gesichtsverwundung beurteilen ließ. Von da an kehrte sein Erinnerungsvermögen langsam zurück. Er begann von kleinen Dingen zu sprechen, die ihm aus seinem früheren Leben einfielen. Man fand einen Mann, der in derselben Pioniereinheit gedient hatte wie Drax, und der erkannte seinen früheren Kameraden. Damit war der Fall abgeschlossen, da sich auch auf entsprechende Anzeigen kein anderer Hugo Drax meldete. Ende 1945 wurde er unter diesem Namen aus der Armee entlassen und erhielt eine Rente als Schwerkriegsbeschädigter.«
»Aber er sagt, er weiß immer noch nicht mit Sicherheit, wer er ist«, erklärte M. »Er ist Mitglied des Blades Club. Ich habe oft mit ihm Karten gespielt und mich nachher beim Dinner mit ihm unterhalten. Er sagt, er hat oft das sonderbare Gefühl, bestimmte Personen oder Orte von früher zu kennen. Er fährt manchmal nach Liverpool und versucht, in seiner Vergangenheit herumzustöbern. Was wissen Sie sonst noch?«
Bond überlegte.
»Nach dem Krieg scheint er für drei Jahre verschwunden zu sein. Dann begann er plötzlich von sich reden zu machen. Zuerst hörte man seinen Namen auf dem Metallmarkt. Er hatte große Mengen von dem kostbaren Erz Columbit aufgekauft, nach dem plötzlich große Nachfrage bestand. Es hat einen sehr hohen Schmelzpunkt und ist unerläßlich für die Herstellung von Düsenmotoren. Jährlich werden nur ein paar tausend Tonnen produziert, der größte Teil als Nebenprodukt in den Zinnminen Nigerias. Drax muß den steigenden Bedarf auf diesem Gebiet rechtzeitig vorhergeahnt haben und begann darauf zu spekulieren. Irgendwie verschaffte er sich etwa 10 000 Pfund, denn 1946 kaufte er, wie der *Express* berichtet, drei Tonnen zu je rund 3000 Pfund. Eine amerikani-

sche Flugzeugfirma, die das Zeug kurzfristig brauchte, bezahlte ihm dafür 15 000. Damit spekulierte er weiter. Er begann Terminkäufe zu tätigen, kaufte auf sechs Monate, neun Monate, ein Jahr im voraus. Innerhalb von drei Jahren schuf er sich eine Monopolstellung. Jeder, der Columbit brauchte, wandte sich an die Drax Metal Company. Das war die Hauptquelle seines Reichtums. Nebenbei spekulierte er auch auf anderen Gebieten, in Schellack, Sisal, schwarzem Pfeffer — alles immer in großem Stil. Was er verdiente, steckte er sofort wieder in neue Geschäfte. Und er hatte einen unglaublichen Riecher für aussichtsreiche Investitionen. Zum Beispiel war er einer der ersten, die auf den Gedanken kamen, aufgelassene Erzminen in Südafrika aufzukaufen; sie sind uranhaltig und heute wieder in Betrieb.«

M hörte aufmerksam zu und sog an seiner Pfeife, ohne den Blick von Bond zu wenden.

Bond fuhr fort: »Natürlich löste das alles an der Börse ein großes Rätselraten um seine Person aus. Immer wieder tauchte sein Name auf, überall hatte er seine Finger dazwischen. Er operierte von Tanger aus — Freihafen, keine Steuern, keine Devisenbeschränkungen. 1950 war er bereits Multimillionär. Und dann kam er nach England zurück und begann sein Geld auszugeben. Er warf es mit vollen Händen um sich. Frauen, Autos, Rennen, rauschende Feste, zwei Jachten. Er stiftete große Summen für Sportpreise oder für Wohltätigkeitsveranstaltungen, er gab dem Flutgeschädigten-Fonds 100 000 Pfund und veranstaltete einen Ball für Krankenschwestern in der Albert Hall. Keine Woche verging, ohne daß sein Name auf den Titelseiten der Zeitungen auftauchte. Und dabei wurde er immer reicher. Für das Volk war er wie eine Gestalt aus Tausendundeiner Nacht. Seine märchenhafte Karriere gab dem kleinen Mann Mut. Wenn ein schwerverwundeter Soldat aus Liverpool es in fünf Jahren so weit bringen konnte, warum nicht auch er?

Und dann kam der berühmte Brief an die Königin, in dem er seinem Land seinen gesamten Besitz Columbit zur Verfügung stellte. Der Brief schlug wie eine Bombe ein und machte sensationelle Schlagzeilen. Drax stiftete sein ganzes Columbit für den Bau einer Super-Atomrakete, deren Reichweite sich über die ganze Welt erstrecken sollte. Bei einem etwaigen Angriff

auf London könnte also augenblicklich jede beliebige Hauptstadt der Welt vernichtet werden. Er stiftete ferner zehn Millionen Pfund für den Bau dieser Rakete, für die er bereits die Pläne hatte, und war bereit, das Team für die Konstruktion zusammenzustellen.
Die Sache zog sich dann einige Monate hin, ohne daß etwas geschah, und die Bevölkerung begann bereits ungeduldig zu werden. Es gab eine Anfrage im Parlament und ein Mißtrauensvotum der Opposition. Aber schließlich kam die Erklärung des Premierministers, daß die Pläne durch Sachverständige geprüft worden waren und die Königin das Geschenk im Namen des Volkes angenommen und den Stifter geadelt hatte.«
Bond hatte sich in Begeisterung geredet; die Geschichte dieses ungewöhnlichen Mannes beeindruckte ihn ebenso wie jeden anderen.
»Ja«, sagte M. »Ich erinnere mich an die Schlagzeilen. Das ist jetzt ein Jahr her. Inzwischen ist die Rakete fast fertiggestellt. Mondblitz hat Drax sie getauft. Sie soll den Frieden sichern und England unangreifbar machen. Mag sein. Eine erstaunliche Geschichte jedenfalls. Und ein erstaunlicher Mann.« M klopfte mit der Pfeife gegen seine Zähne. »Nur eines macht mich etwas nachdenklich . . .«
»Was denn, Sir?« fragte Bond gespannt.
M legte die Pfeife weg und wandte sich ihm zu.
»Sir Hugo Drax betrügt beim Kartenspiel.«

3

»Sie wollen doch nicht sagen, Sir, daß Sir Hugo . . .«
Bond glaubte sich verhört zu haben.
»Falschspielt? Doch«, bekräftigte M. »Finden Sie es nicht phantastisch, daß ein Millionär beim Kartenspiel betrügt?«
Bond überlegte einen Augenblick. »Nicht ganz so phantastisch, wie es auf den ersten Blick aussieht«, meinte er dann. »Ich kenne reiche Leute, die sich selbst beim Patiencelegen betrügen. Aber es paßt nicht zu dem Bild, das ich mir von Sir Hugo Drax gemacht habe. Es ist einfach paradox!«
»Eben«, nickte M. »Warum tut er das? Man muß bedenken,

daß er sich mit so etwas das Genick brechen kann. In der sogenannten guten Gesellschaft ist Falschspiel das einzige Verbrechen, das nicht verziehen wird. Drax macht es so geschickt, daß er bisher nicht erwischt wurde. Und außer Basildon hat wohl auch niemand einen Verdacht gegen ihn gefaßt. Basildon ist der Vorsitzende des Blades Club. Er hat sich an mich gewandt, weil er weiß, daß ich irgend etwas mit dem Intelligence Service zu tun habe, und ich habe ihm gelegentlich kleine Ratschläge gegeben. Jetzt erzählte er mir von seinem Verdacht und bat mich um Rat. Er will natürlich keinen Skandal im Klub, und vor allem will er verhindern, daß Drax sich unmöglich macht. Er bewundert ihn ebenso wie wir alle und hat große Angst vor einem Zwischenfall, der natürlich sofort an die Öffentlichkeit dringen würde. Viele Parlamentarier sind Mitglieder des Klubs, es würde Gerede in politischen Kreisen geben, das die Klatschpresse aufgreifen und breittreten würde. Die Folgen wären gar nicht abzusehen. Ich habe also Basildon versprochen, ihm zu helfen. Sie sind der beste Kartenspieler im Service, James.« M lächelte spöttisch. »Jedenfalls müßten Sie das sein – nach Ihrer gründlichen Ausbildung auf diesem Gebiet. Schließlich haben wir Sie ohne Rücksicht auf die Kosten einen Kurs im Kartenzinken durchmachen lassen, bevor wir Sie nach Monte Carlo schickten, um diesen rumänischen Falschspieler fertigzumachen.«
Bond lachte, als er sich an diesen Job erinnerte.
»Steffi Esposito«, nickte er. »Das war ein Experte! Hat mich ein hartes Stück Arbeit gekostet. Eine Woche lang mußte ich zehn Stunden lang täglich einen Trick üben, den man Riffle Stack nennt. Hab' damals einen langen Bericht darüber geschrieben, der irgendwo in den Akten vergraben liegt. Der Kerl kannte jeden Trick. Wie man die Asse präpariert, damit der Kartenpack an dieser Stelle aufbricht. Wie man die hohen Karten an den Seiten oder Ecken anritzt. Wie man sie seitlich abschleift und winzige Erhebungen stehenläßt, an denen man die wichtigen Karten erkennen kann. Er benutzte sogenannte Armschnipper, die man im Ärmel verborgen trägt und die einem auf einen leichten Armdruck hin versteckte Karten zuführen. Oder winzige Spiegel in Ringen oder Pfeifenköpfen eingebaut. Und da war die Sache mit dem Croupier, der mit einer unsichtbaren Tinte arbeitete, die sein Partner durch ein

Spezialglas sehen konnte. Aber Steffi war wirklich ein Genie auf seinem Gebiet. Er konnte ein Paket Karten mischen und dann alle vier Asse abheben. Die reine Zauberei.«

»Nun ja, er war ein Profi«, bemerkte M. »Alle diese Tricks erfordern ein ungeheures Training, stundenlange tägliche Übungen und möglichst einen Komplicen. Aber in unserem Fall dürfte das kaum in Frage kommen. Nein, Sir Hugo Drax ist kein Taschenspieler. Und ich bin nicht einmal ganz sicher, ob er nicht nur einfach phantastisches Glück im Spiel hat. Es ist merkwürdig. Er ist eigentlich gar kein besonders guter Spieler — übrigens spielt er ausschließlich Bridge —, aber beim Reizen entwickelt er manchmal eine Hellsichtigkeit, die geradezu phänomenal ist. Er bietet ohne Rücksicht auf Wahrscheinlichkeitsrechnung und Regeln und kommt doch damit durch. Im Blades Club wird hoch gespielt, und er gewinnt immer große Summen. In dem einen Jahr seiner Mitgliedschaft hat er noch keinen Abend verloren. Unser Klub hat einige der besten Bridgespieler der Welt, aber keiner schneidet so gut ab wie er. Man beginnt schon darüber zu reden, wenn auch im Scherz. Aber Basildon hat das Gefühl, man sollte rechtzeitig eingreifen. Nach welchem System arbeitet Drax Ihrer Meinung nach?«

Bond hätte noch stundenlang über Falschspielertricks reden können. Aber er dachte an sein Mittagessen und daran, daß der Personalchef ihn sicher längst aufgegeben hatte.

»Wenn er kein Profi ist und die Karten nicht präpariert«, sagte er, »dann gibt es nur zwei Möglichkeiten. Entweder er arbeitet mit einem Komplicen zusammen, oder er verschafft sich Einblick in das Blatt. Spielt er oft mit demselben Partner?«

»Wir wechseln die Partner nach jedem Rubber«, erklärte M. »Außer bei Revanchespielen. Und an den Abenden, an denen Gäste mitgebracht werden, behält man seinen Gast als Partner. Drax bringt fast immer seinen Makler mit, einen gewissen Meyer. Ein Jude, netter Kerl und ein ausgezeichneter Spieler.«

»Ich müßte mal ein Spiel sehen«, meinte Bond.

»Genau das wollte ich vorschlagen. Wie wäre es mit heute abend? Man ißt ausgezeichnet im Blades Club. Wenn es Ihnen recht ist, treffen wir uns dort um sechs. Ich werde Ihnen etwas

Geld beim Pikett abnehmen, und dann sehen wir eine Weile beim Bridge zu. Nach dem Essen machen wir einen Rubber mit Drax und seinem Freund. Sie sind montags immer da. Einverstanden? Oder hatten Sie etwas Besseres vor?«
»Durchaus nicht, Sir«, lächelte Bond. »Ich komme sehr gern. Wenn Drax wirklich falschspielt, zeige ich ihm, daß ich es gemerkt habe. Vielleicht genügt das als Warnung. Ich möchte vermeiden, daß er in Schwierigkeiten kommt. Sonst noch etwas, Sir?«
»Danke, das wär's, James«, sagte M. »Vielen Dank für Ihre Hilfe. Drax muß verrückt sein. Irgendein Tick. Aber ich mache mir weniger Sorgen um ihn selbst als um die Sache. Ich möchte nicht, daß die Fertigstellung der Rakete durch irgendeinen unliebsamen Zwischenfall in Frage gestellt wird. Also dann bis heute abend.«
Bond lächelte und erhob sich. Er freute sich auf den Abend im Blades. Während er hinausging, dachte er, daß eine Unterredung mit M nur selten so angenehme Folgen hatte.
In der Kantine waren nur noch wenige Leute. Bond setzte sich allein an einen Tisch und bestellte gegrillte Seezunge und gemischten Salat, der eigens für ihn mit Senf angemacht wurde, und als Nachtisch Briekäse mit Toast. Dazu trank er eine Karaffe weißen Bordeaux. Gegen drei Uhr war er wieder in seinem Büro, nachdem er noch zwei Tassen schwarzen Kaffee getrunken hatte.
Während er den Rest der NATO-Mappe durcharbeitete, war er mit seinen Gedanken schon ganz bei dem neuen Problem. Um halb fünf gab er seiner Sekretärin Bescheid, wo er abends erreichbar sein würde, und verabschiedete sich. Dann holte er seinen Wagen aus der Garage im Hintergebäude.
Der frühere R.A.F.-Mechaniker, der Bonds Bentley betreute und ihn als sein persönliches Eigentum betrachtete, bemerkte: »Der Kompressor müßte mal nachgesehen werden. Wenn Sie ihn morgen in der Mittagszeit nicht brauchen, geh' ich mal ran.«
»Danke«, sagte Bond. »Das wäre nett.«
Fünfzehn Minuten später war er zu Hause. Er parkte den Wagen unter den Platanen auf dem kleinen Platz und betrat dann seine Wohnung, die im Parterre des alten, kürzlich umgebauten und modernisierten Hauses lag. Im Wohnzimmer,

dessen Wände Bücherregale aufwiesen, suchte er Scarne's Kartenbuch heraus und legte es auf den kostbaren Empire-Schreibtisch neben dem breiten Fenster.
Er ging in das Schlafzimmer mit der weißgoldenen Tapete und den roten Vorhängen, zog sich aus und warf seine Kleider achtlos auf die dunkelblaue Steppdecke des französischen Betts. Dann duschte er kurz. Bevor er das Badezimmer verließ, warf er einen Blick in den Spiegel und beschloß, seinem Prinzip treu zu bleiben und sich kein zweites Mal am Tag zu rasieren.
Der Spiegel zeigte ihm ein schmales, kantiges Gesicht mit graublauen Augen und einem harten, hungrigen Ausdruck. Jede seiner Bewegungen war geschmeidig und sicher, ob er sich nun mit den Fingern über das Kinn strich, um die Rasur zu überprüfen, oder sein widerspenstiges schwarzes Haar glatt zurückbürstete. Dabei fiel ihm auf, daß die Narbe auf seiner rechten Wange, die sich in seinem gebräunten Gesicht so weiß hervorgehoben hatte, bereits weniger auffiel, weil die Bräune zu verblassen begann.
Zehn Minuten später war er umgekleidet. In einem schweren weißen Seidenhemd, dunkelblauer Hose aus Navy-Tuch, dunkelblauen Socken und blankpolierten schwarzen Mokassins setzte er sich an seinen Schreibtisch, ein Paket Spielkarten in der Hand und Scarne's großartigen Leitfaden für Falschspieler vor sich.
Eine halbe Stunde lang überflog er die Aufzählung der wichtigsten Methoden und übte dabei gleichzeitig ein paar grundlegende Griffe und Taschenspielertricks. Beruhigt stellte er fest, daß er seine Tricks noch ausgezeichnet beherrschte.
Um halb sechs warf er die Karten auf den Tisch und klappte das Buch zu.
Er ging ins Schlafzimmer zurück, füllte das schwarze Etui mit Zigaretten und steckte es in die Hüfttasche. Dann band er eine schwarze gestrickte Seidenkrawatte um, zog den Rock an und vergewisserte sich, daß das Scheckbuch in der Innentasche steckte.
Er überlegte noch einen Augenblick. Dann nahm er zwei weißseidene Taschentücher aus dem Schrank, zerknitterte sie sorgfältig und steckte eines in jede Seitentasche seines Rocks.
Nun zündete er sich eine Zigarette an, ging ins Wohnzimmer

zurück und setzte sich wieder an seinen Schreibtisch. Zehn Minuten lang blieb er ruhig sitzen, sah durch das Fenster auf den leeren Platz hinaus und dachte nach. Er dachte an den Abend, der vor ihm lag, und an den Blades Club, der wahrscheinlich der berühmteste private Kartenspiel-Klub der Welt war.

Das genaue Gründungsdatum des Klubs steht nicht fest. In der zweiten Hälfte des achtzehnten Jahrhunderts wurden zahlreiche Kaffeehäuser und Spielsalons eröffnet, die mit der Mode und dem Glück häufig wechselten. Whites wurde 1755 gegründet, Almacks 1764 und Brooks 1774. In diesem Jahr öffnete auch Savoir Vivre, aus dem später der Blades Club hervorging.

Blades war von Anfang an ein Erfolg. 1782 schrieb der Herzog von Württemberg begeistert an seinen jüngeren Bruder: »Das ist wirklich das As aller Klubs! Hier wird in einem Raum an vier oder fünf Tischen gleichzeitig Quinze gespielt, dazu Whist und Pikett, später auch Hazard. Die Einsätze sind hoch. Zwei Schubladen voll Geld, von denen jede 4000 Guineen enthielt, genügten kaum für den Spielumsatz einer Nacht.«

Die Erwähnung des Hazard läßt auf den enormen Erfolg des Klubs schließen. Das Komitee muß seine eigenen Vorschriften gelockert haben, nach denen dieses gefährliche, aber äußerst beliebte Spiel verboten war: »Kein Spiel ist im Hause der Gesellschaft zugelassen außer Schach, Whist, Pikett, Cribbage, Quadrille, Lomber und Tredville.«

Der Klub florierte weiterhin und blieb bis heute einer der exklusivsten privaten Spielklubs der Welt. Nicht mehr ganz so aristokratisch wie früher, seit es auch eine Geldaristokratie gibt; aber immer noch der feudalste Klub von London. Die Mitgliederzahl ist auf zweihundert beschränkt, und jeder Kandidat braucht zwei Vorbedingungen für die Aufnahme: er muß sich wie ein Gentleman benehmen, und er muß eine Sicherheit von 100 000 Pfund nachweisen können.

Ganz abgesehen vom Spiel bietet der Klub auch sonst große Annehmlichkeiten. Das Komitee hat daher bestimmt, daß jedes Mitglied jährlich 500 Pfund im Spiel umsetzen muß, andernfalls hat es eine jährliche Geldbuße von 250 Pfund zu entrichten. Die Speisen und Weine gehören zu den besten, die man in London findet. Rechnungen werden keine ausgestellt, die Kosten aller Mahlzeiten werden jede Woche proportional von den Überschüssen der Gewinner abgezogen. Wenn man bedenkt, daß durchschnittlich jede Woche 5000 Pfund umgesetzt werden, trifft diese Auflage die Gewinner nicht allzu hart, und die Verlierer haben den Trost, wenigstens etwas aus ihrem Verlust zu retten. Gelegentliche Besucher müssen daher auch einen gewissen Beitrag entrichten.

Das Klubpersonal ist das A und O jedes Klubs, und das des Blades hat nicht seinesgleichen. Die jungen Damen, die im Speisesaal bedienen, sind von so auserlesener Schönheit, daß jüngere Klubmitglieder gelegentlich die eine oder andere auf repräsentative Bälle der großen Gesellschaft einschmuggeln.

Noch einige Einzelheiten des Blades wären zu erwähnen. Zum Beispiel werden hier nur nagelneue Banknoten und Münzen ausgezahlt. Übernachtet ein Klubmitglied in einem der Gästezimmer, nimmt der Diener, der ihm am Morgen den Tee ans Bett bringt, all sein Geld mit und wechselt es gegen neues aus. Keine Zeitung kommt ins Lesezimmer, ohne vorher geplättet zu werden. Floris liefert die Seifen und Toilettewasser für die Schlafzimmer und Waschräume. Der Klub verfügt über die besten Plätze und Logen bei den großen Rennen und anderen repräsentativen Sportveranstaltungen. Auf Reisen gewährleistet die Mitgliedschaft automatisch die Aufnahme in den führenden Klub jeder Hauptstadt des Auslands.

Kurz, für 100 Pfund Aufnahmegebühr und fünfzig Pfund Jahresbeitrag bietet Blades vornehmsten Luxus und obendrein die Möglichkeit, in angenehmer Gesellschaft bis zu 20 000 Pfund im Jahr zu gewinnen oder zu verlieren.

Während Bond sich all das durch den Kopf gehen ließ, freute er sich auf den bevorstehenden Abend. Er hatte höchstens ein dutzendmal im Blades gespielt und das letztemal hatte er sich bei einem hohen Pokerspiel die Finger verbrannt. Aber die Aussicht auf eine interessante Bridgepartie und den Gewinn oder Verlust von ein paar hundert Pfund — die für ihn durchaus ins Gewicht fielen — versetzte ihn in prickelnde Spannung. Außerdem interessierte ihn die Sache mit Sir Hugo Drax brennend. Sie verlieh dem ganzen Abend den Reiz des Abenteuers.

4

Bond parkte den Bentley vor Brooks und ging zu Fuß um die Ecke in die Park Street.

Die von Adam erbaute Fassade des Blades Clubs, die gegen die übrigen Häuserfronten etwas zurücksprang, sah kühl und vornehm aus in dem weichen Licht der Dämmerung. Bond trat durch die Schwingtür und ging auf die altmodische Pförtnerloge zu, in der Brevett herrschte, der Wächter von Blades, der mit den meisten Mitgliedern auf sehr vertrautem Fuß stand.

»Abend, Brevett. Ist der Admiral schon da?«

»Guten Abend, Sir«, grüßte Brevett, der Bond als gelegentlichen Gast des Klubs kannte. »Der Admiral erwartet Sie im Kartenzimmer. Page, bring Commander Bond hinauf zum Admiral.«

Bond folgte dem livrierten Pagen über den abgetretenen schwarzweißen Marmorfußboden der Halle und über die Treppe mit dem schönen alten Mahagonigeländer.

Der Page öffnete einen Flügel der großen Tür und ließ Bond eintreten. Der lange Raum war noch nicht sehr voll, und Bond sah M allein in einer Nische sitzen und seine Patience legen. Bond entließ den Pagen und ging über den dicken Teppich auf die Nische zu, wobei er die bekannte Atmosphäre in sich aufnahm: den Duft teurer Zigarren, die leisen Stimmen von den drei Bridgetischen, das Klappern der Würfel auf einem unsichtbaren Brett.

»Da sind Sie ja.« M sah von seinen Karten auf und lud Bond mit einer Handbewegung zum Sitzen ein. »Lassen Sie mich das da zu Ende spielen. Einen Drink?«

»Nein, danke«, sagte Bond. Er setzte sich, zündete sich eine Zigarette an und beobachtete amüsiert, wieviel gespannte Aufmerksamkeit M auf sein Spiel verwandte.

M sah aus wie jedes gewöhnliche Mitglied in jedem beliebigen Klub in St. James Street: dunkelgrauer Anzug, gestärkter weißer Kragen, die beliebte dunkelblaue Krawatte mit weißen Punkten, ziemlich lose gebunden, die dünne schwarze Kordel an der randlosen Brille, die M fast nur zum Lesen der Speisekarte benutzte, das offene Seemannsgesicht und die scharfen, klaren Seemannsaugen. Kaum zu glauben, daß die-

ser Mann noch vor einer Stunde mit tausend lebenden Schachfiguren das Große Spiel gegen die Feinde Englands gespielt hatte.
M stieß ein enttäuschtes Knurren aus und stieß seine Karten weg. Automatisch griff Bond nach dem Päckchen. Und ebenso automatisch mischte er es auf Scarne's Art, indem er die beiden Hälften blitzschnell ineinanderblätterte, bevor er das Päckchen wieder weglegte.
M winkte einem vorbeieilenden Kellner.
»Pikettkarten, Tanner, bitte!«
Der Kellner brachte zwei dünne Kartenpäckchen, streifte die Verpackung ab und legte die Karten und zwei Schreibtafeln auf den Tisch.
»Bringen Sie mir einen Whisky-Soda«, sagte M. Und zu Bond: »Wollen Sie wirklich nichts?«
Bond sah auf seine Uhr. Es war halb sieben. »Könnte ich einen Martini dry haben? Mit Wodka. Und eine große Scheibe Zitrone.«
»Scheußlicher Geschmack«, brummte M, als der Kellner gegangen war. »Ich werde Ihnen jetzt ein oder zwei Pfund abnehmen, und dann sehen wir eine Weile beim Bridge zu. Unser Freund ist noch nicht da.«
Eine halbe Stunde spielten sie dieses Spiel, bei dem ein erfahrener Spieler fast immer gewinnen kann, auch wenn die Karten gegen ihn sind. Am Schluß hatte Bond drei Pfund verloren.
»Ich glaube, ich muß doch noch Pikett lernen«, lachte er, als er die drei Banknoten auf den Tisch legte. »Ich habe noch nie gegen Sie gewonnen.«
»Gedächtnis und Erfahrung, mein Lieber«, sagte M befriedigt. Er trank seinen Whisky aus. »Jetzt wollen wir sehen, was sich beim Bridge tut. Unser Mann spielt an Basildons Tisch, er ist vor zehn Minuten gekommen. Wenn Ihnen irgend etwas auffällt, geben Sie mir ein Zeichen; dann gehen wir hinunter und Sie erzählen es mir.«
Er erhob sich, und Bond folgte ihm.
Am anderen Ende des Raumes wurde jetzt an sechs Tischen Bridge gespielt. An dem runden Pokertisch unter dem mittleren Kronleuchter waren drei Spieler damit beschäftigt, Chips in fünf Säulen zu stapeln, während sie auf zwei noch

fehlende Partner warteten. Der nierenförmige Bakkarat-Tisch war noch mit einem Tuch verhüllt; wahrscheinlich würde man ihn erst nach dem Dinner zum Chemin-de-fer benutzen.
Während Bond M durch den langen Raum folgte, musterte er mit wachen Sinnen die Umgebung: er sah die grünen Oasen der Tische, hörte das Klirren der Gläser, die Geräuschkulisse leiser Gespräche, aus denen sich ab und zu ein Lachen, ein plötzlicher Ausruf hervorhoben, und er roch den dichten blauen Rauch, der zu den dunkelroten Lampenschirmen aufstieg, die über jedem Tisch hingen. Er genoß diese Stimmung, die er so liebte, und fühlte, wie sich sein Pulsschlag beschleunigte.
Die beiden Männer schlenderten von Tisch zu Tisch, wechselten Grüße mit den Spielern und wanderten langsam bis zu dem letzten Tisch vor dem großen Adam-Kamin, über dem das Porträt von Beau Brummel hängt.
»Kontra, verdammt nochmal!« rief der Spieler, der mit dem Rücken zu Bond saß, laut und gutgelaunt. Vorläufig konnte Bond nur sein rötliches Haar sehen. Er ließ den Blick nach links weiterwandern und erkannte das markante Profil Lord Basildons. Der Vorsitzende von Blades musterte aufmerksam sein Blatt, das er etwas von sich abhielt wie einen kostbaren Gegenstand.
»Mein lieber Drax«, sagte Basildon, »ich habe ein so glänzendes Blatt, daß ich nicht umhin kann, Rekontra anzusagen.« Er wandte sich seinem Spielpartner zu. »Tommy, wenn es schiefgeht, nehme ich es auf meine Rechnung.«
»Unsinn«, sagte sein Partner. »Meyer? Überbieten Sie Drax lieber.«
»Ich trau mich nicht«, sagte der dickliche rotgesichtige Mann, der Drax gegenübersaß. »Ich passe.« Er nahm seine Zigarre aus dem schweren Messingaschenbecher und steckte sie bedächtig in den Mund.
»Passe«, sagte Basildons Partner.
»Ich auch«, ertönte Drax' Stimme.
»Also fünf Treff rekontriert«, sagte Basildon. »Sie spielen aus, Meyer.«
Bond schaute Drax über die Schulter. Drax hatte Pik-As und Herz-As. Er machte beide Stiche und spielte ein Herz nach, das Basildon mit dem König stach.

»Na«, sagte Basildon, »ich habe vier Trümpfe gegen mich, darunter die Königin. Die ziehe ich jetzt Drax aus der Nase.« Er schnitt Drax, und Meyer stach mit der Königin.

»Verdammt und zugenäht!« rief Basildon verblüfft. »Was macht die Königin in Meyers Blatt? Das ist doch nicht zu fassen! Der Rest gehört jedenfalls mir.« Er legte seine Karten fächerförmig auf den Tisch und sah seinen Partner zerknirscht an. »Konnte ich nicht wissen, Tommy. Drax gibt Kontra, und Meyer hat die Königin!« In seiner Stimme lag nicht mehr als die natürliche Enttäuschung über das verlorene Spiel.

Drax lachte.

»Ja! Das haben Sie nicht erwartet, daß mein Partner ein Yarborough hatte, was? Also, das macht vierhundert überm Strich. Sie geben.« Er hob für Basildon ab, und das Spiel ging weiter.

Beim vorigen Spiel hatte also Drax gegeben. Das konnte von Bedeutung sein. Bond zündete sich eine Zigarette an und betrachtete nachdenklich den Hinterkopf von Drax.

M's Stimme riß ihn aus seinen Gedanken.

»Sie erinnern sich an meinen Freund Commander Bond, Basil?«

Basildon lächelte zu Bond auf. »Guten Abend«, begrüßte er ihn. Dann stellte er mit einer Handbewegung reihum vor: »Meyer, Dangerfield, Drax.«

Die drei Männer sahen kurz auf, und Bond nickte ihnen zu.

»Den Admiral kennen Sie ja alle«, fügte der Vorsitzende hinzu. Dann begann er die Karten auszuteilen.

Drax drehte sich halb auf seinem Stuhl herum. »Ah, der Admiral!« rief er lärmend. »Willkommen an Bord, Admiral! Einen Drink?«

»Nein, danke«, sagte M mit einem dünnen Lächeln. »Ich hatte gerade einen.«

Drax wandte sich Bond zu, und Bond sah einen buschigen roten Schnurrbart und ein eiskaltes blaues Auge. »Und Sie?« fragte Drax herablassend.

»Nein, danke«, antwortete Bond.

Drax setzte sich wieder zurecht und nahm sein Blatt auf. Bond beobachtete seine großen plumpen Hände beim Ordnen der Karten. Drax sortierte die Karten nicht so wie die meisten Spieler, sondern nur in schwarze und rote, ohne Rücksicht auf die Werte. Das machte sein Blatt sehr unübersichtlich, so daß es für einen Kiebitz oder einen unfairen Nachbarn fast unmöglich wurde, sich ein Bild von seiner Hand zu machen. Diese Art, die Karten zu ordnen, ist typisch für besonders vorsichtige Spieler.

Bond schlenderte zum Kamin hinüber und entzündete eine Zigarette an dem Gasflämmchen, das durch ein silbernes Gitterchen aus der Wand kam — ein Überbleibsel aus der Zeit vor dem Gebrauch von Streichhölzern.

Von hier aus konnte er Meyers Blatt sehen, und wenn er einen kleinen Schritt nach rechts machte, das von Basildon. Sir Hugo Drax war jetzt in seinem Blickfeld, und er betrachtete ihn eingehend, während er scheinbar nur das Spiel verfolgte.

Drax wirkte überlebensgroß. Er war großgewachsen — Bond schätzte ihn fast einsneunzig — und auffallend breitschultrig. Er hatte einen mächtigen Schädel und rötliches, in der Mitte gescheiteltes Haar. An beiden Seiten war das Haar tief auf die Schläfen heruntergekämmt. Vermutlich, dachte Bond, um soviel wie möglich von der glänzenden, narbigen Haut zu verbergen, die den größten Teil seiner rechten Gesichtshälfte verdeckte. Die Folgen der furchtbaren Verletzungen hatten nur zum Teil durch kosmetische Operationen gemildert werden können. Das rechte Ohr war stark deformiert. Am auffallendsten aber war die Entstellung seines rechten Auges: es war beträchtlich größer als das linke, weil sich die auf Ober- und Unterlid verpflanzte fremde Haut stark zusammengezogen hatte. Der Augapfel war blutunterlaufen, und Bond hatte den Eindruck, daß sich die Lider nicht vollständig schließen ließen; vielleicht mußte Drax das Auge nachts mit einer Binde bedecken.

Um möglichst wenig von seiner verunstalteten Haut sehen zu lassen, hatte Drax sich den buschigen Schnurrbart und Koteletten wachsen lassen, die bis auf die Backenknochen reichten. Der Schnurrbart diente aber noch einem anderen Zweck. Er sollte eine natürliche Mißbildung verbergen: das starke Hervortreten des Oberkiefers, die sogenannte Prognathie, und die vorstehenden Oberzähne. Bond wußte, daß solche Mißbildungen häufig eine Folge des Daumenlutschens in früher Kindheit sind, wenn es sich nicht gerade um angebo-

rene Deformationen handelt. Der Schnurrbart verdeckte diese Kieferanomalie, und man bemerkte sie nur, wenn Drax, wie er das häufig tat, laut auflachte.
Der Gesamteindruck des Gesichts mit der rotbraunen Haarmähne, der gewaltigen Nase und der roten Haut ließ Bond an einen brutalen Zirkusdirektor denken, ein Eindruck, der durch den kalten, scharfen Blick des linken Auges noch verstärkt wurde. Ein grobschlächtiger, großspuriger, vulgärer Flegel. So hätte Bond ihn beurteilt, wenn er nicht von Drax' Fähigkeiten und Verdiensten gehört hätte. So aber sagte er sich, daß dieses laute, angeberische Wesen vielleicht nur aufgesetzt war — die harmlose Tarnung eines Mannes mit verunstaltetem Gesicht.
Bond beobachtete Drax scharf, um weitere Aufschlüsse über ihn zu erhalten. Er bemerkte, daß Drax stark schwitzte, obwohl es ein kühler Abend war, und sich ständig mit einem großen Taschentuch den Schweiß vom Gesicht wischte. Er rauchte pausenlos; meist drückte er seine Virginia-Zigaretten mit Korkmundstück schon nach ein paar Lungenzügen aus, um sich gleich wieder eine neue anzuzünden. Seine großen, stark behaarten Hände waren immer in Bewegung, zupften an den Karten herum, spielten mit dem Zigarettenanzünder, der neben einem glatten silbernen Zigarettenetui vor ihm lag, oder fuhren durch seinen roten Haarschopf. Gelegentlich führte er einen Finger zum Mund und kaute an dem Nagel; selbst aus seiner Entfernung konnte Bond sehen, daß alle seine Fingernägel bis aufs Fleisch abgebissen waren.
Die Hände selbst waren plump und kräftig, aber die Daumen hatten etwas Ungewöhnliches, und Bond brauchte ein paar Sekunden, bis ihm klarwurde, woran es lag: die Daumen waren unnatürlich lang, so daß ihre Kuppen fast mit denen der Zeigefinger auf einer Höhe lagen.
Bond wandte seine Aufmerksamkeit der Kleidung von Drax zu, die teuer und sehr geschmackvoll war. Drax trug einen leichten dunkelblauen Doppelreiher mit dünnen Nadelstreifen, schweres weißes Seidenhemd mit steifem Kragen, eine unaufdringliche kleinkarierte Krawatte in Grau und Weiß, dezente Manschettenknöpfe, die aussahen, als stammten sie von Cartier, und eine glatte goldene Patek-Phillipe-Uhr mit schwarzem Lederarmband.

Bond zündete sich eine neue Zigarette an und konzentrierte sich auf das Spiel. Sein Unterbewußtsein verarbeitete inzwischen die Einzelheiten von Drax' äußerer Erscheinung, die ihm wichtig erschienen und vielleicht mithelfen konnten, das Rätsel seines seltsamen Verhaltens zu lösen.

Eine halbe Stunde später hatten die Karten einmal die Runde gemacht, und wieder war Drax an der Reihe, auszuteilen.

»Ich gebe«, sagte Drax aufgeräumt. »Jetzt sieh aber mal zu, Max, daß du ein paar Asse kriegst. Ich habe es satt, die ganze Arbeit allein zu machen!« Er verteilte die Karten sorgfältig und langsam und schwatzte dabei pausenlos weiter, offenbar in bester Laune. »Langer Rubber«, bemerkte er zu M, der zwischen ihm und Basildon saß und seine Pfeife rauchte. »Tut mir leid, daß Sie so lange nicht zum Spielen kommen. Wie wär's mit einem Rubber nach dem Dinner? Max und ich gegen Sie und Commander Dingsda – wie war doch der Name? Guter Spieler?«

»Bond«, sagte M. »James Bond. Ja, sehr gern. Was sagen Sie, James?«

Bond hatte Drax nicht aus den Augen gelassen. Sein Blick folgte den langsamen Bewegungen der Hände, die die Karten austeilten. Ja, das war's! Jetzt hab' ich dich, du alter Gauner! Der Spiegeltrick, der ganz gewöhnliche, primitive Spiegeltrick, der unter Profis nicht die geringste Chance hätte!

M sah das kaum merkliche Aufblitzen in Bonds Augen, und ihre Blicke trafen sich über den Tisch hinweg.

»Großartig!« sagte Bond heiter. »Ich bin dabei.« Er nickte M verstohlen zu. »Wie wär's, wenn Sie mir vor Tisch noch das Wettbuch zeigen würden? Sie haben es mir schon lange versprochen.«

M nickte. »Gut. Gehen wir. Es ist im Sekretariat. Basildon kann dann hinunterkommen und uns zu einem Cocktail einladen und berichten, wer auf dem Schlachtfeld geblieben ist.«

Basildon warf ihm einen raschen Blick zu.

»Bestellen Sie, was Sie wollen. Ich komme, sobald wir sie am Boden zerstört haben.«

»Also, dann bis gegen neun!« sagte Drax zu M. »Zeigen Sie Ihrem Freund die Wette mit dem Mädchen im Ballon!« Er nahm sein Blatt auf. »Sieht so aus, als hätte ich nachher das ganze Geld des Klubs zum Verspielen! Drei Ohne-Trumpf!«

Er warf Basildon einen triumphierenden Blick zu. »Das können Sie sich in die Pfeife stopfen, mein Lieber!«
Bond folgte M nach draußen, so daß er Basildons Antwort nicht mehr hörte.
Sie gingen schweigend die Treppe hinunter und betraten das Klubsekretariat. Das Zimmer lag im Dunkeln. M knipste das Licht an, dann setzte er sich in den Drehstuhl vor den Schreibtisch. Bond lehnte sich gegen den leeren Kamin und nahm eine Zigarette aus seinem Etui.
»Na, wie sieht's aus?« fragte M gespannt.
Bond nickte.
»Er spielt tatsächlich falsch.«
»Ach«, meinte M, ohne eine Miene zu verziehen. »Und wie?«
»Nur beim Geben«, erklärte Bond. »Haben Sie dieses silberne Zigarettenetui gesehen, das er vor sich liegen hat, neben seinem Feuerzeug? Er nimmt nie eine Zigarette daraus, sondern immer nur aus einer Packung, die er in der Tasche trägt. Er will es nicht mit Fingerabdrücken beschmutzen. Es ist glatt und auf Hochglanz poliert. Wenn er die Karten austeilt, ist es fast ganz verdeckt durch die Karten und seine großen Hände. Er verteilt die vier Kartenhäufchen ganz eng beieinander, in unmittelbarer Nähe des Etuis, und dabei spiegelt sich jede Karte darin, so daß er sie sich seelenruhig betrachten kann. Als guter Geschäftsmann hat er vermutlich ein ausgezeichnetes Gedächtnis, so daß es ihm nicht schwerfällt, sich die Karten einzuprägen. Man nennt das den Spiegeltrick. Kein Wunder, daß er manchmal so gewagt schneidet. Er wußte natürlich, daß sein Partner die Königin besetzt hatte. Mit seinen beiden Assen ein sicheres Kontra. Die übrige Zeit spielt er ein ganz normales Durchschnittsspiel. Sein Vorteil liegt nur darin, daß er bei jedem vierten Spiel die Karten der drei anderen kennt. Das genügt, um letzten Endes immer wieder zu gewinnen.«
»Aber man merkt es doch gar nicht!« meinte M kopfschüttelnd.
»Es ist ganz natürlich, daß er beim Geben auf die Karten schaut«, sagte Bond. »Das tut jeder. Und er lenkt die anderen mit seinem ständigen Geschwätz ab. Er redet lange nicht soviel, wenn die Mitspieler geben. Wahrscheinlich hat er ein besonders weites Gesichtsfeld – so etwas wird bei uns im Service sehr hoch gewertet.«

Basildon kam herein und schloß sorgfältig die Tür hinter sich. Er war verärgert.
»Dieser verdammte Draufgänger mit seinem abenteuerlichen Reizen!« ereiferte er sich. »Tommy und ich hätten vier Herz machen können, wenn wir ans Spiel gekommen wären. Die beiden hatten zusammen Herz-As, sechs Treff-Stiche, Karo-As und König und ein besetztes Pik. Macht genau neun Stiche. Es ist mir ein Rätsel, woher Drax die Stirn nahm, drei Ohne-Trumpf zu bieten.« Er beruhigte sich etwas. »Na, Miles?« fragte er dann. »Hat Ihr Freund etwas herausbekommen?«
Auf einen Wink von M wiederholte Bond, was er soeben M erzählt hatte.
Lord Basildons Zorn wuchs von Sekunde zu Sekunde.
»Hol ihn der Geier!« polterte er schließlich los. »Warum in Dreiteufelsnamen macht er so was? Schwimmt doch in Geld, wozu hat er das nötig? Jetzt haben wir den Skandal. Es bleibt mir nichts anderes übrig, als die Sache dem Komitee zu melden. Seit dem Ersten Weltkrieg hatten wir keinen Falschspieler im Klub!«
Er lief aufgeregt durch sein Büro. Der Ruf des Klubs war sofort vergessen, als ihm die eigentliche Bedeutung von Drax aufging.
»Und dabei heißt es, die Rakete ist kurz vor der Fertigstellung! Drax kommt nur noch ein- bis zweimal die Woche her, um etwas auszuspannen. Großer Gott, der Mann ist ja ein Nationalheld! Das ist entsetzlich!«
Der Gedanke an die Tragweite seiner Verantwortung erschreckte ihn. Er wandte sich hilfesuchend an M.
»Was soll ich bloß tun, Miles? Er hat hier Tausende gewonnen, die andere verloren haben. Nehmen Sie nur den heutigen Abend. Ich rede nicht von mir — aber was ist mit Dangerfield? Ich weiß zufällig, daß Tommy in letzter Zeit Pech an der Börse hatte und etwas in der Klemme ist. Ich kann einfach nicht anders, ich muß dem Komitee Meldung machen. Ich kann die Sache nicht vertuschen — ganz gleich, um wen es sich handelt. Sie wissen, was das bedeutet. Das Komitee hat zehn Mitglieder, irgendwo sickert bestimmt etwas durch. Die Folgen eines Skandals sind nicht auszudenken. Es heißt ja, ohne Drax kein Mondblitz. Und andererseits soll von der Rakete unsere nationale Sicherheit abhängen. Eine verteufelte Situation. Aber was

kann ich tun?« Er warf einen hilfesuchenden Blick auf M und dann auf Bond. »Sehen Sie irgendeine andere Möglichkeit?« Bond drückte seine Zigarette aus.

»Man könnte ihm hier einen Riegel vorschieben«, sagte er ruhig, und fügte mit einem dünnen Lächeln hinzu: »Das heißt, wenn Sie mir erlauben, ihm mit gleicher Münze zurückzuzahlen.«

»Meinetwegen können Sie machen, was Sie wollen!« sagte Basildon eifrig. »Woran denken Sie?« Bonds ruhige Zuversicht gab ihm neuen Mut.

»Nun ja«, sagte Bond, »ich könnte ihn merken lassen, daß ich ihn durchschaut habe, und ihm dann bei seinem eigenen Spiel das Fell über die Ohren ziehen. Natürlich würde Meyer dabei in Mitleidenschaft gezogen werden und als Drax' Partner ebensoviel verlieren wie Drax selber. Wäre das schlimm?«

»Geschieht ihm ganz recht!« rief Basildon erleichtert. Er war bereit, nach jedem rettenden Strohhalm zu greifen. »Er ist lange genug in Drax' Kielwasser geschwommen und hat eine Menge Geld gemacht. Die beiden spielen doch immer zusammen. Glauben Sie denn nicht, daß ...«

»Nein.« Bond schüttelte entschieden den Kopf. »Ich bin überzeugt, daß Meyer keine Ahnung hat.« Er wandte sich an M. »Sind Sie einverstanden, Sir?«

M überlegte eine Weile. »Also gut«, sagte er schließlich. »Was sein muß, muß sein. Ich kann nicht sagen, daß mich die Sache freut. Aber ich verstehe Basildons Standpunkt. Meinetwegen, Bond, tun Sie, was Sie für richtig halten. Vorausgesetzt«, er lächelte grimmig, »daß Sie mir nicht zumuten, Ihnen falsche Karten zuzustecken oder Asse aus dem Ärmel zu holen.«

»Nein«, sagte Bond. Er steckte die Hände in die Taschen seines Jacketts und berührte die beiden seidenen Taschentücher. »Ich kriege ihn auch so. Ich brauche nichts weiter als zwei gebrauchte Kartenspiele, von jeder Farbe eines. Und dann möchte ich zehn Minuten hier ganz ungestört sein.«

5

Es war acht Uhr, als Bond hinter M durch die große doppelflügelige Tür gegenüber der Treppe in den schönen, weiß und golden gehaltenen Speisesaal im Régence-Stil trat.
M überhörte geflissentlich einen Anruf Basildons, der den Vorsitz an dem großen Mitteltisch führte, wo noch zwei Plätze frei waren. Statt dessen ging er quer durch den Raum auf einen der sechs kleineren Tische am entgegengesetzten Ende zu. Er nötigte Bond in den bequemen Stuhl mit den Armlehnen, von dem aus man den Speisesaal überblickte, und setzte sich selbst auf den Stuhl zur Linken, so daß er der Gesellschaft den Rücken kehrte.
Der Oberkellner stand bereits neben Bond und legte ihm die breite Speisekarte neben das Gedeck. Eine zweite Karte reichte er M. ›Blades‹ stand in feinen goldenen Lettern über der verwirrend reichhaltigen Liste, die sich über viele Spalten hinzog.
»Machen Sie sich nicht die Mühe, das alles durchzulesen«, bemerkte M. »Außer wenn Ihnen gar nichts einfällt. Eine der ersten Regeln des Klubs war seit je, daß jedes Mitglied jedes beliebige Gericht bestellen kann, billig oder teuer. Bloß mußte man früher dafür bezahlen und heute bezahlt man nichts. Bestellen Sie einfach, worauf Sie Lust haben.« Er sah zu dem Kellner auf. »Haben Sie noch von dem Beluga Kaviar, Porterfield?«
»Ja, Sir. Wir haben gerade erst eine neue Sendung hereinbekommen.«
»Gut. Also Kaviar für mich. Geröstete Nieren, scharf gepfeffert, und dazu eine Scheibe von Ihrem ausgezeichneten Speck. Erbsen und neue Kartoffeln. Erdbeeren in Maraschino. Und für Sie, James?«
»Ich habe eine Schwäche für wirklich guten Räucherlachs«, sagte Bond. Dann zeigte er auf die Speisekarte: »Lammkoteletts. Auch für mich junge Erbsen. Und Spargel mit holländischer Sauce. Zum Dessert eine Scheibe Ananas.«
»Ich mag Leute, die wissen, was sie wollen«, sagte M anerkennend. »Umstandskrämer sind mir verhaßt. Haben Sie das alles, Porterfield?«
»Ja, Sir.« Der Kellner lächelte. »Möchten Sie vielleicht heute

wieder einen Markknochen als Abschluß, Sir? Wir haben heute welche vom Land hereinbekommen, und ich habe für Sie eigens einen zurücklegen lassen.«
»Na großartig! Sehr aufmerksam von Ihnen, Porterfield. Sie kennen meine Schwächen. Bringen Sie ihn mir nach den Erdbeeren. Ich habe wirklich keinen Grund zum Feiern, aber gerade dann soll man sich etwas Gutes antun. Schicken Sie mir Grimley her, seien Sie so freundlich.«
»Da ist er schon, Sir«, sagte Porterfield und machte dem Weinkellner Platz.
»Grimley, bringen Sie mir Wodka«, sagte M. Und zu Bond: »Nicht das Zeug, das Sie in Ihrem Cocktail hatten. Das ist richtiger Vorkriegs-Wodka, Wolfschmidt aus Riga. Möchten Sie ihn zu Ihrem geräucherten Lachs?«
»Sehr gern«, sagte Bond.
»Und danach? Champagner? Ich selbst nehme eine halbe Flasche Rotwein. Den Mouton Rothschild 34, Grimley. Aber lassen Sie sich von mir nicht beeinflussen, James. Ich bin ein alter Mann, mir bekommt Champagner nicht. Wir haben ein paar ausgezeichnete Sorten, was, Grimley? Natürlich nicht das Zeug, von dem Sie mir erzählen, James. Das findet man in England kaum. Wie war doch der Name — Taittinger, nicht?«
Bond lächelte, beeindruckt von M's Gedächtnis. »Ja. Aber das ist auch nur eine Marotte von mir. Jedenfalls möchte ich heute aus bestimmten Gründen sehr gern Champagner trinken. Die Wahl überlasse ich Grimley.«
»Wenn ich mir einen Vorschlag erlauben darf«, sagte der Weinkellner geschmeichelt, »der Dom Perignon 46 ist sehr zu empfehlen. Soviel ich weiß, verkaufen ihn die Franzosen nur gegen Dollars, man bekommt ihn also nur selten in London. Es ist ein Geschenk des Regency Clubs von New York, Sir. Ich habe gerade welchen auf Eis. Es ist die Lieblingsmarke Sir Basildons, und ich habe Auftrag, immer eine Flasche kalt zu stellen.«
Bond nickte lächelnd.
»Also gut, Grimley, den Dom Perignon«, sagte M. »Und bringen Sie ihn gleich, ja?«
Eine Kellnerin erschien und brachte Toastständer mit frisch geröstetem Toast und eine Silberschüssel mit Jersey Butter. Als sie sich über den Tisch beugte, spürte Bond ihre flüchtige

Berührung. Er sah auf in ein Paar funkelnde schwarze Augen unter weich herabfallenden Stirnfransen. Für den Bruchteil einer Sekunde trafen sich ihre Blicke, dann richtete sie sich auf und huschte davon. Bond folgte ihr mit den Augen, wie sie durch den langen Speisesaal tänzelte.

M's Stimme riß ihn aus seinen Träumereien.

»Sie haben da vorhin so eine dunkle Andeutung gemacht. Warum wollen Sie heute unbedingt Champagner trinken?«

Bond erklärte: »Wenn Sie nichts dagegen haben, Sir, möchte ich mich heute abend etwas betrinken. Für mein Vorhaben ist es wichtig, daß man mich für völlig betrunken hält. Und es ist nicht leicht, so etwas vorzutäuschen, wenn man nicht zumindest etwas animiert ist. Machen Sie sich also keine Sorgen, wenn es so aussieht, als ob ich durchdrehte.«

M zuckte die Achseln.

»Mein Lieber, Sie haben einen Kopf wie ein Felsblock. Trinken Sie, soviel Sie wollen, Hauptsache, es hilft. Ah, da ist ja der Wodka!«

Von einem Tisch am anderen Ende des Raums drang Drax' lärmende Lache herüber.

M dämpfte die Stimme.

»Was halten Sie von diesem Drax?« fragte er und strich sich einen Buttertoast zum Kaviar.

Bond nahm sich noch eine Schnitte Räucherlachs von der silbernen Schüssel.

»Er hat eine recht unangenehme Art, finde ich. Offen gestanden, es wundert mich, daß sie ihn überhaupt hier dulden.« Er warf einen Blick auf M, der nur stumm die Achseln zuckte. »Aber das geht mich schließlich nichts an. Wahrscheinlich wären Klubs langweilig, wenn sie nicht gelegentlich durch solche Außenseiter aufgelockert würden. Jedenfalls ist er ja Millionär und eine Art Nationalheld und außerdem kein schlechter Kartenspieler — selbst wenn er nicht mogelt. Sicher ist er eine starke Persönlichkeit, vital, rücksichtslos und schlau. Was ich nicht verstehe, ist der Leichtsinn, mit dem er alles aufs Spiel setzt. Sein Falschspielen ist einfach unbegreiflich, ja unglaublich. Was will er sich damit beweisen? Daß er auf jedem Gebiet jeden schlagen kann? Er betreibt das Spiel mit einem verbissenen Eifer, als ob es kein Spiel wäre, sondern eine Art Kraftprobe. Haben Sie sich einmal seine Fingernägel ange-

sehen? Abgekaut bis aufs Fleisch. Auch daß er so stark schwitzt, ist ein Anzeichen innerer Erregung. Er ist in einer ständigen Spannung und Aufregung, die sich auch in seinen plötzlichen plumpen Scherzen äußert. Ich hatte das Gefühl, er wollte Basildon am liebsten zermalmen. Ich werde mich sehr zusammennehmen müssen, um ihm nicht vorzeitig über den Mund zu fahren. Sogar seinen Partner behandelt er wie ein Stück Dreck. Ehrlich gesagt, es wird mir direkt Spaß machen, ihm einen gehörigen Denkzettel zu verpassen. Ich meine – wenn es klappt«, fügte er lächelnd hinzu.
Der nächste Gang wurde serviert. Gleichzeitig brachte man den Champagner in einem silbernen Eiskübel und eine kleine Waterford-Karaffe, die M's halbe Flasche Rotwein enthielt.
Der Weinkellner wartete, bis beide ihr Getränk gekostet und sich zufrieden darüber geäußert hatten. Dann ging er. Gleich darauf trat ein Page an den Tisch.
»Commander Bond?« fragte er.
Er überreichte Bond einen Briefumschlag. Bond riß den Umschlag auf, entnahm ihm ein kleines Päckchen und öffnete es unter dem Tisch. Es enthielt ein weißes Pulver. Mit einem silbernen Obstmesser nahm Bond etwa die Hälfte des Pulvers aus dem Päckchen und schüttete es in sein Glas.
»Was soll das?« fragte M ungeduldig.
»Benzedrin«, sagte Bond. »Ich habe meine Sekretärin vor dem Dinner angerufen und sie beauftragt, etwas aufzutreiben. Ich brauche das, wenn ich heute abend auf Draht sein soll. Es putscht nicht nur auf, sondern stärkt vor allem das Selbstvertrauen, und das wird nötig sein.«
Er schwenkte das Glas ein wenig, damit sich das Pulver rascher auflöste, und trank es dann in einem langen Zug aus. »Es hat keinen Eigengeschmack«, sagte er dann. »Der Champagner ist ganz ausgezeichnet.«
M lächelte nachsichtig. »Tun Sie sich keinen Zwang an. Wie waren die Lammkoteletts?«
»Exquisit«, sagte Bond. »Ich konnte sie mit der Gabel zertrennen. Die wirklich gute englische Küche ist die beste der Welt – besonders um diese Jahreszeit. Übrigens, wie hoch werden wir heute abend spielen? Mir kann es egal sein, weil wir letzten Endes ja doch gewinnen werden. Ich möchte nur wissen, wieviel Drax verlieren wird.«

»Drax spielt gern, was er Eins und Eins nennt«, sagte M und nahm sich von den Erdbeeren, die soeben auf den Tisch kamen.
»Das klingt ganz bescheiden, wenn man nicht weiß, was es heißt. Tatsächlich bedeutet es zehn auf hundert Pfund für den Rubber.«
»Oh!« meinte Bond respektvoll.
»Aber lieber spielt er Zwei und Zwei oder gar Drei und Drei, wenn die anderen mitmachen. Gewöhnlich bringt ein Rubber bei Blades ungefähr zehn Punkte. Bei Eins und Eins heißt das zweihundert Pfund. Aber manche spielen gern höher. Es gibt keine Beschränkungen bei Blades, und so wird manchmal recht riskant geblufft, so daß es schon fast wie Poker ist.«
M wurde durch die Ankunft seines Markknochens unterbrochen. Er steckte aufrecht in einer blütenweißen Serviette auf einem Silberteller, auf dem auch ein silberner Marklöffel lag.
Nach dem Spargel hatte Bond keine große Lust mehr auf die dünnen Ananasscheiben. Er goß den Rest des eiskalten Champagners in sein Glas. Er fühlte sich glänzend. Champagner und Benzedrin taten ihre Wirkung. Zum erstenmal lehnte er sich zurück und sah sich ein wenig in dem großen Speisesaal um.
Einige Gruppen begannen bereits aufzubrechen, um sich in den Spielsaal zu begeben. Sir Hugo Drax kam mit Meyer im Kielwasser auf sie zugesteuert. Sein haariges rotes Gesicht strahlte heitere Vorfreude aus.
»Na, meine Herren«, rief er ihnen zu, »wie weit sind Sie? Sind die Lämmer bereit für die Schlachtbank? Das Beil ist geschärft. Haben Sie Ihr Testament gemacht?«
»Wir kommen sofort«, sagte M trocken. »Sie können inzwischen schon die Karten zinken.«
Drax lachte laut auf.
»Solche Hilfsmittel haben wir nicht nötig. Also, bis gleich.«
Er wandte sich zum Gehen. Meyer folgte ihm mit einem unsicheren Lächeln.
M sah ihnen nach. »Kaffee und Kognak nehmen wir im Spielsaal«, sagte er zu Bond. »Hier kann man nicht rauchen. Also dann! Haben Sie schon einen festen Plan?«
Bond erklärte: »Ich will ihn erst mästen, bevor ich ihn schlachte. Wundern Sie sich also nicht, wenn ich hoch wette.

Zunächst müssen wir ganz normal spielen, bis unsere Zeit gekommen ist. Wenn er mit dem Geben dran ist, müssen wir besonders vorsichtig sein. Natürlich kann er die Karten nicht ändern, es ist also kein Grund vorhanden, warum er uns kein gutes Blatt austeilen sollte; aber da er unsere Karten kennt, ist er dann sehr im Vorteil. Wenn es Ihnen recht ist, möchte ich gern links von ihm sitzen.«
»Wie Sie wollen«, sagte M. »Sonst noch etwas?«
Bond überlegte einen Augenblick.
»Nur noch eines, Sir. Wenn es soweit ist, werde ich ein weißes Taschentuch aus der Tasche ziehen. Bitte überlassen Sie dann das Bieten mir.«

6

Drax und Meyer erwarteten sie. Sie saßen behaglich zurückgelehnt und rauchten jeder eine Cabinet Havanna. Auf kleinen Tischchen standen Kaffee und Kognakschwenker. Als M und Bond erschienen, war Drax gerade im Begriff, die Verpackung eines neuen Kartenspiels aufzureißen. Das andere Spiel lag fächerförmig auf dem grünen Tuch ausgebreitet.
»Ah, da sind Sie ja!« rief Drax. Er beugte sich vor, zog eine Karte, und sie folgten seinem Beispiel. Drax hatte die höchste Karte gezogen, er behielt seinen Platz und wählte die roten Karten.
Bond nahm zu seiner Linken Platz.
M winkte einem Kellner, der eben vorbeikam.
»Kaffee und den Klub-Brandy«, sagte er. Er zündete sich einen dünnen schwarzen Stumpen an und bot Bond einen an. Dann nahm er die roten Karten auf und begann sie zu mischen.
»Wie hoch?« fragte Drax und sah M an. »Eins und Eins? Oder höher? Ich gehe mit Vergnügen bis Fünf und Fünf, wenn Sie Lust haben.«
»Mir genügt Eins und Eins«, antwortete M. »James?«
Drax warf einen Blick auf Bond und fragte scharf: »Ihr Gast weiß doch hoffentlich, auf was er sich einläßt?«
Bond antwortete für M. »Ja«, sagte er kurz. Und dann mit einem herausfordernden Lächeln: »Ich bin heute abend in Geberlaune. Wieviel wollen Sie mir abnehmen?«

»Den letzten Penny«, lachte Drax. »Wieviel können Sie sich leisten?«
»Ich sage Ihnen Bescheid, wenn ich blank bin«, lächelte Bond, den plötzlich der Teufel ritt. »Ich habe mir sagen lassen, Fünf und Fünf ist Ihr Limit. Wie wär's damit?« Sogleich reute ihn die kühne Herausforderung. Fünfzig Pfund auf hundert! 500 Pfund für Nebenwetten! Vier verlorene Rubber konnten ihn ein doppeltes Jahreseinkommen kosten! Wenn etwas schiefging, saß er schön in der Tinte. Er müßte sich von M Geld borgen, und M war kein sonderlich reicher Mann. Plötzlich wurde ihm klar, daß dieses lächerliche Spiel verdammt unangenehm ausgehen konnte. Er fühlte, wie ihm der Schweiß auf die Stirn trat. Dieses verfluchte Benzedrin! Wie konnte er sich nur von diesem großspurigen Rüpel zu einer solchen Unvorsichtigkeit reizen lassen!
Bond biß sich auf die Lippen. Er hatte sich zu einem Duell mit einem Multimillionär hinreißen lassen, zu einem Spiel um alles, was er besaß, und das nur, weil der Kerl schlechte Manieren hatte und er ihm einen Denkzettel verpassen wollte.
Drax starrte ihn immer noch ungläubig an. Dann wandte er sich an M, der ungerührt die Karten mischte.
»Ich hoffe, Ihr Gast kann seinen Verpflichtungen nachkommen«, brummte er unhöflich. Unverzeihlich!
Bond sah, wie M das Blut ins Gesicht schoß. Er hielt kurz mit dem Mischen inne. Als er damit fortfuhr, bemerkte Bond, daß seine Hände ganz ruhig waren. Er blickte hoch und nahm betont langsam den Stumpen aus dem Mund. Seine Stimme war völlig beherrscht. »Wenn Sie damit meinen, ob ich für die Verpflichtung meiner Gäste gut bin, dann heißt die Antwort: Ja.«
Mit der Linken hob er die Karten zu Drax hin ab, während er mit der Rechten die Asche über dem kupfernen Aschenbecher abstreifte, der an der Ecke des Tisches stand. Bond hörte das leichte Zischen der Glut, die ins Wasser fiel.
Drax schielte etwas verlegen nach M und nahm sein Blatt auf. »Aber natürlich«, brachte er hastig hervor, »so habe ich es ja nicht gemeint ...« Er brach ab und wandte sich Bond zu. »Also gut«, sagte er und maß Bond mit einem neugierigen Blick. »Es bleibt bei Fünf und Fünf. Meyer«, fragte er seinen Partner, »wie hoch willst du gehen? Du kannst auf Sechs und Sechs steigern.«

»Nein, nein«, sagte Meyer rasch. »Mir reicht Eins und Eins, Hugo. Außer du willst, daß ich höhergehe?« Er sah seinen Partner ängstlich an.
»Natürlich nicht«, erklärte Drax. »Ich spiele nun einmal gern hoch. Komme nur selten dazu. Also, dann kann es ja losgehen.« Er begann zu geben.
Und plötzlich war es Bond egal, wie hoch der Einsatz war. Plötzlich hatte er nur noch den einen Wunsch, diesem haarigen Affen eine Lektion zu erteilen, an die er sein Leben lang denken sollte. Trotz ihrer großen Bedeutung vergaß Bond die Rakete in diesem Augenblick völlig. Was jetzt kam, war eine Privatangelegenheit zwischen zwei Männern.
Er beobachtete die verstohlenen Blicke von Drax nach dem spiegelblanken Zigarettenetui und spürte, wie der andere sich jede einzelne Karte genau einprägte. Bond lehnte sich bequem zurück, die Hände auf den gepolsterten Armlehnen. Dann nahm er den dünnen Stumpen aus dem Mund, legte ihn auf den kupfernen Rand des Aschenbechers und griff nach seiner Kaffeetasse. Der Kaffee war sehr stark und schwarz. Er leerte die Tasse, schlürfte dann langsam mit Genuß den blaßbraunen Kognak. Über den Rand des Glases hinweg trafen sich seine und M's Augen für eine Sekunde, und M lächelte flüchtig.
Bond nahm sein Blatt auf. Es war durchschnittlich. Lumpige zweieinhalb sichere Stiche, die Farben gleichmäßig verteilt. Er griff nach seinem Stumpen, nahm einen letzten Zug und drückte ihn dann im Aschenbecher aus.
»Drei Treff«, sagte Drax.
Bond paßte. Meyer erhöhte auf vier Treff.
M paßte ebenfalls.
Hm, dachte Bond. Drax scheint keine sehr starke Hand zu haben, weiß aber, daß sein Partner ihn unterstützen kann. M und ich könnten zum Beispiel zusammen alle Herzen haben, aber nach Drax' Eröffnung kann M nicht mehr bieten. Vermutlich schaffen sie ihre vier Treff.
Sie schafften es dadurch, daß Bond einmal geschnitten wurde. Es zeigte sich, daß M zwar ohne Herz, dafür aber in Karo stark besetzt war, bis auf den König, den Meyer hatte. Drax' Blatt reichte kaum aus, um auf drei Treff zu gehen – die Trumpfkarten hatte Meyer.

Na, da sind wir ja noch ganz glimpflich davongekommen, dachte Bond, während er austeilte.
Ihr Glück hielt an. Bond eröffnete mit einem Ohne-Trumpf, wurde von M auf drei erhöht, und sie erfüllten ihren Kontrakt mit einem Überstich. Das nächste Spiel, das Meyer austeilte, endete für sie mit einem Unterstich in fünf Karo. Aber das nächste eröffnete M mit vier Pik, und die drei kleinen Trumpfkarten sowie König und Dame in verschiedenen Farben, die Bond ihm brachte, genügten M für die Erfüllung des Kontrakts.
Der erste Rubber gehörte Bond und M.
Drax sah verstimmt aus. Er hatte 900 Pfund verloren und schien heute kein Glück zu haben.
»Spielen wir weiter?« fragte er. »Ich bin dafür. Wie gehabt?«
M und Bond wechselten einen raschen Blick. Drax wollte es also darauf ankommen lassen. Bond zuckte die Achseln.
»Einverstanden«, sagte M. »Diese Plätze scheinen uns Glück zu bringen.«
»Bis jetzt«, verkündete Drax hoffnungsvoll.
Sein Optimismus erwies sich als berechtigt. Beim nächsten Spiel boten und erfüllten Meyer und er Klein Schlemm. Dazu mußte Drax zweimal geradezu haarsträubend schneiden, was er auch ungeniert tat. Dabei mimte er Zögern und Überlegen und machte laute Bemerkungen über sein Glück.
»Hugo, du bist großartig!« sagte Meyer bewundernd. »Wie machst du das bloß?«
Bond schien es an der Zeit, einen kleinen Nadelstich zu landen.
»Gedächtnis«, sagte er kurz.
Drax sah rasch auf und sagte scharf: »Was wollen Sie damit sagen? Was hat das mit dem Schneiden zu tun?«
»Ich wollte sagen: Gedächtnis und Instinkt, das sind die wichtigsten Eigenschaften des guten Kartenspielers«, ergänzte Bond gelassen.
»Ach so«, brummte Drax unsicher. Er hob für Bond ab, und Bond fühlte den mißtrauisch prüfenden Blick des anderen.
Das Spiel verlief ohne besondere Sensation und ohne daß jemand viel riskierte. Meyer ließ sich zu einem unvorsichtigen Vier-Pik-Gebot hinreißen, M kontrierte, und Meyer fiel mit zwei Unterstichen. Aber das nächstemal machte Drax das

Spiel mit drei Ohne-Trumpf. Bond verlor seinen Gewinn aus dem ersten Rubber und noch etwas darüber.
»Möchte jemand einen Drink?« fragte M, während er für Bond die Karten zum dritten Rubber abhob. »James? Noch etwas Champagner? Die zweite Flasche schmeckt immer besser.«
»O ja, sehr gern«, sagte Bond.
Der Kellner kam. Die anderen bestellten Whisky und Soda.
Drax wandte sich an Bond. »Hier muß mal ein bißchen Leben reinkommen. Ich wette hundert, daß wir dieses Spiel gewinnen.« Er hatte die Karten verteilt, sie lagen in vier kleinen Häufchen in der Mitte des Tisches.
Bond sah ihn an. Das rechte Auge des Millionärs glotzte ihn blutrot an, das andere war kalt, hart und böse. Zu beiden Seiten der großen, scharfen Nase zeigten sich Schweißperlen.
Wollte er herausbekommen, ob Bond wegen des Gebens Verdacht geschöpft hatte? Bond beschloß, ihn im Ungewissen zu lassen. Das hieß, hundert Pfund zum Fenster hinauswerfen. Aber es würde ihm den Vorwand bieten, die Einsätze später zu steigern.
»Wenn Sie geben?« lächelte er. Er tat, als zögerte er eine Sekunde. »Na gut, ich halte mit«, erklärte er dann. Und als gäbe er einem plötzlichen Einfall nach, fügte er hinzu: »Und das gleiche für das nächste Spiel.«
»Gut, gut«, knurrte Drax ungeduldig. »Wenn Sie Ihrem schlechten Geld noch gutes nachschicken wollen.«
»Sie scheinen sehr sicher, was dieses Blatt betrifft«, sagte Bond mit undurchdringlicher Miene.
Er nahm sein Blatt auf. Es war ausgesprochen schlecht, und er hatte Drax' Eröffnung mit einem Ohne-Trumpf nichts als ein Kontra entgegenzusetzen. Der Bluff hatte auf Drax' Partner keine Wirkung. Meyer erhöhte auf zwei Ohne-Trumpf. Zu Bonds Erleichterung paßte M. Drax ließ es bei zwei Ohne-Trumpf bewenden und erfüllte den Kontrakt.
»Vielen Dank!« grinste Drax und schrieb sorgfältig das Spiel an. »Nun sehen Sie zu, ob Sie es zurückkriegen.«
Das konnte Bond nicht, sehr zu seinem Leidwesen. Das Glück war immer noch auf seiten der Gegenpartei, die drei Herz ansagte und damit das Spiel machte.
Drax war sehr mit sich zufrieden. Er nahm einen großen

Schluck von seinem Whisky-Soda und fuhr sich mit seinem Taschentuch über das Gesicht.
»Gott ist mit den starken Bataillonen!« rief er gutgelaunt. »Man muß Glück haben, aber auch spielen können! Gilt die Wette weiter, oder haben Sie genug?«
Bonds zweite Flasche stand bereits im Eiskübel auf dem Tischchen neben ihnen. Sein Glas war noch zu Dreiviertel voll. Er leerte es in einem Zug, als müßte er sich Mut antrinken. Dann goß er es wieder voll.
»Also schön«, sagte er mit schwerer Zunge. »Hundert auf die beiden nächsten Spiele.«
Prompt verlor er sie beide und damit den Rubber.
Plötzlich wurde ihm klar, daß er schon fast 1500 Pfund verloren hatte. Er stürzte noch ein Glas Champagner hinunter.
»Verdoppeln wir doch einfach die Einsätze für den nächsten Rubber!« rief er heftig. »Was meinen Sie?«
Drax hatte ausgeteilt und seine Karten aufgenommen. Seine Lippen waren feucht vor Erregung. Er sah Bond an, der stark angetrunken wirkte und offenbar Mühe hatte, seine Zigarette anzuzünden.
»Angenommen!« sagte Drax schnell. »Einhundert Pfund auf hundert und eintausend auf den Rubber.« Dann glaubte er eine kleine Geste der Fairneß riskieren zu können. Er wußte, daß Bond seine Wette doch nicht mehr zurückziehen konnte. »Aber mir scheint, ich habe ein gutes Blatt. Halten Sie trotzdem mit?«
»Natürlich!« sagte Bond ungeduldig und ordnete seine Karten mit ungeschickten Bewegungen. »War ja mein Vorschlag, oder?«
»Also gut«, sagte Drax befriedigt. »Drei Ohne-Trumpf.«
Er machte vier.
Zu Bonds Erleichterung wendete sich nun das Blatt. Bond machte Klein Schlemm in Herz, und beim nächsten Spiel kam M mit drei Ohne-Trumpf durch.
Bond grinste in das schwitzende Gesicht seines Gegners. »Die starken Bataillone!« stichelte er.
Drax brummte etwas vor sich hin und beschäftigte sich angelegentlich mit seiner Rechnung.
Bond warf einen kurzen Blick auf M, der offenbar sehr zufrieden mit dem Verlauf des Spiels war und sich soeben seinen

zweiten Stumpen an diesem Abend anzündete – für ihn eine geradezu unerhörte Ausschweifung.
»Mein letzter Rubber«, verkündete Bond. »Ich muß morgen zeitig heraus. Nehmen Sie mir's nicht übel.«
M sah auf seine Uhr. »Zwölf vorbei. Was meinen Sie, Meyer?«
Meyer hatte sich den ganzen Abend über still und scheu verhalten und machte den Eindruck eines Menschen, der sich unversehens in einem Käfig mit mehreren Tigern eingeschlossen findet. Er ergriff nur zu gern die Gelegenheit zum Aufbruch, um in seine ruhige Wohnung in Albany und zu seiner Sammlung alter Schnupftabaksdosen zurückzukehren.
»Mir ist es recht, wenn wir nach dem Rubber Schluß machen, Admiral«, sagte er eifrig. »Und du, Hugo? Noch nicht die nötige Bettschwere?«
Drax beachtete ihn gar nicht. Er sah von seiner Rechnung auf und betrachtete Bond prüfend. Mit Befriedigung bemerkte er die Anzeichen von Betrunkenheit, die feuchte Stirn, die Haarsträhne, die bis auf die rechte Augenbraue herunterhing, den alkoholischen Glanz in den graublauen Augen.
»Bis jetzt ist bei der Sache noch nicht viel herausgekommen«, sagte er beiläufig. »Sie haben vielleicht ein paar hundert gewonnen. Wenn Sie genug haben, können Sie natürlich jetzt aufhören. Aber was halten Sie davon, wenn wir zum Schluß noch ein kleines Feuerwerk veranstalten? Dreifacher Einsatz beim letzten Rubber? Fünfzehn und Fünfzehn? Das wär' doch mal was! Na, was meinen Sie?«
Bond sah ihn an. Er machte eine Pause, bevor er antwortete. Er wollte, daß Drax sich später an jede Einzelheit dieses letzten Rubbers erinnerte, an jedes Wort, jede Geste.
»Na?« wiederholte Drax ungeduldig. »Wie ist es?«
Bond sah in das kalte linke Auge in dem erhitzten Gesicht. Er sprach nur zu diesem Auge.
»Einhundertundfünfzig Pfund auf hundert, fünfzehnhundert Pfund auf den Rubber«, sagte er langsam und deutlich. »Ich halte.«

7

Einen Augenblick lang war es still am Tisch.
Dann brach die aufgeregte Stimme Meyers das atemlose Schweigen.
»Nein, wirklich, Hugo!« rief er ängstlich. »Da mache ich nicht mehr mit! Laß mich aus so was raus!«
Er wußte, daß das eine private Wette zwischen Drax und Bond war, aber er wollte Drax sein Unbehagen über die ganze Angelegenheit zu erkennen geben. Er hatte höllische Angst, irgend etwas falsch zu machen und so seinem Partner großen Schaden zuzufügen.
»Mach dich nicht lächerlich, Max!« sagte Drax grob. »Spiel du deine Hand, das andere geht dich nichts an. Das ist ein kleiner Scherz zwischen unserem hitzigen jungen Freund und mir. Heben Sie ab, Admiral. Ich gebe.«
M hob ab, und das Spiel begann.
Bond zündete sich eine Zigarette an, und seine Hände waren dabei plötzlich ganz ruhig. Sein Kopf war klar. Er wußte genau, was er zu tun hatte und wann. Und er war froh, daß der Augenblick der Entscheidung bald da war.
Er lehnte sich zurück und hatte eine Sekunde lang das Gefühl, als drängten sich unsichtbare Zuschauer von allen Seiten heran, um ihm über die Schulter zu sehen. Generationen von Spielern, die in diesem Saal aus- und eingegangen waren. Er meinte, die Geister müßten ihm wohlgesonnen sein und die Bestrafung des Falschspielers billigen.
Er lächelte flüchtig, als er sich dabei ertappte, wie er den Geistern versprach, die Ehre des Blades wiederherzustellen.
Die Luft in dem berühmten Spielsaal vibrierte vor Spannung, die gedämpften Stimmen von den einzelnen Spieltischen ergaben die vertraute Geräuschkulisse, die Bond so liebte.
Er nahm seine Karten, und seine Augen leuchteten auf. Endlich einmal hatte Drax ihm ein erstklassiges Blatt zuteilen müssen. Sieben Pik mit den vier Honneurs, das Herz-As, Karo-König. Er warf einen Blick auf Drax. Hatten er und Meyer die Treff?
Selbst dann konnte Bond überbieten. Würde Drax es darauf ankommen lassen, ihn hoch zu steigern, und ein Kontra riskieren?

Bond wartete.
»Passe«, knurrte Drax mürrisch. Er konnte die Enttäuschung über seine heimliche Kenntnis von Bonds Blatt nur mühsam verbergen.
»Vier Pik«, sagte Bond.
Meyer paßte, ebenso M; und Drax, sichtlich verärgert, ebenfalls.
M brachte einiges mit, und sie machten fünf.
Einhundertundfünfzig Punkte unterm Strich. Hundert darüber für Honneurs.
»Hm«, machte eine Stimme an Bonds Seite.
Bond sah auf. Es war Basildon. Sein eigenes Spiel war zu Ende, und er war herübergeschlendert, um zu sehen, was sich auf diesem Schlachtfeld tat.
Er nahm Bonds Schreibblock auf und sah sich die Rechnung an.
»Sie haben ganz schön abgeräumt!« sagte er heiter. »Wie hoch wird gespielt?«
Bond überließ die Antwort Drax. Er war froh über die Ablenkung, die zu keinem besseren Zeitpunkt hätte kommen können.
Drax hatte die blauen Karten für ihn abgehoben, und Bond hatte das Päckchen vor sich liegen, ganz nahe an der Tischkante.
»Fünfzehn und Fünfzehn«, brummte Drax.
Bond hörte, wie Basildon einen überraschten Ausruf machte.
»Mein Nachbar zur Linken hatte Lust, sich die Finger zu verbrennen«, brummte Drax verdrießlich, »und ich wollte ihm den Spaß lassen. Aber jetzt kriegt er die guten Karten!«
Über den Tisch hinweg warf M einen Blick auf Bond und bemerkte, wie plötzlich ein Taschentuch in Bonds rechter Hand auftauchte. M's Augen wurden schmal.
Bond schien sich mit dem Taschentuch den Schweiß vom Gesicht zu wischen. Nach einem blitzschnellen Seitenblick auf Drax und Meyer steckte er es wieder in seine Tasche zurück.
Ein blaues Kartenpäckchen war in Bonds Hand, und er begann auszuteilen.
»Das ist ein verteufelt hoher Einsatz«, murmelte Basildon etwas bedenklich. »Wir hatten nur einmal eine Nebenwette über tausend Pfund im Bridge. Aber das war vor dem Ersten

Weltkrieg. Hoffentlich gibt das keinen Ärger.« Seine Sorge war echt. Allzu hohe Einsätze in einem Privatklub führen meist zu Unannehmlichkeiten. Er ging um den Tisch herum und setzte sich zwischen M und Drax.

Bond hatte ausgeteilt und nahm leicht sein Blatt auf.

Er hatte nichts als fünf Treff mit As, Dame und Zehn und in Karo die Dame und sieben niedrige Karten.

Er atmete auf. Alles in Ordnung. Die Falle war gestellt.

Er fühlte förmlich, wie es Drax durchzuckte, als er seine Karten durchblätterte und dann ungläubig noch ein zweites Mal betrachtete. Bond wußte, daß Drax ein unwahrscheinlich gutes Blatt hatte. Zehn sichere Stiche, As und König in Karo, die vier Honneurs in Pik ebenso wie in Herz und König, Bube, Neun in Treff.

Bond hatte ihm dieses Blatt zugeteilt – vor dem Dinner im Sekretariat des Klubs.

Verstohlen beobachtete Bond seinen Gegner, gespannt, wie dieser auf sein märchenhaftes Blatt reagieren würde. Es bereitete ihm ein fast sadistisches Vergnügen, den gierigen Fisch auf den Köder anbeißen zu sehen.

Drax übertraf seine Erwartungen.

Betont gleichgültig schob er die fächerförmig geordneten Karten ineinander und legte sie verdeckt auf den Tisch. Lässig zog er die flache Packung aus der Tasche, holte sich eine Zigarette heraus und zündete sie an. Er vermied es, Bond anzusehen. Er schaute zu Basildon auf.

»Ja«, setzte er das Gespräch über ihre Einsätze im Plauderton fort, »es ist ein hohes Spiel, aber nicht das höchste, das ich gespielt habe. Einmal habe ich in Kairo einen Rubber um tausend Pfund gespielt. Im Mahomet Ali übrigens. Dort kann man in dieser Hinsicht allerhand erleben. Oft wird nicht nur auf den Rubber und das Spiel, sondern um jeden Stich gewettet. Hm!« Er nahm sein Blatt wieder auf und sah mit einem verschlagenen Lächeln zu Bond hinüber. »Ich habe da eine recht gute Hand, zugegeben. Aber vielleicht ist die Ihre noch besser.«

Sehr unwahrscheinlich, du alter Gauner, dachte Bond, wo du in drei Farben die Kombination As-König hältst! »Haben Sie Lust, diesmal noch etwas zu riskieren?«

Bond spielte seine Rolle meisterhaft. Er musterte seine Karten mit der angestrengten Aufmerksamkeit eines Mannes, der weiß, daß er ziemlich betrunken ist. »Ich habe selber ein ganz hübsches Blatt«, sagte er mit schwerer Zunge. »Wenn mein Partner noch etwas mitbringt, und die Karten richtig liegen, sind meine Chancen gar nicht schlecht – gar nicht schlecht! Was schlagen Sie vor?«

»Wir scheinen also ziemlich gleichzustehen«, log Drax. »Was halten Sie von hundert Pfund pro Stich extra? Wenn Ihr Blatt so gut ist, wie Sie sagen, kann ja nicht viel passieren.«

Bond runzelte die Stirn und tat, als wäge er seine Chancen ab. Er besah sich seine Karten aufs neue, blätterte sie einzeln mit dem Daumen durch und schien immer noch zu zögern.

»Na schön!« sagte er schließlich. »Ich halte. Ehrlich gesagt, ich habe mich etwas aufs Glatteis locken lassen. Aber meinetwegen. Sie scheinen allerhand in petto zu haben, also lasse ich Sie gar nicht erst zum Bieten kommen. Ich sage: sieben Treff.«

In der Totenstille, die diesem Gebot folgte, klirrte plötzlich ein Glas zu Boden. Basildon, der Drax' Blatt gesehen hatte, war so betroffen, daß er seinen Whisky fallen ließ. Er starrte wie gelähmt auf das zerbrochene Glas hinunter und ließ es liegen.

Drax traute seinen Ohren nicht. »Was?« stieß er atemlos hervor. Hastig blätterte er sein Spiel durch, um sich zu vergewissern, daß er sich vorhin nicht getäuscht hatte.

»Sagten Sie Groß Schlemm in Treff?« fragte er dann und sah seinen offenbar sinnlos betrunkenen Gegner neugierig an. »Na, Sie müssen's ja wissen. Was sagst du, Max?«

»Passe«, murmelte Meyer betreten. Er fühlte die knisternde Spannung in der Luft und hatte Angst. Warum, zum Teufel, war er nicht nach dem letzten Rubber aufgebrochen! Er verwünschte seine Schwäche.

»Passe«, sagte M unbewegt.

»Kontra!« Das Wort kam wie ein Peitschenhieb von Drax. Der Millionär musterte sein vermeintliches Opfer mit grausamem Triumph im Blick. Endlich war ihm dieser aufreizend selbstsichere Bursche in die Falle gegangen!

Bond fragte scheinbar arglos: »Soll das auch für die Nebenwetten gelten?«

»Ja«, sagte Drax gierig, »ja, so meine ich es.«
»Auch gut«, erklärte Bond. Er machte eine Pause und sah auf Drax statt auf sein Blatt. »Rekontra. Auf den Kontrakt und die Nebenwetten. 400 Pfund extra auf jeden Stich.«
In diesem Augenblick befiel Drax zum erstenmal ein furchtbarer Zweifel. Aber wieder sah er in sein Blatt und wieder war er beruhigt. Im schlimmsten Fall waren ihm zwei Stiche bombensicher.
Ein gemurmeltes »Passe« von Meyer. Ein etwas heiseres von M. Ein ungeduldiges Kopfschütteln von Drax.
Basildon war sehr blaß geworden. Er erhob sich, ging langsam um den Tisch herum und betrachtete eingehend alle Hände. Dabei bot sich ihm folgendes Bild:

Bond
Dame, 8, 7, 6, 5, 4, 3, 2
As, Dame, 10, 8, 4,

Drax	Meyer
As, König, Dame, Bube	6, 5, 4, 3, 2
As, König, Dame, Bube	10, 9, 8, 7, 2
As, König	Bube, 10, 9
König, Bube, 9	

M
10, 9, 8, 7
6, 5, 4, 3
7, 6, 5, 3, 2

Und plötzlich begriff Basildon. Es war ein Groß Schlemm aus der Hand, den Bond unter allen Umständen gewinnen mußte. Was immer Meyer ausspielte, würde Bond mit einem Trumpf aus der Hand oder vom Tisch stechen. Dann würde er, zwischen dem Ziehen der Trümpfe, zwei Runden Karo spielen, mit Impaß gegen Drax natürlich, mit Trumpfkarten vom Tisch stechen und so Drax' Double in Karo abwürgen. Nach fünf Runden blieben ihm noch die restlichen Trumpfkarten und sechs Karostiche. Drax' Asse und Könige würden völlig wertlos sein.
Es war glatter Mord.

Fast wie in Trance setzte Basildon seine Runde um den Tisch fort. Er blieb zwischen M und Meyer stehen, so daß er die Gesichter von Drax und Bond beobachten konnte. Er selbst verzog keine Miene, aber seine Hände waren schweißnaß, und er verbarg sie in den Taschen, um sich nicht zu verraten. In atemloser Spannung wartete er auf die Züchtigung, die jetzt unerbittlich über Drax kommen sollte – dreizehn einzelne Peitschenhiebe, deren Narben kein Kartenspieler je vergessen würde.

»Los, also los doch!« drängte Drax ungeduldig. »Spiel endlich aus, Max. Wir können nicht die ganze Nacht hier sitzen.«

Armer Teufel, dachte Basildon fast mitleidig. In zehn Minuten wirst du wünschen, Meyer wäre tot vom Stuhl gefallen, bevor er ausspielen konnte.

Wer in diesem Augenblick wirklich zu bedauern war, das war Meyer. Er sah aus, als stünde er tatsächlich kurz vor einem Schlaganfall. Er war totenblaß, und kalter Schweiß tropfte ihm vom Kinn auf die weiße Hemdbrust. Er hatte Angst, eine Katastrophe auszulösen, wenn er die falsche Karte ausspielte. Schließlich sagte er sich, daß Bond vielleicht in seinen langen Farben, Pik und Herz, unbesetzt war, und so spielte er den Karo-Buben aus.

Es war einerlei, was er ausspielte. Aber als M sein Blatt auf den Tisch legte und sich zeigte, daß er kein Karo hatte, explodierte Drax prompt und fuhr seinen Partner wütend an.

»Hast du nichts anderes, verdammter Idiot! Willst du's ihm gleich aufs Tablett legen? Auf welcher Seite stehst du eigentlich?!«

Meyer fiel förmlich zusammen.

»Ich tu, was ich kann, Hugo«, murmelte er unglücklich und fuhr sich mit seinem Taschentuch über das Gesicht.

Aber Drax achtete nicht mehr auf ihn, denn er hatte jetzt seine eigenen Sorgen.

Bond trumpfte vom Tisch, Drax mußte seinen König zugeben, und Bond spielte prompt Treff vom Tisch aus. Drax legte seine Neun drauf. Bond stach mit der Zehn, spielte Karo aus und trumpfte wieder vom Tisch. Drax' As fiel. Wieder Treff vom Tisch, ein Impaß, der Drax den Buben kostete.

Dann kam das Treff-As.

Als Drax seinen König zuwarf, wurde ihm zum erstenmal

klar, was geschehen konnte. Erschrocken schielte er auf Bond und wartete ängstlich auf die nächste Karte. Hatte Bond die Karo? Hatte Meyer darin keine Deckung? Schließlich hatte er sie ja angespielt. Drax wartete, die Karten in der schweißnassen Hand.

Bond hob den Kopf und blickte Drax direkt in die Augen. Dann zog er langsam die Karo-Dame heraus und legte sie auf den Tisch. Ohne Meyers Zugabe abzuwarten, setzte er mit Nachdruck die 8, 7, 6, 5, 4 nach und dann die beiden restlichen Trumpfkarten.

In die atemlose Stille hinein sagte er: »Das wär's, Drax.« Dann lehnte er sich langsam zurück.

Mit hochrotem Kopf riß Drax dem fassungslosen Meyer die Karten aus der Hand. Er breitete sie auf dem Tisch aus und durchwühlte sie in fiebriger Erregung, um vielleicht doch noch einen Ausweg zu finden. Dann warf er sie wütend auf den Tisch zurück.

Sein Gesicht war jetzt totenblaß, aber seine Augen blitzten vor rasender Wut. Plötzlich hob er die Faust und schmetterte sie auf den grünen Filz des Tisches, auf den Haufen wertloser Asse und Könige und Damen vor ihm.

Wie aus einem brodelnden Vulkan brach es aus ihm hervor: »Sie sind ein Be —«

»Halt, Drax!« Basildons Stimme schnitt ihm wie mit einem Peitschenhieb das Wort ab. »Keine Anschuldigungen. Ich habe das ganze Spiel mit angesehen. Wenn Sie irgendeine Beschwerde haben, richten Sie sie schriftlich an das Komitee.«

Langsam und schwankend erhob sich Drax. Er blieb neben seinem Stuhl stehen und fuhr sich mit der Hand durch das schweißnasse rote Haar. Allmählich kehrte die Farbe in sein Gesicht zurück und damit ein Ausdruck von Verschlagenheit. Er sah auf Bond hinunter, und in seinem unversehrten Auge funkelte ein gehässiger Triumph, der Bond beunruhigte.

Drax wandte sich seinen Mitspielern zu.

»Gute Nacht, meine Herren«, sagte er und ließ seinen Blick mit dem gleichen Ausdruck gehässigen Triumphs von einem zum andern gehen. »Ich schulde ungefähr fünfzehntausend Pfund. Die Rechnung überlasse ich Meyer.«

Er beugte sich vor und nahm sein Zigarettenetui und sein Feuerzeug vom Tisch.

Dann sah er Bond direkt in die Augen. Er sprach sehr ruhig, und sein roter Schnurrbart gab die unregelmäßig vorstehenden Zähne frei:
»An Ihrer Stelle würde ich das Geld möglichst schnell ausgeben, Commander Bond.«
Dann wandte er sich auf dem Absatz um und ging rasch davon.

Dienstag, Mittwoch

8

Obwohl er erst um zwei Uhr ins Bett gekommen war, erschien Bond am folgenden Morgen pünktlich um zehn Uhr wieder zum Dienst. Er fühlte sich miserabel. Zu den körperlichen Nachwirkungen, die der Genuß von zwei ganzen Flaschen Champagner auf Magen und Leber hatte, kam ein seelischer Kater, eine Depression, die zum Teil dem Benzedrin, zum Teil den Ereignissen der letzten Nacht zuzuschreiben war.

Während er mit dem Lift einem neuen Arbeitstag entgegenfuhr, war die Erinnerung an die Ereignisse der Nacht noch sehr lebendig in ihm.

Nachdem Meyer eilig und erleichtert aufgebrochen war, hatte Bond zwei Päckchen Karten aus seinen Taschen gezogen und sie M und Basildon gezeigt. Eines war das blaue Päckchen, das Drax für ihn abgehoben hatte: unter dem Taschentuch hatte Bond es blitzschnell eingesteckt und gegen ein anderes aus seiner rechten Rocktasche vertauscht. In der linken Tasche hatte er ein rotes Päckchen vorbereitet, da er nicht wissen konnte, in welcher Farbe er austeilen würde.

Er fächerte das rote Päckchen auseinander und zeigte M und Basildon, daß er damit den gleichen Groß Schlemm gegen Drax gewonnen hätte wie mit dem blauen.

»Es ist ein berühmtes Culbertson-Spiel«, erklärte er ihnen. »Ich hatte beide Kartenpäckchen dafür vorbereitet. Ich glaube, der Schlag hat gesessen.«

»Das kann man wohl sagen«, bekräftigte Basildon. »Ich nehme an, Drax macht sich seinen Vers darauf. In Zukunft wird er entweder wegbleiben oder anständig spielen. Teurer Abend für ihn. Übrigens«, fügte er hinzu, »brauchen Sie wegen Ihres Gewinns keine Skrupel zu haben. Sie haben allen – und Drax ganz besonders – einen Dienst erwiesen. Die Sache hätte auch schiefgehen können, und dann hätten Sie das Risiko getragen. Sie hätten sich ganz schön die Finger verbrennen können. Der Scheck geht Ihnen am Sonnabend zu.«

Sie verabschiedeten sich, und Bond fuhr nach Hause, in der etwas gedrückten Stimmung, die solchen Aufregungen zu folgen pflegt.

Loelia Ponsonby sah von ihrem Schreibtisch auf und schien die dunklen Schatten unter seinen Augen sofort zu bemerken. Er lächelte.

»Halb Arbeit, halb Spiel«, erklärte er. »Übrigens in Männergesellschaft. Schönen Dank noch für das Benzedrin. Ich hatte es wirklich nötig. Hoffentlich haben Sie dafür nicht Ihren Feierabend opfern müssen?«

»Natürlich nicht«, sagte Loelia Ponsonby und dachte an das Abendessen und das Buch, die nach Bonds Anruf hatten warten müssen. »Der Personalchef hat vor einer halben Stunde angerufen. Er sagt, M möchte Sie heute sprechen. Konnte aber nicht sagen, wann. Ich sagte ihm, daß Sie um drei Training für Selbstverteidigung haben, und er sagte, ich sollte es absagen. Das ist alles – abgesehen von dem, was noch von gestern auf Ihrem Schreibtisch liegt.«

»Gott sei Dank!« seufzte Bond. »Ich bin ganz froh, daß ich mich heute nicht von dem Trainer herumjagen lassen muß. Was Neues von 008?«

»Ja. Es soll ihm schon ganz gut gehen. Er ist ins Militärlazarett nach Wahnerheide überführt worden. Offenbar ist es nur ein Schock.«

Bond wußte, was ein Schock in diesem Beruf bedeutete.

»Gut«, sagte er ohne Überzeugung. Er lächelte ihr zu, ging in sein Büro und schloß die Tür.

Er setzte sich an seinen Schreibtisch und zog sich die oberste Mappe aus dem Stapel heran. Der Montag war vorbei. Heute war Dienstag, ein neuer Tag. Er versuchte, die Gedanken an die vergangene Nacht zu verscheuchen, zündete sich eine Zigarette an und öffnete die braune Mappe mit dem roten Stern für »Streng vertraulich«. Es war ein Memorandum vom Leiter des gesamten Zollwesens der Vereinigten Staaten und trug den Titel: Das Inspektoskop.

Zerstreut blätterte er die Seiten durch, zeichnete die Verteilerliste ab und warf die Mappe in den Korb für Ausgänge.

Sein Kopfschmerz saß immer noch über dem rechten Auge.

Er öffnete eine Schreibtischschublade und entnahm ihr ein Röhrchen Phensic. Er erwog, seine Sekretärin um ein Glas Wasser zu bitten. Aber da er es haßte, verwöhnt zu werden, kaute er zwei Tabletten und schluckte sie trocken hinunter.
Dann zündete er sich eine Zigarette an, ging zum Fenster und schaute hinaus, während ihm immer noch das gestrige Abenteuer im Kopf herumspukte.
Und je mehr er darüber nachdachte, desto seltsamer fand er alles.
Warum sollte Drax, ein Millionär, ein Nationalheld, ein Mann in einer einmaligen Position, warum sollte dieser Mensch beim Kartenspiel betrügen? Was konnte er damit erreichen? Was wollte er sich beweisen? Glaubte er so hoch über allen anderen Menschen zu stehen, daß ihre Gesetze für ihn nicht galten und er auf ihre Anstandsregeln pfeifen konnte? Ja, sein ganzes Benehmen zielte darauf hin, seinen Mitmenschen, die er offenbar verachtete, sozusagen ins Gesicht zu spucken.
Vermutlich fand Drax Gefallen am Abenteuer des Spiels. Vielleicht war es ein Ventil für seine inneren Spannungen, die sich in seiner poltrigen Stimme, dem Nägelkauen und den häufigen Schweißausbrüchen äußerten. Aber er durfte nicht verlieren, das würde ihn diesen minderwertigen Leuten gegenüber abwerten. Er war also entschlossen, in jedem Fall zu siegen, auch wenn er das nur durch Betrug erreichen konnte. Was die Gefahr einer Entdeckung betraf, so glaubte er vielleicht, daß es ihm gelingen müßte, sich aus dieser Situation herauszureden. Vielleicht dachte er darüber auch gar nicht nach. Menschen, die von irgend etwas besessen sind, verschließen ihre Augen vor Gefahr. Ja, manchmal bildet die Gefahr sogar einen perversen Anreiz.
Aber was war das für ein Wahn, von dem dieser Mann besessen war? Wo lag der Ursprung seines unbegreiflichen Ticks?
Alle Anzeichen wiesen auf Paranoia. Seine Geltungssucht, hinter der Verfolgungswahn steckte. Die Verachtung, die er seiner Umwelt entgegenbrachte. Sein polterndes Wesen, die lärmende Stimme, der Ausdruck geheimen Triumphs kurz nach der bitteren Niederlage. Der Triumph des Wahnsinnigen, der immer im Recht zu sein glaubt, ohne Rücksicht auf die Tatsachen. Er glaubt allen überlegen zu sein, über geheime

Kräfte zu verfügen. Er glaubt, Gold machen oder fliegen zu können wie ein Vogel, er hält sich für allmächtig – der Mann in der Gummizelle, der glaubt, Gott zu sein.
Ja, dachte Bond, während er über die Bäume von Regent's Park ins Leere starrte. Das ist die Lösung des Rätsels. Sir Hugo Drax ist ein Wahnsinniger. Aus seiner beginnenden Geisteskrankheit kam die Kraft, die ihn vorwärtstrieb und ihm half, seine Millionen zusammenzuraffen. Hier lag aber auch die Wurzel zu seiner gigantischen Geste, England die Rakete zu schenken, die seine Feinde vernichten sollte. Dem allmächtigen Drax sollte England seine Sicherheit verdanken.
Aber wer kann wissen, wie weit Drax' Krankheit vorgeschritten ist? Wer hat hinter dem prahlerischen Wesen bis jetzt mehr gesehen als die ruppigen Manieren eines Emporkömmlings?
Vielleicht täusche ich mich, dachte Bond mit neuen Zweifeln. Bin ich der einzige, der einen Blick in diesen zerrütteten Geist getan hat? Aber vielleicht haben auch andere solche Gedanken gehabt, wenn sie einen dieser Augenblicke schwerer innerer Spannung miterlebten. Hat einer erfaßt, was mit diesem Mann los war? Man müßte ihm das Handwerk legen, bevor es zu spät ist.
Zu spät? Bond lächelte über sich selbst. Warum regte er sich eigentlich so auf? Was hatte dieser Mann ihm getan? Er hatte ihm ein Geschenk von 15 000 Pfund gemacht.
Bond zuckte die Achseln. Was ging ihn das alles an?
Aber dann fiel ihm die letzte Bemerkung des Millionärs ein. »An Ihrer Stelle würde ich das Geld schnell ausgeben, Commander Bond.« Was hatte er damit gemeint? Es waren wohl diese Worte, die sich in Bonds Unterbewußtsein festgesetzt hatten und seine Gedanken immer wieder zu Drax zurückführten.
Bond wandte sich heftig vom Fenster ab. Zum Teufel mit Drax, dachte er ärgerlich. Allmählich bekomme ich selbst einen Tick. 15 000 Pfund waren ihm in den Schoß gefallen. Na gut, er würde sie schnell ausgeben!
Er setzte sich an seinen Schreibtisch, dachte ein paar Sekunden nach und schrieb dann in ein Notizheft, auf dessen Deckel »Streng vertraulich!« stand:
1. Rolls-Benley-Kabriolett ungefähr 5000 Pfund

2. Drei Diamant-Clips zu je 250 Pfund = 750 Pfund

Er überlegte ein paar Sekunden. Blieben immer noch fast 10 000 Pfund. Die Wohnung renovieren lassen, ein paar neue Anzüge, neue Golfschläger, ein paar Dutzend Flaschen von dem Taittinger Champagner. Aber das hatte Zeit. Zuerst wollte er heute nachmittag die Clips kaufen und den Bentley bestellen. War gar nicht so leicht, 15 000 Pfund auszugeben. Vielleicht sollte man den Rest in Aktien anlegen, ein Vermögen machen und sich zurückziehen ...

Schrill läutete das rote Telefon und durchkreuzte diese Überlegungen.

»Können Sie raufkommen? M will Sie sprechen.«

»Ich komme«, sagte Bond, sofort hellwach. »Wissen Sie, worum es geht?« fragte er den Personalchef noch.

»Keine Ahnung. Ich war den ganzen Vormittag drüben im Yard«, sagte der Personalchef und legte auf.

9

Ein paar Minuten später trat Bond durch die bekannte grün gepolsterte Tür, und das grüne Licht über der Tür ging an. M sah ihn scharf an.

»Sie sehen ziemlich mitgenommen aus, 007«, sagte er. »Nehmen Sie Platz.«

Also dienstlich, dachte Bond, und sein Puls schlug etwas schneller. Heute keine Vornamen. Er setzte sich. M überflog ein paar mit Bleistift geschriebene Notizen, die er vor sich liegen hatte. Als er aufsah, ging sein Blick durch Bond hindurch.

»Zwischenfall in Drax' Team gestern nacht«, sagte er. »Mord und Selbstmord. Polizei versuchte Drax zu erreichen, hat ihn aber nicht im Blades gesucht. So erfuhr er es erst heute morgen um halb zwei, als er ins Ritz zurückkam. Die Opfer sind zwei seiner Mitarbeiter. Beide tot. Die Sache passierte in einer Gastwirtschaft in unmittelbarer Nähe des Raketengeländes. Der Polizei erklärte Drax am Telefon, die Geschichte sei ihm völlig egal und man solle ihn in Ruhe lassen. Typisch Drax. Aber inzwischen hat er sich besonnen und nimmt die Angelegenheit etwas ernster. Er ist jetzt dort draußen.«

»Merkwürdiger Zufall«, meinte Bond. »Aber was haben wir damit zu tun, Sir? Ist das nicht Sache der Polizei?«

»Zum Teil, ja«, gab M zu. »Aber zufällig haben wir die Verantwortung für einen Teil dieses Teams, soweit es nämlich aus Ausländern besteht. Es sind mehrere Deutsche darunter. Ich muß Ihnen das erklären.« Er warf einen Blick in seine Notizen. »An sich untersteht das Unternehmen der Royal Air Force, und zwar nach außen hin als Teil des großen Radarnetzes entlang der Küste. Die R.A.F. ist verantwortlich für die äußere Sicherheit, das Beschaffungsministerium übt die Autorität im Innern aus, wo die Arbeit vor sich geht. Die Anlage befindet sich am Rand der Klippen zwischen Dover und Deal. Das Gelände erstreckt sich über etwa tausend Morgen, die Anlage selbst nimmt etwa hundert ein. Im gegenwärtigen Abschnitt der Arbeiten befinden sich nur noch zweiundfünfzig Mann und Drax dort. Alle anderen Kräfte des Konstruktions-Teams sind bereits fort.«

Zweiundfünfzig Mann und Drax, durchfuhr es Bond. Ein Spiel Karten und der Joker ...

»Einige davon sind Deutsche«, fuhr M fort. »So ziemlich alle Fachleute für ferngesteuerte Raketengeschosse, die die Russen damals nicht erwischten. Drax kaufte sie sich für sein Projekt ein. Bei uns war man darüber nicht gerade glücklich, aber es blieb keine andere Wahl. Das Versorgungsministerium konnte keine eigenen Experten dafür abstellen. Drax mußte seine Leute nehmen, wo er sie bekam. Zur Unterstützung der R.A.F.-Leute schickte das Ministerium einen eigenen Sicherheitsoffizier hin, der für die Dauer des Projekts dort wohnen sollte. Einen Major Tallon.«

M machte eine Pause und sah Bond an.

»Er war eines der beiden Opfer der vergangenen Nacht. Ein Deutscher erschoß ihn und dann sich selbst.«

Bond schwieg und wartete auf den Rest der Geschichte.

»Es war in einer Gastwirtschaft in der Nähe des Geländes«, fuhr M fort. »Eine Menge Augenzeugen. Offenbar verkehrt dort die ganze Belegschaft. Irgendwohin müssen sie ja gehen. – Und jetzt zu Ihrer Frage, was wir damit zu tun haben. Wir sind davon betroffen, weil wir sowohl diesen Deutschen als auch alle anderen Mitarbeiter auf Herz und Nieren geprüft haben, bevor sie zugelassen wurden. Wir führen eine Akte

über jeden von ihnen. Deshalb wandten sich Scotland Yard und die R.A.F. noch in der Nacht an uns und verlangten die Akte des Toten zu sehen. Unser diensthabender Beamter suchte die Akte heraus und machte eine Eintragung in sein Dienstbuch. Als ich heute morgen diese Eintragung las, wurde ich aufmerksam. Komischer Zufall — nachdem wir gerade den Abend mit Drax verbracht hatten, nicht?«
»Sehr komisch«, sagte Bond, immer noch abwartend.
»Und noch etwas«, fuhr M fort. »Und das ist der eigentliche Grund, warum ich mich für die Sache interessiere, anstatt die Finger davon zu lassen. Der Abschuß des Mondblitz ist für kommenden Freitag angesetzt. Versuchsabschuß. Also nur noch vier Tage.«
M griff nach seiner Pfeife und zündete sie umständlich an.
Bond schwieg. Er begriff noch immer nicht, was das alles mit dem Secret Service zu tun hatte, dessen Kompetenz nur außerhalb Englands liegt. Es schien eine Angelegenheit für die Spezialabteilung von Scotland Yard oder vielleicht für M. I. 5. Er wartete und warf einen verstohlenen Blick auf seine Uhr. Es war Mittag.
M hatte endlich seine Pfeife in Gang gebracht und redete nun weiter.
»Abgesehen davon interessiert mich die Sache, weil mich Drax interessiert.«
»Mich auch, Sir«, sagte Bond.
»Als ich heute morgen die Eintragung im Dienstbuch las, rief ich Vallance im Yard an und fragte ihn, was eigentlich los sei. Er war ziemlich besorgt und bat mich, hinüberzukommen. Ich sagte, ich wollte nicht gern denen von Fünf auf den Schlips treten. Aber Vallance hatte bereits mit ihnen gesprochen. Sie hatten sich darauf geeinigt, daß es uns und die Polizei angeht, weil wir den Täter sozusagen empfohlen hatten. Also ging ich zu Vallance.«
M warf einen Blick in seine Notizen.
»Das Gelände liegt an der Küste, etwa drei Meilen nördlich von Dover. In unmittelbarer Nähe, direkt an der Landstraße, ist dieses Gasthaus, und die Techniker verkehren dort regelmäßig. Gestern abend gegen halb acht saß Tallon, der Sicherheitsoffizier des Ministeriums, dort bei einem Whisky-Soda und unterhielt sich mit einigen der Deutschen. Plötzlich kam

der Mörder herein und ging direkt auf ihn zu. Er zog eine Luger – übrigens ohne Seriennummer – aus dem Hemd und sagte: ›Ich liebe Gala Brand. Sie sollen sie nicht kriegen.‹ Dann schoß er Tallon direkt ins Herz, steckte die rauchende Pistole in den Mund und drückte ein zweites Mal ab.«
Bond konnte sich die grausige Szene in der überfüllten, rauchigen Schankstube einer typisch englischen Kneipe lebhaft vorstellen.
»Wer ist das Mädchen?« erkundigte er sich.
»Da liegt eine weitere Komplikation«, erklärte M. »Sie ist nämlich eine Agentin der Spezialabteilung. Erstklassige Kraft, spricht perfekt Deutsch. Sie und Tallon waren die einzigen Engländer, die Drax dort hatte. Vallance ist ein vorsichtiger Mann, und der Bau dieses Mondblitz ist das Wichtigste, was im Augenblick in England geschieht. Also hat Vallance, ohne irgend jemanden einzuweihen, Miss Brand dort untergebracht und sie Drax als Privatsekretärin untergeschoben. Sie war dort von Anfang an dabei. Und sie hat absolut nichts zu berichten. Sie sagt, Drax ist ein hervorragender Chef, abgesehen von seinen schlechten Manieren, und treibt seine Leute an wie der Teufel. Offenbar hat er anfangs versucht, bei ihr zu landen. Sie schützte, wie üblich, eine angebliche Verlobung vor, und seitdem kam sie glänzend mit ihm aus. Natürlich kannte sie Tallon. Aber er war alt genug, um ihr Vater zu sein, außerdem glücklich verheiratet, und es war nicht das geringste zwischen ihnen vorgefallen. Sie sagte Vallance heute morgen, sie sei in den ganzen achtzehn Monaten zweimal mit Tallon im Kino gewesen. Und den Mörder, einen Mann namens Egon Bartsch, Fachmann für Elektronik, kannte sie überhaupt nur vom Sehen.«
»Was sagen Bartschs Freunde zu der Sache?« fragte Bond.
»Sein Zimmergenosse behauptet, Bartsch sei irrsinnig verliebt in die Brand und eifersüchtig auf den ›Engländer‹ gewesen. In letzter Zeit sei er darüber so schwermütig geworden, daß ein solches Ende vorauszusehen war.«
»Vielleicht ein Spinner, der durch Überarbeitung plötzlich übergeschnappt ist«, meinte Bond. »Was sagt Vallance?«
»Im Augenblick versucht er vor allem, Miss Brand vor der Presse zu decken, damit ihre Verbindung zum Service nicht bekannt wird. Natürlich sind alle Zeitungen hinter der Story

her. Heute mittag erscheinen die ersten Berichte. Und alle schreien natürlich nach einem Bild des Mädchens. Vallance läßt eines zusammenbasteln, das ihr etwas ähnlich sieht, aber ebensogut auf jede andere paßt. Das wird sie heute abend an die Presse weitergeben. Glücklicherweise können die Journalisten das Gelände nicht betreten, und sie hat sich geweigert, sich ihnen zu stellen. Vallance hofft, daß die Untersuchung bis heute abend abgeschlossen ist und die Zeitungen dann den Fall bald einschlafen lassen, wenn sie kein weiteres Material bekommen.«

»Und der Abschuß des Mondblitz?« fragte Bond.

»Soll planmäßig stattfinden. Freitag mittag. Ein Versuchsabschuß, selbstverständlich ohne Atomkopf. Senkrechtstart. Für den Versuch wird ein Gebiet von etwa hundert Quadratmeilen in der Nordsee abgesperrt, etwa vom 52. Breitengrad an. Das ist nördlich der Linie zwischen Den Haag und Ipswitch. Die Einzelheiten werden erst Donnerstag nacht bekanntgegeben.«

Bond hörte eine ferne Turmuhr die volle Stunde schlagen. Schon eins. Er würde wieder um sein Mittagessen kommen.

»Das Beschaffungsministerium ist sehr beunruhigt«, fuhr M weiter fort. »Tallon war einer ihrer besten Leute. Seine Berichte waren bis dahin völlig negativ. Gestern nachmittag rief er ganz plötzlich seine Dienststelle an und erklärte, er habe eine außerordentlich wichtige Meldung zu machen. Er wollte am Telefon nichts Näheres sagen und verabredete eine persönliche Aussprache mit dem Minister für heute morgen. Ein paar Stunden später war er tot. Noch ein komischer Zufall.«

»Sehr komisch«, sagte Bond. »Aber warum unterbricht man nicht einfach das ganze Projekt und stellt eine gründliche Untersuchung an? Schließlich steht die Sicherheit Englands auf dem Spiel.«

»Das Kabinett ist heute morgen zusammengetreten«, berichtete M. »Und der Premierminister hat die Frage gestellt, ob irgendwelche Beweise für Sabotage oder auch nur einen Sabotageversuch vorliegen. Die Antwort war natürlich nein. Es gibt nur unklare Vermutungen, die sich an Tallons gestrigen Anruf und an den Mord knüpfen. Alle waren sich darüber einig, daß bei beiden Vorfällen die nervöse Hochspannung auf dem Raketengelände eine Rolle gespielt haben kann. In Anbetracht der augenblicklichen politischen Lage halten es alle für das beste, wenn der Mondblitz so schnell wie möglich fertiggestellt wird, um die Sicherheit Englands oder vielleicht die der ganzen Welt zu gewährleisten. Es wurde also mit großer Mehrheit beschlossen, den Abschuß nicht zu verschieben. Der Minister weiß aber genausogut wie wir, daß es für die Russen einen ungeheuren Prestigegewinn bringen könnte, den Mondblitz kurz vor dem ersten Versuchsabschuß zu sabotieren. Damit könnten sie unter Umständen das ganze Projekt in Frage stellen. Das Team besteht aus lauter Ausländern. Einer von ihnen könnte von den Russen gekauft sein.«

M lehnte sich zurück und sah zur Zimmerdecke auf. Seine beiläufige Art war ein deutliches Zeichen, wie wichtig er die Angelegenheit nahm. Bond sah schwarz für sein Mittagessen.

»Der Minister hat mich gleich nach der Kabinettssitzung zu sich bestellt«, sagte M. »Er will auf jeden Fall Tallon sofort ersetzen. Der neue Mann muß Deutsch können, Fachmann für Sabotage sein und viel Erfahrung mit unseren Freunden, den Russen, haben. Von M. I. 5 wurden drei Kandidaten aufgestellt. Alle drei sind zur Zeit in anderen Fällen eingesetzt und müßten kurzfristig abberufen werden. Aber der Minister hat mich um meine Meinung gefragt. Er hat meinen Vorschlag sofort dem Premierminister unterbreitet und alle bürokratischen Umwege abgekürzt.«

Bond sah in die kühlen grauen Augen seines Vorgesetzten und nahm gelassen seinen neuen Auftrag entgegen.

»Sir Hugo Drax ist bereits verständigt worden«, sagte M. »Er erwartet Sie heute abend in seinem Hauptquartier.«

10

An diesem Dienstagnachmittag gegen Ende Mai raste Bonds großer Bentley auf der geraden Strecke der Landstraße nach Dover dahin. Obwohl Bond schnell fuhr, beschäftigte er sich doch in Gedanken mit dem, was er in den letzten Stunden gehört und erfahren hatte.

Nach seiner Unterredung mit M und einem hastigen Imbiß in der Kantine war er mit einem Taxi zu Scotland Yard gefahren, wo ihn Assistant Commissioner Vallance um Viertel vor drei erwartete.

Vallance war sichtlich erleichtert über seinen Besuch, gleichgültig gegenüber den Eifersüchteleien zwischen den verschiedenen Ämtern und nur bestrebt, den Mondblitz abzusichern und einer seiner besten Agentinnen aus einer bösen Klemme zu helfen. Er sprach mit aufrichtiger Hochachtung über M. Und schon nach den ersten fünf Minuten hatte er Bonds rückhaltlose Sympathie gewonnen.
Nach der halbstündigen Unterredung wußte jeder der beiden Männer, daß er im anderen einen Verbündeten hatte.
Sein Besuch im Beschaffungsministerium hatte Bond keine neuen Informationen über den Fall gebracht. Er hatte Tallons Akte und seine Berichte studiert. Die Akte war klar und makellos: ein Leben im Dienst des Staats. Die Berichte gaben ein anschauliches Bild von einem sehr lebendigen und sehr gut geführten technischen Unternehmen; ein oder zwei Fälle von Trunkenheit, ein unbedeutender Diebstahl, ein paar kleinere Schlägereien – aber im übrigen ein vorbildliches Team, das hart arbeitete und ganz in seiner Arbeit aufging.
Danach hatte Bond im Ministerium eine halbstündige Unterredung ganz anderer Art mit Professor Train gehabt, einem kleinen, unscheinbaren Mann, der im Vorjahr für den Nobelpreis vorgeschlagen war und zu den fähigsten Experten der Welt auf dem Gebiet der ferngesteuerten Raketengeschosse zählte.
Professor Train hatte ihn zu der Wand des Vorführungsraums geführt, an der eine Anzahl großer Karten und Pläne hochgezogen waren. Er ließ eine der großen Wandkarten herunter, und Bond sah eine schematische Zeichnung des Mondblitz, die ungefähr so aussah wie eine V 2 mit großen Flossen.
»Ich nehme an, Sie verstehen nichts von Raketen«, begann Professor Train. »Ich werde Ihnen die Sache also auf möglichst einfache Art erklären, und Sie nicht mit Ausströmgeschwindigkeit, Massenverhältnis oder Keppler'scher Ellipse verwirren. Der Mondblitz, wie Drax ihn genannt hat, ist eine Einstufenrakete. Sie verbraucht ihren ganzen Treibstoff damit, sich selbst in die Luft zu schießen, und peilt dann von oben her ihr Ziel an. Die Flugbahn der V 2 entsprach eher der eines Geschosses, das aus einer Feuerwaffe abgeschossen wird. Als Treibstoff diente eine sehr leicht entflammbare Mischung von Alkohol und flüssigem Sauerstoff, die so weit abgeschwächt

wurde, daß der für die Brennkammern verwendete Stahl nicht schmolz. Man kennt noch wesentlich stärkere Treibstoffe, konnte sie aber bisher nicht verwenden, weil ihren Brenntemperaturen kein noch so widerstandsfähiger Stahl standhielt.«

Der Professor unterbrach sich und tippte Bond mit dem Zeigefinger gegen die Brust.

»Aber das alles ist für Sie unwichtig, mein Lieber. Was Sie wissen müssen, ist, daß Drax' Columbit einen dreimal höheren Schmelzpunkt hat als die bisher verwendeten Metalle. Das heißt, wir können jetzt einen dieser Super-Treibsätze verwenden, ohne daß die Brennkammern schmoren. Übrigens verwenden wir Fluorin und Wasserstoff«, fügte der Professor stolz hinzu.

»Aha«, machte Bond ehrerbietig.

Der Professor warf ihm einen scharfen Blick zu.

»Wir hoffen damit eine Geschwindigkeit von etwa 22 000 Kilometern in der Stunde zu erreichen. Damit wäre praktisch jede Hauptstadt der Welt für unsere Rakete erreichbar. Für gewisse Fälle ganz natürlich«, bemerkte der Professor trocken. »Außerdem natürlich für die Wissenschaft ein unschätzbarer weiterer Schritt auf dem Weg ins All. Noch irgendwelche Fragen?«

»Wie funktioniert das Ding eigentlich?« fühlte sich Bond verpflichtet zu fragen.

Der Professor wies auf das Diagramm.

»Beginnen wir von oben«, sagte er und deutete auf das obere Ende der Zeichnung. »Zuerst kommt der Sprengkopf. Beim Versuchsabschuß befindet sich hier natürlich keine Sprengladung, sondern Stratosphäreninstrumente, Radar und Ähnliches. Dann kommen Stabilisierungskreisel und Ortungsinstrumente. Dann eine Unzahl weiterer Instrumente, die Stromversorgung und die großen Treibstofftanks — dreißigtausend Pfund Treibstoff.

Im Heck finden sich zwei kleine Tanks für den Betrieb der Treibstoffpumpen. Vierhundert Pfund Wasserstoffsuperoxyd mischen sich mit vierzig Pfund Potassium-Permanganat und erzeugen die Kraft für die Pumpen, die den Haupttreibstoff in die Brennkammern führen. Unter ungeheurem Druck. Können Sie mir folgen?« fragte der Professor skeptisch.

»Scheint mir im Prinzip ähnlich wie das Düsenflugzeug«, bemerkte Bond.

Der Professor lächelte erfreut über Bonds Aufmerksamkeit und Verständnis. »Mehr oder weniger ja. Aber die Rakete trägt ihren Treibstoff in sich, anstatt den Sauerstoff von außen aufzunehmen, wie die Comet. Nun, der Treibstoff entzündet sich, der hohe Druck entlädt sich nach hinten und treibt die Rakete vorwärts. – Das ist das einfache Grundprinzip jeder Rakete. Wie gesagt, der Mondblitz kann die volle Brennkraft des Treibstoffs ausnützen, weil seine Brennkammern aus Columbit die enormen Temperaturen aushalten. Auch die Heckflossen, die der Stabilisierung am Anfang des Flugs dienen, sind aus Columbit, sonst würden sie dem gewaltigen Luftdruck nicht standhalten. Sonst noch Fragen?«

Bond nickte. »Ja. Woher wissen Sie, daß die Rakete dort herunterkommt, wo Sie wollen? Könnte sie nicht nächsten Montag in Den Haag herunterfallen?«

»Dafür sorgen die Ortungsinstrumente. Außerdem aber haben wir mitten in der Nordsee einen Radarleitsender eingesetzt. Die Radaranlage in der Rakete selbst fängt die Signale dieses Senders auf und peilt die Rakete automatisch dorthin ein.« Mit einem Lächeln fügte der Professor hinzu: »Im Kriegsfall wäre es gar nicht schlecht, ein solches Gerät in feindlichen Hauptstädten zu haben, das unsere Raketengeschosse automatisch dorthin lenken würde.«

Bond lachte.

»Und wir wären diejenigen, die diese Dinger in diese Städte zu schmuggeln hätten. – Aber noch eine Frage: Was wäre der einfachste Weg, diese Rakete zu sabotieren?«

Der Professor zuckte die Achseln.

»Oh, da gibt es tausend Möglichkeiten«, meinte er heiter. »Sand ins Getriebe der Pumpen, Schmutz in den Treibstoff, ein kleines Loch irgendwo im Rumpf oder in den Flossen – bei der ungeheuren Kraft und Geschwindigkeit wäre der kleinste Fehler verhängnisvoll.«

»Vielen Dank«, sagte Bond. »Sie machen mir Mut.«

An der Gablung von Charing entschloß sich Bond, die weniger befahrene Strecke über Chilham und Canterbury zu fahren, statt durch Ashford und Folkstone. Er riß das Steuer nach links, und der große Wagen heulte im dritten Gang mit acht-

zig um die Kurve und dankte es Bond mit einem erleichterten Dröhnen, als er hochschaltete.
Während er den Gashebel durchtrat, überlegte Bond, wie Drax ihn wohl empfangen würde. M hatte ihm erzählt, daß Drax bei der telefonischen Erwähnung von Bonds Namen zuerst einen Moment geschwiegen und dann in beiläufigem Ton gesagt hatte: O ja, den kenne ich. Wußte nicht, daß er mit so was zu tun hat. Na egal, schicken Sie ihn ruhig her. Ich erwarte ihn rechtzeitig zum Dinner. Dann hatte er ziemlich unvermittelt aufgelegt.

11

Fünf Minuten später zeigte Bond dem uniformierten Posten am Eingang zu dem stacheldrahtumzäunten Gelände seinen Ausweis vom Ministerium.
Der R.A.F.-Sergeant reichte ihm den Ausweis zurück und salutierte.
»Sir Hugo erwartet Sie, Sir. Es ist das große Haus dort zwischen den Bäumen.« Er wies auf die Lichter, die etwa hundert Meter weiter gegen die Klippen aus dem Dunkel leuchteten.
Bond hörte ihn telefonisch den nächsten Wachtposten verständigen.
Langsam fuhr er weiter über die neue Asphaltstraße. Er konnte das entfernte Brausen der See hören, die gegen die Klippen schlug. Und außerdem nahm er das dünne, hohe Summen von Maschinen wahr, das lauter wurde, je mehr er sich den Bäumen näherte.
An einem zweiten Stacheldrahtzaun wurde er wieder von einem Uniformierten angehalten. Nachdem er sich ausgewiesen hatte, durfte er weiterfahren. Irgendwo bellten Hunde, offenbar durchkämmten Nachtwächter mit Polizeihunden das Gelände. Die Sicherheitsvorkehrungen schienen perfekt. Um die äußere Sicherheit würde er sich also nicht weiter zu kümmern brauchen.
Nachdem er die Baumgruppe hinter sich gelassen hatte, gelangte er auf eine große betonierte Fläche, deren Ende im Licht seiner Scheinwerfer nicht abzusehen war. Hundert Meter zur Linken, am Rand des kleinen Gehölzes, schimmerten die Lich-

ter des großen Hauses, fast verdeckt von einer gewaltigen Betonmauer.
Im Schrittempo fuhr Bond weiter und lenkte den Wagen vom Haus weg in Richtung der Klippen, wo sich ein massiger Schatten in den Nachthimmel hob. Die kreisenden Lichtstrahlen des South Goodwin Feuerschiffes ließen dieses dunkle Etwas plötzlich weiß aufglänzen. Bonds Scheinwerfer schnitten einen Lichtkegel in die Betonbahn. Weit draußen, fast am Rand der Klippen, und mindestens einen halben Kilometer von ihm entfernt, erhob sich eine etwa fünfzehn Meter hohe Kuppel aus dem Betongrund, die aussah wie ein Observatorium.
Bond lenkte den Wagen zum Haus zurück, auf die Betonwand zu, die vermutlich als Schutzmauer für das Haus gedacht war.
Als er vorfuhr, erschien ein Diener in weißer Jacke und öffnete höflich die Wagentür.
»Guten Abend, Sir. Hier hinauf bitte.«
Er sprach hölzern und mit einem ganz leichten ausländischen Akzent. Bond folgte ihm ins Haus und durch eine geräumige Halle. Der Diener klopfte an eine Tür.
»Herein.«
Bond lächelte, als er die rauhe, bellende Stimme und den herrischen Ton wiedererkannte.
An dem der Tür entgegengesetzten Ende des großen, hellen, freundlichen Raums stand Drax mit dem Rücken zum leeren Kamin. Er trug eine pflaumenblaue samtene Hausjacke, deren Farbe sich mit dem Rot seines Haarwusts nicht vertrug. Zwei Männer und eine Frau standen in seiner Nähe.
»Ah, da sind Sie ja, mein Lieber!« rief Drax polternd. Er kam ihm entgegen und schüttelte ihm kräftig die Hand. »Wer hätte gedacht, daß wir uns so bald wiedersehen würden! Wenn ich geahnt hätte, daß Sie so was wie ein Spion sind, hätte ich mich gehütet, mit Ihnen Karten zu spielen!« Er lachte dröhnend. »Na, haben Sie das Geld schon ausgegeben?«
»Noch nicht«, lächelte Bond. »Bisher habe ich noch nichts davon zu sehen bekommen.«
»Ach so, natürlich. Verrechnung am Sonnabend. Da kriegen Sie ja den Scheck vielleicht gerade rechtzeitig, um einen auszugeben, wenn wir unser kleines Feuerwerk loslassen, wie?« Er führte Bond zu der Gruppe am Kamin. »Meine Sekretärin, Miss Brand.«

Bond sah in ein Paar sehr kühler blauer Augen.
»Guten Abend«, lächelte er ihr freundlich zu.
Er erhielt kein Lächeln zur Antwort, keinen Händedruck.
»Guten Abend«, antwortete sie gleichgültig, fast feindselig.
Gott sei Dank! dachte er unwillkürlich, eine nüchterne Person und kein Gänschen. Eine zweite Loelia Ponsonby: tüchtig, sachlich, zurückhaltend.
»Meine rechte Hand, Dr. Walter«, fuhr Drax fort.
Ein hagerer Mann mit schmalen Lippen und finsterem Blick. Er schien Bonds ausgestreckte Hand zu übersehen.
»Walter«, murmelte er mit mürrischem Kopfnicken.
»Und hier mein — wie soll ich sagen — Adjutant und Leibwächter, Willy Krebs.«
Bond schüttelte eine feuchte, schlaffe Hand und sah in einem schwammigen Gesicht zwei unruhige, pechschwarze Augen, die seinem Blick auswichen.
Beide Männer trugen fleckenlose weiße Overalls mit Plastikreißverschlüssen an Ärmeln, Knöcheln und Rücken. Beide trugen das Haar kurzgeschoren, so daß man stellenweise die Kopfhaut sehen konnte. Einen seltsamen Gegensatz dazu bildeten ihre buschigen Schnurrbärte, die verhinderten, daß sie wie Wesen von einem fremden Planeten wirkten. Beide waren Bond auf Anhieb unsympathisch und erinnerten ihn an die bizarren Typen aus einem Horrorfilm: der verrückte Wissenschaftler und das Ungeheuer.
Gegen diese gespenstischen Figuren wirkte der rotgesichtige, rothaarige, vitale Drax geradezu erfrischend natürlich. Bond war sehr erleichtert über den freundlichen Empfang und über Drax' offensichtlichen Wunsch, das Kriegsbeil zu begraben und mit seinem neuen Sicherheitsoffizier auszukommen.
»Einen Drink?« fragte Drax. »Willy wird uns seine berühmten dry Martini zurechtmachen. Ich glaube, wir möchten alle einen kleinen Drink vor dem Essen. Ausgenommen der Doktor. Der trinkt nicht, raucht nicht und atmet kaum!« lachte Drax. »Hat nichts als den Mondblitz im Kopf — stimmt's, alter Freund?«
Der Doktor verzog keine Miene.
»Sie belieben zu scherzen«, murmelte er zwischen den Zähnen.
»Na, na!« Drax redete ihm zu wie einem Kind. »Seien Sie nicht gleich sauer. Über die Führungskanten reden wir später.

Außer Ihnen hat kein Mensch was daran auszusetzen. Der gute Doktor macht sich zuviel Sorgen«, erklärte er Bond. »Immer spukt ihm irgendein anderer Alptraum im Kopf herum. Jetzt zum Beispiel regt er sich wegen der Führungskanten der Flossen auf. Sie sind schon scharf wie Rasierklingen – fast gar kein Luftwiderstand mehr. Aber er hat plötzlich Angst, sie könnten durch die Reibungshitze der Luft schmelzen. Möglich ist alles, aber wir haben sie unter Höchsttemperaturen getestet, und eher schmilzt die ganze Rakete, als daß den Flossen was passiert. Unser Doktor sieht immer zu schwarz.«

Krebs brachte vier volle Gläser und einen Shaker auf silbernem Tablett. Der Martini schmeckte ausgezeichnet, und Bond sprach Krebs sein Kompliment aus.

»Danke, Sie sind sehr freundlich«, sagte Krebs geschmeichelt. »Sir Hugo nimmt es damit sehr genau.«

»Gießen Sie ihm nach«, sagte Drax. »Und dann will unser Freund sich vielleicht die Hände waschen. Wir essen Punkt acht.«

Während er sprach, hörte man den gedämpften Ton einer Sirene und danach die eiligen Schritte vieler Leute, die über die Betonbahn liefen.

»Die erste Nachtschicht«, erklärte Drax. »Die Unterkünfte der Leute sind direkt hinter dem Haus. Es muß acht Uhr sein. Hier geht alles genau nach der Uhr. Pünktlichkeit und Disziplin«, fügte er nicht ohne Stolz hinzu. »Wir haben eine Menge Wissenschaftler hier, aber es geht zu wie beim Militär. Willy, zeigen Sie dem Commander sein Zimmer. Wir gehen inzwischen schon zu Tisch.«

Das Essen war ausgezeichnet. Drax war ein aufmerksamer Gastgeber und benahm sich tadellos. Das Gespräch drehte sich zum größten Teil um technische Fragen, und Drax nahm sich die Mühe, Bond zwischendurch Erläuterungen zu geben. Bond war beeindruckt von Drax' Kenntnissen und der Entschiedenheit, mit der er jedes Problem in Angriff nahm, das sich im Lauf des Gesprächs ergab. Eine aufrichtige Bewunderung für diesen fähigen und energischen Mann ließ ihn seine Vorurteile gegen ihn fast vergessen. Mehr als je war er geneigt, nicht mehr an den unerfreulichen Zwischenfall im Blades zu denken und in Drax den Schöpfer und Leiter eines bedeutenden Unternehmens zu achten.

Bond saß zwischen seinem Gastgeber und Miss Brand. Er machte mehrere Versuche, sie ins Gespräch zu ziehen, aber ohne jeden Erfolg. Sie gab ihm nur einsilbige Antworten und wich seinen Blicken aus. Das verwirrte ihn etwas. Er fand sie sehr nett und ärgerte sich, auf so schroffe Ablehnung zu stoßen. Er fühlte, daß sie ihre Ablehnung etwas übertrieb, als wollte sie den anderen keinen Anlaß geben, eine heimliche Verbindung zwischen ihnen zu argwöhnen.

Sie war noch viel anziehender, als er nach dem Foto erwartet hatte. Nichts von der ernsten Strenge einer Polizeibeamtin. Ein klares, gut gezeichnetes Profil, große dunkelblaue Augen unter sehr langen schwarzen Wimpern und ein voller, vielversprechender Mund. Das kastanienbraune Haar trug sie nicht so glatt und streng frisiert wie auf dem Foto, sondern locker und modisch. Die ein wenig schrägstehenden blauen Augen, ihr frischer, zarter Teint und ihre anmutige Figur machten sie ungemein reizvoll. Ihr selbstbewußtes, sicheres Auftreten ließen den aufmerksamen Beobachter ahnen, daß sie mehr war als eine gewöhnliche Sekretärin. Man schien sie hier als ein vollwertiges Mitglied des Teams zu betrachten.

Ihr schwarzes Abendkleid war ebenso schlicht wie elegant und unterstrich ihre hinreißende Figur. An Schmuck trug sie nichts weiter als eine sehr geschmackvolle Kamee am Ausschnitt und am Ringfinger einen schmalen Goldreif mit hufeisenförmig angeordneten kleinen Diamanten. Außer dem pastellgetönten Lippenstift hatte sie kein Make-up verwendet, und ihre Fingernägel waren farblos gelackt.

Um neun Uhr war das Dinner beendet.

»Wir können jetzt mal hinübergehen und Sie mit dem Mondblitz bekanntmachen«, schlug Drax vor. »Walter wird uns begleiten. Kommen Sie, mein lieber Bond.«

Sie verließen das Haus und gingen über die Betonbahn auf den Bau am Rand der Klippen zu. Der Mond war aufgegangen und beschien die gedrungene Kuppel in der Ferne.

Nach etwa hundert Metern blieb Drax stehen und sagte:

»Ich will Ihnen gleich die Lage erklären. Walter, gehen Sie voraus, Sie werden sicher schon erwartet. Sehen Sie sich die Flossen ruhig nochmal an, aber lassen Sie sich keine grauen Haare wachsen. Die staatlichen Metallexperten wissen schon, was sie tun. Also«, wandte er sich Bond zu und wies auf die mondbeschienene Kuppel, »dort drinnen ist der Mondblitz. Was Sie sehen, ist die obere Abdeckung eines breiten Schachts, der ungefähr zwölf Meter tief in den Kalkgrund hinunterführt. Die beiden Hälften der Kuppel werden hydraulisch auseinandergeklappt. Wenn die Kugel jetzt offen wäre, könnten Sie das obere Ende des Mondblitz gerade über die Mauer herausragen sehen. Dort drüben«, er deutete zu einem viereckigen Bau hinüber, »ist der Kommandobunker für den Abschuß. Ein Betonbunker voll komplizierter Instrumente und Radargeräte, zum Beispiel Doppler Geschwindigkeitsradar und Flugbahnradar. Der Kommandostand steht in Verbindung mit den zwanzig Fernmeldekanälen im Oberteil der Rakete. Auch ein großer Fernsehschirm ist dort, auf dem das Verhalten der Rakete innerhalb des Schachts beobachtet werden kann. Eine weitere Fernsehanlage beobachtet den Anfang des Aufstiegs. Hinter dem Bunker werden Sie eine Kranwinde direkt am Abfall der Klippen sehen. Ein großer Teil des Materials ist von der Seeseite angeliefert und mit dem Kran hochgebracht worden. Das Summen, das Sie hören, kommt von unserer Energiezentrale. Die Unterkünfte der Leute und das Haus sind durch die Schutzmauer abgedeckt, aber beim Abschuß wird sich im Umkreis von einer Meile überhaupt niemand hier aufhalten, außer den Fachleuten vom Ministerium und den Fernsehleuten, die alle im Bunker sein werden. Hoffentlich hält er der Druckwelle stand. Walter sagt, rings um die Abschußstelle wird sogar der Beton schmelzen. — So, das wäre das Wichtigste. Mehr brauchen Sie nicht zu wissen, bis es soweit ist. Kommen Sie jetzt.«

Wieder fiel er unvermittelt in seinen Befehlston zurück.

Bond folgte ihm schweigend über das mondbeschienene Betonfeld, bis zu der Schachtmauer, die die Kuppel trug. Ein rotes Licht glühte über der Stahltür. Es beleuchtete ein Warnschild, das in deutscher und englischer Sprache die Aufschrift trug:

LEBENSGEFAHR! EINTRITT VERBOTEN. LÄUTEN UND WARTEN.

Drax drückte auf einen Knopf unter dem Schild, und man hörte das gedämpfte Schrillen einer Glocke im Innern.

Drax erklärte: »Wenn hier einer gerade bei einer besonders heiklen Arbeit ist und gestört wird, weil plötzlich jemand hereinkommt, kann uns das alle teuer zu stehen kommen. Sobald es läutet, hört jeder ruhig zu arbeiten auf und fängt erst wie-

der an, wenn die Störung vorbei ist.« Er trat etwas von der Tür zurück und deutete nach oben, wo direkt unter dem Dach eine Reihe großer Öffnungen gähnte. »Ventilationsschächte«, erklärte er. »Eine Klimaanlage hält die Temperatur im Innern konstant.«
Die Stahltür ging auf, und ein Mann mit einem Totschläger in der Hand und einem Revolver an der Hüfte ließ sie eintreten. Bond folgte Drax in einen kleinen Vorraum, der nichts enthielt als eine Bank und eine Reihe von Filzschuhen.
»Ziehen Sie sie an«, bedeutete Drax, während er sich auf die Bank setzte und seine Schuhe abstreifte. »Wir können ausrutschen und irgend etwas beschädigen. Lassen Sie doch auch Ihre Jacke hier. Es ist ziemlich warm.«
»Danke«, sagte Bond und dachte an die Beretta in seiner Achselhöhle, »mir ist nicht zu warm.«
Neugierig trat er hinter Drax durch eine Eisentür, die auf eine eiserne Galerie führte. Grelles Scheinwerferlicht blendete ihn so unvermittelt, daß er schützend eine Hand vor die Augen hob und sich mit der anderen an das Geländer klammerte.
Als er die Hand wieder von den Augen nahm, bot sich ihm ein so überwältigender Anblick, daß er eine Weile sprachlos da stand. Mit Staunen und Bewunderung betrachtete er die schreckliche Schönheit des Mondblitz, dieser größten und furchtbarsten Waffe der Welt.

12

Es war, als befände man sich im Innern eines gigantischen Gewehrlaufs. Vom Boden, der zwölf Meter tief unter ihnen lag, erhob sich die runde Wandung aus spiegelglattem Metall, an der er und Drax hoch oben auf ihrer Galerie wie zwei Fliegen klebten. In der Mitte des Schachts, der ungefähr zehn Meter breit war, ragte ein Projektil aus glitzerndem Chrom, dessen Spitze, die in einer nadeldünnen Antenne auslief, das Dach über ihnen durchbohren zu wollen schien.
Das glänzende Projektil ruhte auf einem Kegelstumpf aus Stahlgitter, der sich zwischen den Spitzen der drei deltaförmigen, rasiermesserscharfen Heckflossen vom Boden erhob. Außer den Flossen unterbrach nichts die silbrig schimmernde

Glätte des fünfzehn Meter hohen Rumpfs, als die beiden schlanken Stützpfeiler, die wie Spinnenfinger aus der Wand ragten und die Rakete zwischen dicken Schaumgummipolstern festhielten.
Wo die Stützen die Rakete berührten, standen kleine Einstiegluken in dem stählernen Rumpf offen. Aus einer der Türen kletterte gerade ein Mann auf die Plattform hinauf und schloß die Tür hinter sich. Er ging über die schmale Galerie zur Wand und betätigte einen Hebel. Mit einem dumpfen Dröhnen wich die gepolsterte Stütze von der Rakete zurück und blieb abwartend in der Luft stehen, wie die Vorderbeine einer Gottesanbeterin. Das Dröhnen sank um einen Ton tiefer, die Stütze zog sich zurück, griff dann wieder aus und berührte die Rakete etwa drei Meter tiefer. Der Mann kletterte über den Greifarm zu einer anderen kleinen Luke, öffnete sie und verschwand darin.
»Vielleicht überprüft er die Anlagen für die Treibstoffzufuhr«, erläuterte Drax. »Ganz raffinierte Sache, auf Schwerkraftbasis. Na, wie gefällt sie Ihnen?« Er weidete sich an Bonds Bewunderung für die Rakete.
»Das ist das Eindrucksvollste, was ich je gesehen habe«, gab Bond unumwunden zu.
Es war sehr still in dem großen stählernen Schacht. Die Stimmen der Männer, die tief unten am Heck der Rakete arbeiteten, drangen kaum herauf.
Drax wies nach oben.
»Sprengkopf«, erklärte er. »Natürlich nur Versuchsattrappe. Voller Instrumente. Gerade uns gegenüber die Stabilisierungskreisel. Von da abwärts hauptsächlich Treibstofftanks bis hinunter zu den Pumpen beim Heck. Die Pumpen werden durch den Überdruck des Wasserdampfs angetrieben, der beim Zerfall des Superoxyds entsteht. Der Haupttreibstoff, Fluor und Wasserstoff ...« Er unterbrach sich und warf Bond einen scharfen Blick zu. »Das ist übrigens streng geheim! Der Treibstoff also wird durch die Zuleitungsrohre gepumpt und entzündet sich, sobald er in die Brennkammer kommt. Eine kontrollierte Explosion, die die Rakete in die Luft schießt. Der Stahlboden unter der Rakete gleitet weg. Darunter ist eine große Grube zur Ableitung des Triebstrahls. Sie geht in einen stählernen Tunnel über, der unten am Fuß der Klippen aus-

tritt. Sie werden die Öffnung an den Klippen morgen sehen. Sieht aus wie eine große Höhle. Als wir neulich eine Brennprobe machten, schmolz der Kalkstein und rann in die See hinaus wie Wasser. Wollen Sie sich die Arbeiten einmal ansehen?«

Schweigend folgte Bond Drax die schmale Eisenleiter hinunter, die im Zickzack an der stählernen Wand in die Tiefe führte. Er fühlte aufrichtige Bewunderung für diesen Mann und sein gigantisches Werk. Wie hatte er sich jemals über Drax' kindisches Benehmen am Bridgetisch aufregen können? Selbst der Größte hat seine Schwächen. Der Mann brauchte eben einen Ausgleich für die Last der ungeheuren Verantwortung, die er trug. Aus dem Gespräch bei Tisch hatte er entnommen, daß Drax nicht viel von dieser Verantwortung auf die Schultern seiner Mitarbeiter abladen konnte. Wer würde da nicht schwitzen und vor Nervosität seine Nägel abkauen?

Während des Abstiegs spiegelten sich ihre Gestalten grotesk verzerrt in dem glänzenden Rumpf des Mondblitz. Innerlich leistete Bond dem Mann Abbitte, den er erst vor wenigen Stunden so erbarmungslos auseinandergenommen hatte.

Als sie den stählernen Boden des Schachts erreichten, spähte Bond nach oben. Es war, als sähe man durch einen geraden schmalen Lichtschacht mitten in den gleißenden Himmel hinein.

»Walter«, rief Drax zu einigen Männern hinüber. »Kommen Sie her!« Als Walter zu ihnen trat, sagte er: »Sir Hugo, wir müssen über die Sache mit den Graphitstäben sprechen. Ich weiß, das Ministerium hat das Material gründlich testen lassen. Aber ich fürchte, der Schmelzpunkt ...« Walter führte Drax etwas abseits unter das Heck der Rakete.

Drax wandte sich über die Schulter zurück und stellte Bond mit einer Handbewegung seinen Leuten vor: »Commander Bond, unser neuer Sicherheitsoffizier.« Dann unterhielt er sich leise mit Walter.

Die Gesichter der zehn Männer wendeten sich Bond zu. Niemand begrüßte ihn. Zehn Augenpaare musterten ihn gleichgültig.

Der kühle Empfang überraschte ihn nicht. Er selbst hätte einen Außenseiter, der sich in die Geheimnisse seiner Dienststelle drängte, ebenso unwillig aufgenommen. Er sympathisierte mit diesen Technikern, die seit Monaten nur für dieses Projekt lebten und ganz in ihrer Arbeit aufgingen. Und doch sollten sich die Unschuldigen unter ihnen sagen, daß die Bekämpfung eines möglichen Saboteurs in ihrer aller Interesse lag. Gewiß, nach außenhin wirkten sie wie eine verschworene Gemeinschaft. Aber wer kann hinter die Maske seines Mitmenschen sehen?

Mit Ausnahme von Drax trugen alle die gleichen glatt anliegenden Overalls aus weißem Nylon mit Reißverschlüssen aus Plastik. Sie hatten keine Metallteile an ihren Anzügen, und keiner trug eine Brille. Sonst war nichts Bemerkenswertes an ihnen.

Der Anblick dieser feindseligen Gruppe machte Bond etwas mutlos. Wie sollte er in drei Tagen aus fünfzig robotergleichen Fremden den einen herausfinden, der vielleicht ein falsches Spiel spielte? Dann fiel ihm ein, daß es nicht mehr fünfzig, sondern nur noch neunundvierzig waren. Einer hatte sich selbst in die Luft gejagt. Warum? Nur wegen einer Frau? Das paßte nicht zu einem Roboter.

»Doktor Walter, es bleibt dabei!« Drax' ärgerliche Stimme riß Bond aus seinen Überlegungen. »An die Arbeit! Wir haben Zeit genug verloren!«

Sofort zerstreute sich die Gruppe. Drax ließ den mißmutigen Walter unter der Ausstoßöffnung der Rakete zurück und wandte sich wieder Bond zu.

»Dieser alte Schwarzseher!« knurrte er wütend. »Kommen Sie mit in mein Büro, Bond. Ich zeige Ihnen den Flugplan. Dann gehen wir schlafen.«

Drax drückte einen Schaltknopf an der stählernen Wand, und eine enge Stahltür öffnete sich mit einem leisen Zischen. Gleich darauf passierten sie eine zweite Stahltür; beide waren mit Gummi abgedichtet. Eine Luftschleuse also. Bevor Drax die äußere Tür schloß, blieb er auf der Schwelle stehen und deutete zurück in das Innere des großen Stahlzylinders, wo sich entlang der runden Wand noch weitere Schaltknöpfe befanden. »Werkstätten«, sagte er. »Elektrostation, Generatoren, Treibstoffkontrolle, Waschräume, Lager.« Er wies auf die nächste Tür. »Büro meiner Sekretärin.« Dann schloß er die Außentür, öffnete die innere und führte Bond in sein Büro.

Es war ein karg eingerichteter, graugestrichener Raum, mit

einem grauen Teppich ausgelegt. Er enthielt einen großen Schreibtisch und mehrere gepolsterte Stahlrohrsessel, zwei grüne Aktenschränke und einen großen Radioapparat. Die Tür zu einem gekachelten Badezimmer stand halb offen. Dem Schreibtisch gegenüber befand sich eine große kahle Wand, die aussah, als wäre sie aus Milchglas. Drax drückte einen Schalter; darauf erhellte sich die Wand von innen und zeigte zwei große Karten, die die ganze Fläche einnahmen.

Die linke Karte zeigte den östlichen Teil Englands von Portsmouth bis Hull und die anschließenden Gewässer vom 50. bis zum 55. Breitengrad. Von dem roten Punkt in der Nähe von Dover, dem Standort des Mondblitz, war durch Bögen im Abstand von fünfzehn Kilometern die Schußlinie eingezeichnet. Mitten in der See, hundertfünfzig Kilometer von der Abschußbasis entfernt, markierte ein rotes Karo das Ziel.

Drax wies auf die verwirrenden mathematischen Tabellen, Zahlenreihen und Berechnungen, die die rechte Seite der Karte einnahmen.

»Windgeschwindigkeiten, atmosphärische Druckverhältnisse, Berechnungen für die Ortungsinstrumente«, erläuterte er. »Walter kann Ihnen alle diese Dinge erklären, wenn Sie sich dafür interessieren. Während der letzten Stunden am Freitag werden wir laufend Wetterberichte bekommen. Wir stellen die Steuerung erst kurz vor dem Abschuß ein. Vorläufig stellt Miss Brand täglich die Unterlagen dafür zusammen und führt eine Tabelle der verschiedenen Einstellungen für den Bedarfsfall.«

Drax wandte sich der zweiten Karte zu. Sie stellte ein Diagramm der Flugbahn von der Abschußbasis bis zum Ziel dar. Dazu weitere Zahlenreihen und Berechnungen.

»Erdumdrehung und ihr Einfluß auf die Flugbahn«, erklärte Drax. »Komplizierte Sache. Zum Glück brauchen Sie sich damit nicht aufzuhalten. Überlassen Sie das Miss Brand. Und jetzt«, er schaltete die Beleuchtung der Kartenwand aus, »fragen Sie, wenn Sie noch etwas wissen möchten, was Ihren Job betrifft. Ich glaube nicht, daß Sie hier viel zu tun haben werden. Es ist schon alles Erdenkliche für die Sicherheit getan worden.«

»Den Eindruck habe ich auch«, gab Bond zu. Er sah direkt in das gesunde Auge Drax', das ihn scharf musterte, und fragte

nach einer Pause: »Glauben Sie, daß irgend etwas zwischen Ihrer Sekretärin und Major Tallon war?«
»Schon möglich«, meinte Drax achselzuckend. »Hübsche Person. Die beiden hatten hier dienstlich viel miteinander zu tun. Bartsch hat sie jedenfalls völlig den Kopf verdreht. Wie gefällt sie Ihnen?«

13

In dieser Nacht fand Bond wenig Schlaf.
Auf dem Rückweg zum Haus hatte Drax kein Wort mehr gesprochen. Sie trennten sich mit einem kurzen Gruß am Fuß der Treppe. Bond ging über den teppichbelegten Korridor zu seinem Zimmer. Das Licht brannte, seine Kleidung hing im Schrank. Es war ein behagliches, teuer und geschmackvoll eingerichtetes Schlafzimmer. Auf dem Nachttisch standen Kekse und eine Flasche Vichy.
An den früheren Bewohner erinnerten nur ein Feldstecher in Lederetui, der auf dem Toilettentisch lag, und ein metallener, verschlossener Aktenschrank. Das Öffnen des Schranks bot für Bond keine Schwierigkeiten. Er löste nacheinander die Verschlüsse der Schubladen und stellte fest, daß Major Tallon im Secret Service nicht alt geworden wäre.
Die oberste Schublade enthielt Pläne des Geländes und seiner verschiedenen Gebäude sowie die Admiralitätskarte Nr. 1895 der Meerenge von Dover. Bond breitete die Blätter vorsichtig auf seinem Bett aus und untersuchte sie. In den Faltknicken der Admiralitätskarte fand er Spuren von Zigarettenasche.
Bond holte seinen ledernen Werkzeugkoffer, prüfte die Zahlen des Kombinationsschlosses und überzeugte sich, daß sie nicht verändert worden waren. Dann stellte er die Kombination ein und öffnete den Koffer. Aus seiner Spezialausrüstung wählte er eine Sprühdose für das Sichtbarmachen von Fingerabdrücken und ein starkes Vergrößerungsglas. Er besprühte die große Karte mit dem grauen Pulver. Sie war über und über bedeckt mit Fingerabdrücken. Eine Prüfung unter der Lupe ergab, daß sie von zwei verschiedenen Personen stammten. Die deutlichsten Abdrücke fotografierte er mit Leica und Blitzlicht.

Dann untersuchte er mit der Lupe zwei Furchen in dem Papier, die das Pulver sichtbar gemacht hatte. Es waren zwei Linien, die von der Küste seewärts führten und sich draußen in der See trafen. Sie liefen fast parallel, da sie beide von dem Haus, in dem Bond sich befand, ihren Ausgang nahmen. Sie schienen auf die Beobachtung irgendeines Objekts auf See hinzudeuten, von zwei verschiedenen Flügeln des Hauses aus gesehen. Die Linien waren nicht mit Bleistift gezogen, sondern nur ganz leicht eingeritzt. An ihrem Schnittpunkt war ein kaum sichtbares Fragezeichen eingekratzt, und dieser Punkt lag etwa fünfzig Meter von den Klippen in direkter Linie vom Haus zum South Goodwin Feuerschiff.

Weiter war aus der Karte nichts zu ersehen. Bond warf einen Blick auf seine Uhr. Zwanzig vor eins. Er wartete noch fünf Minuten, dann ging er leise zu dem Metallschränkchen zurück und begann die anderen Schubladen herauszuziehen. In der zweiten und dritten war nichts, aber die unterste war mit Akten vollgestopft, die alphabetisch geordnet waren. Die Akten aller Personen, die auf dem Gelände arbeiteten.

Die Akten waren alle nach dem gleichen Schema angelegt. Name, Adresse, Geburtstag, Beschreibung, besondere Kennzeichen, Beruf oder Tätigkeit seit dem Krieg, Kriegsdienst, politische Vergangenheit und derzeitige politische Einstellung, Vorstrafen, Gesundheit, Angehörige und Einzelheiten über diese. Jeder Akte lagen Fotos, Vorder- und Profilansicht, und die Fingerabdrücke beider Hände bei.

Zwei Stunden und zehn Zigaretten später hatte Bond alle Akten durchgearbeitet und dabei nichts Wesentliches entdecken können. Alle Mitglieder des Teams schienen ein untadeliges Leben geführt zu haben, ohne den kleinsten Schatten politischer oder krimineller Belastung. Die Akten waren so unnatürlich makellos, daß Bond mißtrauisch wurde. Er beschloß, jede einzelne Akte durch Station D noch einmal überprüfen zu lassen.

Er schloß alles wieder in den Schrank bis auf die Admiralitätskarte und eine Akte, die er im Lederkoffer verstaute. Er verschloß das Zahlenschloß und schob den Koffer tief unter das Bett. Dann wusch er sich im angrenzenden Badezimmer, putzte seine Zähne und öffnete leise sein Fenster.

Der Mond schien immer noch. So mußte er geschienen haben,

als Tallon, vielleicht durch ein ungewohntes Geräusch aufmerksam gemacht, einige Nächte zuvor aufs Dach geklettert war, um nach etwas Bestimmtem Ausschau zu halten. Bond erinnerte sich an das Fernglas, das Tallon vermutlich benutzt hatte, und er holte es sich ans Fenster. Es war ein plumpes, schweres Doppelfernglas, das vielleicht noch aus dem Krieg stammte. Aus der Bezeichnung 7 x 50 erkannte Bond, daß es sich um Nachtgläser handelte.

Bond sah die Szene klar vor sich. Tallon war leise – aber vielleicht doch nicht leise genug – aus dem Fenster aufs Dach gestiegen, um nach etwas auszuspähen. Dann war er ans andere Ende des Dachs geschlichen und hatte das ferne Objekt von dort noch einmal durch sein Fernglas angepeilt, hatte die Entfernung von der Klippe zu dem Objekt und von dem Objekt zum Goodwin Feuerschiff geschätzt. Danach war er in sein Zimmer zurückgekehrt. Vielleicht hatte er zum erstenmal, seit er in diesem Hause war, seine Tür abgeschlossen, die Karte aus dem Aktenschrank genommen und mit dem Fingernagel die Entfernung eingezeichnet. Vielleicht hatte er noch lange grübelnd über der Karte gesessen, bevor er sein winziges Fragezeichen hinzusetzte.

Und was war das für ein unbekanntes Objekt gewesen? Ein Schiff? Ein Licht? Ein Geräusch?

Was immer es war, Tallon hätte nichts davon erfahren sollen. Und jemand hatte ihn gehört. Jemand ahnte, daß Tallon etwas entdeckt hatte, und schlich sich am nächsten Morgen, nachdem Tallon weggegangen war, in sein Zimmer und durchsuchte es. Die Karte gab ihm vielleicht keinen Aufschluß, wohl aber das Nachtfernglas neben dem Fenster.

Das hatte genügt, Tallon zum Tod zu verurteilen. Und so hatte der Major gestern nacht sterben müssen.

Bond fuhr aus seinen Gedanken auf. Waren das nicht alles Hirngespinste? Ging seine Phantasie mit ihm durch? Bartsch hatte Tallon getötet, und Bartsch war nicht der Mann, der Tallons Zimmer durchwühlt und seine Fingerabdrücke auf der Karte zurückgelassen hatte.

Der Mann, dessen Fingerabdrücke Bond gefunden und dessen Akte er in seinen Lederkoffer eingeschlossen hatte, war der bleiche, schwammige Willy Krebs mit den feuchten Händen und dem unsteten Blick. Bond hatte die Fingerabdrücke auf

der Karte mit denen in Krebs' Akten verglichen, und sie stimmten überein. Auch konnte er feststellen, daß Krebs die Karte nach Tallon in Händen gehabt hatte, weil seine Fingerabdrücke die Tallons überlagerten.
Gefühlsmäßig war Bond durchaus geneigt, den schleimigen, unsympathischen Krebs für einen Agenten zu halten. Andererseits sagte er sich, daß Krebs als Drax' Vertrauter ständig unter dessen Aufsicht stand und schwerlich Gelegenheit zu dunklen Umtrieben hatte. Aber dann dachte er an Cicero, der während des Krieges Kammerdiener des Britischen Botschafters in Ankara war. Bond fröstelte plötzlich.
Bevor er zu Bett ging, nahm er seine Beretta aus dem Achselhalfter und schob sie unter sein Kopfkissen. Er tat das ganz instinktiv, aus einer plötzlichen Vorahnung drohender Gefahr. Noch hatte er nichts in der Hand, keine greifbaren Beweise, die seine kühnen Schlüsse rechtfertigten. Trotzdem konnte er die Gefahr förmlich wittern.
Kurz vor dem Einschlafen vergegenwärtigte sich Bond das Bild einer Uhr und konzentrierte sich auf die Sieben des Zifferblattes; dann überließ er es seinem Unterbewußtsein, ihn am Morgen rechtzeitig zu wecken. Er wollte Vallance so früh wie möglich, und zwar von draußen anrufen. Sollte sein Verhalten Verdacht erregen, so war ihm das nur recht. Er wollte dieselben Kräfte, die Tallon auf dem Gewissen hatten, auf sich ziehen, um sie unschädlich machen zu können. Denn eines war ihm in dieser Nacht völlig klargeworden: Major Tallon war nicht deshalb gestorben, weil er Gala Brand liebte.
Bond erwachte Punkt sieben, erhob sich und zwang sich zu einer kalten Dusche. Er rasierte sich, gurgelte mit einem scharfen Mundwasser und kleidete sich an. In einem saloppen Pepitaanzug mit blauem Baumwollhemd und schwarzer gestrickter Seidenkrawatte, verließ er leise, aber nicht verstohlen das Haus, in der Hand den kleinen Lederkoffer.
Er fand die Garage hinter dem Haus, und sein Bentley sprang sofort an. Langsam fuhr er über die Betonbahn am Haus vorbei und fragte sich, ob ihm wohl aus den verhängten Fenstern heimliche Blicke folgten. Am Ende der Baumgruppe hielt er an und sah sich um. Er fand seine Vermutung bestätigt, daß man vom Dach aus über die Schutzmauer hinweg zu den Klippen und hinaus aufs Meer sehen konnte.

Draußen in der See, im Frühdunst, der einen heißen Tag versprach, konnte man schemenhaft das South Goodwin Feuerschiff ausmachen. Es lag da wie ein Geisterschiff, ohne Ladung, ohne Passagiere, und heulte im Abstand von dreißig Sekunden seine traurige Klage in den Morgendunst. Eine Sirene, die abstieß, statt zu locken. Bond fragte sich, ob die sieben Mann der Crew jedesmal bei diesem durchdringenden Ton zusammenzuckten oder ob sie ihn gar nicht mehr hörten.
Ob die Crew des Feuerschiffs etwas von dem gesehen oder gehört hatte, was Tallon auf seiner Karte eingezeichnet hatte? Er nahm sich vor, das festzustellen. Dann fuhr er an den Wachtposten vorbei aus dem Gelände.
In Dover parkte er vor dem Café Royal, einem bescheidenen kleinen Restaurant, wo man aber, wie er wußte, ausgezeichnete Fisch- und Eiergerichte bekam. Die Besitzerin und ihr Sohn begrüßten ihn als alten Bekannten. Er bat, ihm in einer halben Stunde Rührei mit Speck und ein Kännchen Kaffee zu servieren, und fuhr inzwischen zur Polizei, von wo aus er Vallance über die Polizeileitung anrief.
Vallance war noch zu Hause und beim Frühstück. Mit vorsichtigen Umschreibungen teilte ihm Bond seine Beobachtungen mit. Vallance hörte aufmerksam zu und zeigte sich nur etwas überrascht, daß er noch keine Gelegenheit zu einer Aussprache mit Miss Brand gehabt hatte.
»Sie ist eine intelligente Person«, sagte er. »Vielleicht kann sie Ihnen mehr über diesen Mr. K. sagen. Und wenn T. neulich etwas bemerkt haben sollte, dann hat vielleicht auch sie es bemerkt.«
Bond sagte nichts über die ablehnende Haltung, die Vallance' Agentin ihm gegenüber angenommen hatte.
»Ich werde heute morgen mit ihr reden«, sagte er nur. »Und ich schicke Ihnen die Karte und den Leica-Film zu. Ich gebe sie dem Inspektor hier, er wird sie irgendwie weiterleiten. Übrigens – von wo aus hat Tallon am Montag seinen Auftraggeber angerufen?«
»Ich werde das feststellen lassen«, versprach Vallance. »Und ich werde veranlassen, daß man die Leute vom Feuerschiff und von der Küstenwache befragt. Sonst noch was?«
»Nein«, sagte Bond. Die Leitung war ihm nicht sicher genug. M gegenüber hätte er vielleicht mehr angedeutet. Aber diese

Polizeileute wollten handfeste Tatsachen. »Nein, das ist alles«, sagte er und legte auf.
Nach einem ausgezeichneten Frühstück war ihm wohler. Er las den *Express* und die *Times* und fand einen knappen Bericht über die Ermittlungen im Fall Tallon. Der *Express* brachte das Bild des Mädchens groß heraus. Bond mußte lächeln, als er das retuschierte Foto sah, das nur eine entfernte Ähnlichkeit mit Miss Brand aufwies. Er beschloß, so rasch wie möglich mit ihr in Verbindung zu treten.
Bond fuhr schnell zurück und durchfuhr die Sperren Punkt neun Uhr. Als er die Baumgruppe erreichte, ertönte das Heulen einer Sirene, und hinter dem Haus hervor kamen im Laufschritt zwölf Mann in Zweierreihe und eilten auf den Kuppelbau zu.

14

Eine halbe Stunde zuvor hatte Gala Brand ihre Zigarette ausgedrückt, den Rest ihres Frühstückskaffees ausgetrunken und ihr Schlafzimmer verlassen. In einer blütenweißen Bluse und dunklem Faltenrock, ganz Sekretärin, machte sie sich auf den Weg zu ihrem Büro.
Um acht Uhr dreißig saß sie an ihrem Schreibtisch, auf dem ein Stoß Fernschreiben des Luftfahrtministeriums sie erwartete. Ihre erste Arbeit am Morgen bestand darin, die Wetterberichte auszuwerten und die entsprechenden Eintragungen auf einer Wetterkarte zu machen. Dann brachte sie diese Karte in das benachbarte Büro ihres Chefs und befestigte sie an einem Schwarzen Brett neben der Glaswand. Sie schaltete die Beleuchtung der Wandkarte ein, stellte einige Berechnungen auf Grund der Zahlenreihen der Leuchtkarte an und trug die Ergebnisse in die Tageswetterkarte ein.
Sie tat das jeden Morgen, seitdem die Abschußbasis fertig war und an der Rakete selbst gearbeitet wurde. Je näher der Zeitpunkt für den Abschuß rückte, um so genauer und ausführlicher wurden die Unterlagen des Luftfahrtministeriums. Im Lauf der Monate hatte sie sich so eingearbeitet, daß sie die Einstellung der Raketensteuerung für fast alle Wetterlagen und Höhen im Kopf hatte.

Um so unverständlicher war, daß Drax kein Zutrauen zu ihrer Arbeit zu haben schien. Jeden Morgen um neun, wenn die Alarmglocke schrillte und er sein Büro betrat, rief er als erstes den unausstehlichen Dr. Walter zu sich. Gemeinsam arbeiteten beide Männer ihre Berechnungen noch einmal aus und schrieben die Ergebnisse in das dünne schwarze Heft ein, das Drax immer bei sich trug.

Seit Monaten beobachtete sie diesen Vorgang Tag für Tag durch ein kleines Loch, das sie in die dünne Wand zwischen den Büros gebohrt hatte – eine einfache, aber erfolgreiche Methode. Sie hatte es ihr ermöglicht, Vallance ihre wöchentlichen Berichte über Drax' Besucher zu geben.

Drax' Verhalten ärgerte sie aus zwei Gründen. Einmal, weil es ihr zeigte, daß er ihren Zahlen nicht traute. Und zum anderen, weil es sie von einer richtigen Mitarbeit an dem Mondblitz ausschloß. Als gute Agentin hatte sie sich so vollkommen mit der Rolle, die sie spielte, identifiziert, daß sie ihr zur zweiten Natur geworden war. Während sie für ihren Londoner Auftraggeber hier herumspionierte, war sie doch gleichzeitig so leidenschaftlich interessiert an der Arbeit für die Rakete wie jeder andere in dem Team.

Im übrigen war ihre Arbeit als Privatsekretärin von Drax ungemein langweilig und stumpfsinnig. Drax bekam hierher durchschnittlich fünfzig Briefe am Tag nachgeschickt, die sie zu erledigen hatte.

Gala Brand ging in ihr eigenes Büro zurück und begann die Briefe zu öffnen. Nur noch zwei Flugpläne für Donnerstag und Freitag, dann war die große Stunde da. Würde die Einstellung der Raketensteuerung nach ihren Zahlen vorgenommen werden oder nach denen von Drax?

Nachdenklich streckte sie beide Hände vor sich aus und betrachtete ihre geschmeidigen langen Finger. Wie oft war sie zusammen mit anderen Schülern von der Polizeischule aus auf die Straße geschickt worden, mit dem Auftrag, irgendeinem Passanten ein Notizbuch, eine Puderdose oder einen Füllfederhalter zu entwenden. Gala Brand faßte einen Entschluß. Rasch machte sie ein paar Fingerübungen, dann wandte sie sich wieder dem Stapel von Briefen zu.

Kurz vor neun schrillte die Alarmglocke, und wenig später hörte sie Drax sein Büro betreten. Er öffnete sofort die Tür

zu Walters Büro und rief ihn zu sich. Durch die dünne Wand hörte sie das Gemurmel ihrer Stimmen, das vom Geräusch der Ventilatoren überlagert wurde.
Sie ordnete die Briefe in drei Stapel. Dann stützte sie beide Ellbogen auf den Schreibtisch, lehnte das Kinn in die Hände und dachte nach.
Commander Bond. James Bond. Offenbar ein eingebildeter junger Mensch, wie so viele im Secret Service. Warum hatte man ausgerechnet ihn hierhergeschickt und nicht einen ihrer Freunde von der Spezialabteilung oder jemand von M. I. 5? Man hatte ihr mitgeteilt, dieser Bond sei eines der Asse des Service und habe das volle Vertrauen der Spezialabteilung und den Segen von M. I. 5. Sogar eine Sondergenehmigung des Premierministers lag vor, die ausnahmsweise seinen Einsatz innerhalb Englands erlaubte. Aber was wollte er in der kurzen Zeit, die noch blieb, ausrichten können? Sicher konnte er glänzend schießen und fremde Sprachen sprechen und beherrschte allerhand Tricks und Mätzchen, die im Ausland nützlich sein mochten. Aber was sollte er hier, wo es keine schönen feindlichen Spioninnen zu betören gab?
Er sah gut aus, das mußte sie zugeben. Das gutgeschnittene, kantige Gesicht mit dem schwarzen Haarschopf, der ihm über die rechte Augenbraue fiel. Sehr männlich. Aber der Mund eine Spur zu grausam und die Augen kalt wie Stahl. Waren sie blau oder grau? Am Abend war das schwer festzustellen gewesen.
Nun, sie hatte ihm jedenfalls gleich gezeigt, daß ihr flotte junge Männer des Secret Service nicht imponieren konnten, und wenn sie noch so romantisch aussahen. In ihrer Spezialabteilung gab es auch gut aussehende junge Männer, und die waren richtige Detektive, nicht solche Schnösel mit schnellen Wagen und Spezialzigaretten mit Goldrand und Pistolenhalftern unter der Achsel. O ja, sie hatte es gleich gemerkt und ihn sogar absichtlich gestreift, um sich zu vergewissern.
Sie würde wohl oder übel mit ihm zusammenarbeiten müssen. Aber was sollte er ihr helfen können? Wenn sie in all den Monaten hier nichts herausgefunden hatte, würde es ihm in den zwei Tagen noch weniger glücken. Im übrigen gab es wahrscheinlich gar nichts aufzudecken. Obwohl ihr einige Kleinigkeiten unangenehm aufgefallen waren. Zum Beispiel

die Sache mit Krebs. Sollte sie Bond davon erzählen? Aber sie fürchtete, Bond könnte daraufhin irgendeine Dummheit machen und sie gefährden. Sie beschloß, ihm gegenüber zurückhaltend und vorsichtig zu bleiben.
Als sie zu diesem Entschluß gekommen war, ertönte der Summer auf ihrem Schreibtisch. Sie nahm die Briefe und ihren Stenoblock und ging zu Sir Hugo Drax.
Als sie eine halbe Stunde später zurückkam, saß Bond auf ihrem Stuhl und blätterte in Whitakers Almanach. Bei ihrem Eintritt erhob er sich und wünschte ihr überfreundlich einen guten Morgen. Sie nickte ihm kühl zu, ging zu ihrem Schreibtisch und setzte sich. Sie schob den Almanach beiseite und legte Briefe und Stenoblock an ihren Platz.
»Sie könnten eigentlich einen Besucherstuhl hierherstellen«, bemerkte Bond. Sie fand sein Lächeln unverschämt, als er fortfuhr: »Haben Sie nichts Besseres zu lesen als Nachschlagewerke?«
Sie überhörte seine Frage. »Sir Hugo will Sie sprechen. Ich wollte gerade nachsehen, ob Sie schon auf sind.«
»Schwindlerin«, sagte Bond. »Sie haben mich um halb acht vorbeifahren hören. Sie sahen mir heimlich durch die Vorhänge nach.«
»Fiel mir nicht im Schlaf ein!« verwahrte sie sich entrüstet. Aber sie errötete leicht.
Bond nahm seinen Vorteil wahr und stieß nach:
»Übrigens sollten Sie beim Diktat nicht an ihrem Bleistift kauen. Eine wirklich gute Sekretärin tut das nicht.« Er schielte bedeutungsvoll nach dem winzigen Loch in der Verbindungswand, das bisher noch niemandem aufgefallen war.
Gala sah sich überrumpelt. Sie lächelte etwas verlegen.
»Na schön«, sagte sie achselzuckend. »Eins zu Null für Sie. Aber kommen Sie jetzt, sonst wird Sir Hugo ungeduldig.«
Sie führte ihn in das angrenzende Büro.
Drax stand vor der erleuchteten Wandkarte und drehte sich rasch um, als sie kamen. »Da sind Sie ja!« begrüßte er Bond mit einem scharfen Blick. »Ich dachte schon, Sie hätten uns verlassen. Wachtposten meldeten, daß Sie um halb acht das Gelände verließen.«
»Ich mußte telefonieren«, sagte Bond. »Hoffentlich habe ich niemanden gestört.«

»In meinem Arbeitszimmer steht ein Telefon. Tallon war es gut genug«, knurrte Drax.
»Armer Tallon«, sagte Bond beiläufig. Der herrische Ton in Drax' Stimme reizte ihn immer dazu, dem Mann eins auszuwischen. Diesmal saß der Hieb.
Drax stieß sein kurzes, bellendes Lachen aus und zuckte die Achseln. »Machen Sie, was Sie wollen. Ich mische mich nicht in Ihren Job, solange Sie unsere Arbeit hier nicht stören. Aber Sie müssen bedenken, daß unsere Leute im Moment ziemlich überdreht sind. Ich möchte nicht, daß Sie sie unnötig beunruhigen und ihnen Löcher in den Bauch fragen. Wenden Sie sich lieber an Miss Brand, sie kann Ihnen alles über sie sagen. Außerdem sind, glaube ich, alle Personalakten in Tallons Zimmer. Haben Sie sie schon durchgesehen?«
»Kein Schlüssel zum Aktenschrank«, sagte Bond.
»Tut mir leid, meine Schuld«, meinte Drax. Er ging zum Schreibtisch und holte ein kleines Schlüsselbund aus einer der Schubladen. »Da! Der Inspektor bat mich, sie Ihnen zu geben. Ich vergaß es gestern abend.«
»Vielen Dank«, sagte Bond. »Übrigens – wie lange kennen Sie Krebs schon?«
»Krebs?« wiederholte Drax nachdenklich. Er setzte sich auf seinen Schreibtischstuhl und holte nachdenklich eine Zigarettenpackung aus seiner Hosentasche. Seine plumpen Finger rissen die Cellophanhülle auf, holten eine der Zigaretten mit Korkmundstück heraus und schoben sie unter das Gestrüpp seines rötlichen Schnurrbarts.
»Ich wußte gar nicht, daß man hier rauchen darf!« sagte Bond überrascht.
Drax zündete seine Zigarette an und antwortete dann: »Hier schon. Diese Räume sind luftdicht abgeschlossen, Türen mit Gummi abgedichtet. Eigene Ventilation. Auch Werkstätten und Generatoren sind vom Raketenschacht getrennt. Ich könnte ohne Zigaretten nicht auskommen.«
Er nahm seine Zigarette aus dem Mund und betrachtete sie zerstreut.
»Sie fragen mich nach Krebs. Ganz unter uns«, er sah Bond bedeutungsvoll an, »ich traue dem Kerl nicht recht über den Weg. Natürlich hat er sich nichts zuschulden kommen lassen«, setzte er hastig hinzu. »Sonst hätte ich ihn längst hinausge-

worten. Aber ich habe das Gefühl, daß er gern herumschnüffelt. Einmal erwischte ich ihn in meinem Arbeitszimmer, als er in meinen Papieren wühlte. Er hatte eine einleuchtende Erklärung dafür, und so ließ ich es dabei bewenden. Schließlich gehört er zum Personal des Haushalts und hat in der Station selbst nichts zu suchen. Aber es wäre mir doch ganz lieb, wenn Sie ihn etwas im Auge behalten würden. Wie sind Sie so schnell auf ihn gekommen?« fragte er sichtlich beeindruckt.
»Gefühlssache. Er sieht so verschlagen aus. Aber was Sie da sagen, ist auf alle Fälle sehr interessant, und ich werde ihm auf die Finger sehen.« Er wandte sich an Gala Brand, die die ganze Zeit geschwiegen hatte. »Und was halten Sie von Krebs, Miss Brand?« fragte er höflich.
Gala Brand richtete ihre Antwort an Drax. »Ich verstehe ja nichts von solchen Dingen, Sir Hugo«, sagte sie mit einem so gut gespielten Ausdruck von Bescheidenheit und Aufrichtigkeit, daß Bond sie im stillen bewunderte, »aber ich traue diesem Menschen überhaupt nicht. Ich wollte es Ihnen nicht sagen – aber er hat tatsächlich auch in meinem Zimmer herumgeschnüffelt. Ich weiß ganz sicher, daß er Briefe geöffnet hat.«
Drax war entsetzt. Sein rotes Auge schien noch röter zu werden. Er zerdrückte seine Zigarette sorgfältig im Aschenbecher. Dann erst sah er auf.
»Also doch!«

15

Ein paar Sekunden schwiegen alle drei. Sonderbar, dachte Bond, wie schnell sich aller Verdacht auf einen einzigen Mann konzentriert hat. Aber waren damit alle anderen reingewaschen? Vielleicht war Krebs nur vorgeschoben worden? Arbeitete er für sich oder für andere? Und was war das Ziel? Vor allem aber, was hatte Krebs mit dem Tod von Tallon und Bartsch zu tun?
Drax brach das Schweigen.
»Dann werden wir wohl dafür sorgen müssen, daß er nichts anrichten kann«, meinte er mit einem fragenden Blick auf Bond. »Ihn möglichst von der Rakete fernhalten. Morgen nehme ich ihn sowieso mit nach London. Muß einiges im Mi-

nisterium erledigen, und Walter ist hier nicht abkömmlich. Ich meine, es genügt, wenn wir Krebs bis dahin scharf beobachten. Oder halten Sie es für nötig, ihn gleich hinter Schloß und Riegel zu bringen?« fragte er unbehaglich. »Ich möchte nicht so viel Staub aufwirbeln.«

»Nicht nötig. Hat er Freunde unter den anderen Männern?«

»Ich habe ihn nie mit einem von ihnen reden sehen«, sagte Drax, »außer mit Walter und dem Hauspersonal. Ich glaube, er bildet sich ein, eine Stufe über ihnen zu stehen. Ich persönlich halte ihn im Grunde für harmlos. Er ist einfach neugierig und steckt seine Nase gern in fremde Angelegenheiten, das ist alles. Meinen Sie nicht auch?«

»Schon möglich«, sagte Bond achselzuckend.

»Um so besser.« Drax schien erleichtert und ließ das unerfreuliche Thema fallen. »Wir haben Wichtigeres zu besprechen. In zwei Tagen ist es soweit. Ich werde Ihnen mal unser Programm auseinandersetzen.« Er schob seinen Schreibtischstuhl zurück und begann mit schweren Schritten im Zimmer auf und ab zu gehen. »Heute ist Mittwoch. Um ein Uhr wird Treibstoff aufgetankt. Den Vorgang überwachen Dr. Walter und ich zusammen mit zwei Leuten vom Ministerium. Eine Fernsehkamera läuft, damit im Fall einer Explosion unsere Nachfolger über die Ursachen Bescheid wissen.« Er bellte sein kurzes Lachen heraus. »Wenn das Wetter trocken bleibt, wird das Dach nachts geöffnet, damit die Treibstoffdämpfe entweichen können. In hundert Meter Entfernung vom Bunker stellen wir eine Wachtpostenkette auf. Drei Männer bewachen den Ausgang des Triebstrahltunnels unten in den Klippen. Morgen früh wird die Sperre vorübergehend aufgehoben, damit bis zum Mittag noch einmal alles überprüft werden kann. Und von da an ist der Mondblitz startfertig, bis auf die endgültige Einstellung der Steuerung. Freitag früh werde ich persönlich die Einstellung überwachen. Die Leute vom Ministerium übernehmen den Kommandostand für den Abschuß, die R.A.F. die Radarbedienung. Die Fernsehleute der B.B.C. stellen ihre Übertragungswagen hinter dem Kommandobunker auf und beginnen um elf Uhr dreißig mit ihrer fortlaufenden Übertragung. Punkt zwölf Uhr mittags werde ich auf einen Knopf drücken, der einen Funkstrahl auslöst, und dann« – er grinste breit – »dann werden wir ja sehen!«

Drax schwieg ein paar Sekunden und fuhr sich nachdenklich übers Kinn. »Was noch? Ach ja. Das Zielgebiet auf See wird von Donnerstag Mitternacht an für jeden Schiffsverkehr gesperrt. Die Marine sorgt durch Patrouillenschiffe für die Einhaltung der Sperre. Auf einem der Schiffe wird ein Kommentator von der B.B.C. mitfahren. Die Experten vom Beschaffungsministerium werden mit einem U-Boot auslaufen und nach dem Aufprall der Rakete versuchen, die Reste zu bergen. Es wird Sie interessieren«, Drax strahlte über das ganze entstellte Gesicht und rieb sich die Hände in fast kindlicher Freude, »daß nicht nur eine eigene Kabinettssitzung anberaumt wurde, um den Abschuß am Bildschirm zu sehen, sondern daß auch im königlichen Palast selbst die Sendung verfolgt werden wird!«

»Großartig«, sagte Bond. »Das freut mich für Sie.«

»Danke«, strahlte Drax. »Ich hoffe, Bond, Sie haben an meinen Sicherheitsmaßnahmen innerhalb des Geländes nichts auszusetzen? Die äußere Sicherheit braucht uns nicht zu kümmern, dafür sind Polizei und R.A.F. zuständig. Und die haben alles sehr sorgfältig vorbereitet.«

»Ganz mein Eindruck«, bestätigte Bond. »Für mich wird wohl in der kurzen Zeit gar nichts mehr zu tun bleiben.«

»Ich wüßte nicht, was«, stimmte Drax zu. »Abgesehen von unserem Freund Krebs. Heute nachmittag wird er im Übertragungswagen des Fernsehens sein, da sind wir ihn erst einmal los. Wollen Sie nicht die Gelegenheit benutzen und sich unten am Strand umsehen? Das ist meiner Meinung nach der einzige schwache Punkt. Ich habe schon oft gedacht: Wenn jemand an den Mondblitz heranmöchte, müßte er es durch den Tunnel versuchen. Nehmen Sie Miss Brand mit. Vier Augen sehen mehr als zwei, wie man so sagt. Und sie kann ja doch nicht vor morgen früh in ihr Büro.«

»Ausgezeichnet«, sagte Bond. »Ich möchte mir die Seeseite sehr gern nach dem Mittagessen ansehen, und wenn Miss Brand nichts Besseres vorhat ...« Er sah sie mit hochgezogenen Brauen fragend an.

Gala Brand schaute auf ihre Fingernägel.

»Selbstverständlich, wenn Sir Hugo es wünscht«, sagte sie ohne Begeisterung.

»Also abgemacht!« rief Drax händereibend. »Und jetzt muß

ich wieder an die Arbeit. Bitte, Miss Brand, rufen Sie mir Doktor Walter her.« Abschließend sagte er zu Bond: »Bis zum Lunch also.«

Bond nickte.

»Ich werde inzwischen einen Spaziergang machen und mir den Kommandobunker ansehen«, log er aus einer plötzlichen Eingebung heraus. Dann folgte er Gala Brand durch die Schleusentür in den Unterteil des Montageschachts und stieg von dort die eiserne Treppe hinauf.

Draußen schien eine strahlend helle Maisonne. Bond fühlte ihre warmen Strahlen, während er über die Betonbahn auf das Haus zuging. Das Nebelhorn von Goodwin schwieg, und der Morgen war so still, daß er das rhythmische Stampfen eines Schiffs bis hierher hören konnte.

Er näherte sich dem Haus in Deckung der weißen Schutzmauer und legte dann die paar Meter bis zur Vordertür auf seinen leisen Kreppsohlen rasch zurück. Er öffnete die Tür, ließ sie hinter sich angelehnt und ging leise die Treppe hinauf. Im Korridor war alles still, aber Bond sah sofort, daß seine Tür am Ende des Flurs weit offen stand. Er zog die Pistole aus der Achselhöhle und schlich lautlos über den dicken Teppich auf seine Tür zu.

Krebs kniete mit dem Rücken zu ihm mitten im Zimmer und drehte an dem Kombinationsschloß von Bonds Lederkoffer. Seine Aufmerksamkeit war so völlig auf das Klicken der Zahnrädchen gerichtet, daß er für alles andere taub war. Bond zögerte nicht, seinen Vorteil auszunützen. Sein Mund verzog sich zu einem grimmigen Lächeln. Mit zwei Sprüngen war er mitten im Zimmer, und sein Fuß stieß mit aller Kraft zu.

Ein langgezogenes Geheul brach aus Krebs hervor. Er bäumte sich auf und schnellte in einem grotesken Sprung wie ein aufgescheuchter riesiger Frosch über den Lederkoffer hinweg, stolperte und schlug mit dem Kopf krachend gegen den massiven Toilettetisch aus Mahagoni. Das Geheul brach jäh ab. Die groteske Gestalt streckte alle viere von sich und blieb regungslos auf dem Teppich liegen.

Bond blieb einen Augenblick stehen und horchte, aber alles war still im Haus. Er beugte sich über den Bewußtlosen und drehte ihn auf den Rücken. Das teigige Gesicht war noch

bleicher als sonst, aus einer Schramme auf der Stirn sickerten ein paar Blutstropfen. Die Augen waren geschlossen, und der Atem ging rauh und mühsam.
Bond ließ sich auf ein Knie nieder und begann Krebs' Taschen zu durchsuchen. Die Ausbeute war mager. Kein Notizbuch, keine Papiere. Das einzige Interessante war ein Bund Dietriche und ein Klappmesser mit scharfgeschliffener Klinge.
Bond holte die Vichy-Flasche vom Tisch und schüttete Krebs den Inhalt übers Gesicht. Nach ein paar Minuten gelang es ihm, den Bewußtlosen zu sich zu bringen und in sitzender Stellung gegen den Toilettetisch zu lehnen. Nach weiteren fünf Minuten begann die Farbe in Krebs' Gesicht zurückzukehren, und seine Augen belebten sich wieder.
»Ich sage kein Wort, außer zu Sir Hugo!« erklärte er verbissen, als Bond mit dem Verhör begann. »Sie haben kein Recht, mich zu verhören. Ich habe nur meine Pflicht getan.«
Bond packte die leere Vichy-Flasche am Hals.
»Überlegen Sie sich das noch mal«, warnte er. »Sonst schlage ich das da an Ihnen entzwei und zeichne Ihnen mit dem Hals ein paar hübsche Muster ins Gesicht. Wer hat Sie beauftragt, mein Zimmer zu durchsuchen?«
Statt einer Antwort stieß Krebs einen gemeinen Fluch aus.
Bond beugte sich vor und hieb ihm die Flasche über das Schienbein. Krebs bäumte sich auf; aber als Bond zum zweitenmal ausholte, schoß Krebs plötzlich vom Boden hoch und duckte sich zur Seite, so daß der Hieb ihn nur hart an der Schulter traf.
Mit einem Satz war er aus der Tür und rannte die Treppe hinunter.
Bond blieb ruhig stehen und sah der grotesken Gestalt nach, die täppisch die Treppe hinuntereilte. Er lachte laut auf und schloß die Tür. Er wußte, daß er aus diesem Kerl doch kein Wort hätte herausprügeln können. Der hätte sich eher die Zunge abgebissen, als seinen Auftraggeber verraten. Sollte doch Drax sich um seine Bestrafung kümmern.
Es sei denn, Krebs hätte in Drax' Auftrag gehandelt.
Bond beseitigte die Spuren des Kampfes, setzte sich dann auf die Bettkante und starrte ins Leere.
Nicht nur aus einem Instinkt heraus hatte er Drax erzählt, er

wolle zum Kommandobunker gehen statt zum Haus. Ihm war ganz plötzlich der Gedanke gekommen, daß Krebs vielleicht im Auftrag von Drax herumschnüffelte und Drax seine Sicherheitsmaßnahmen auf eigene Faust traf.

Aber wo war da ein Zusammenhang mit dem Tod von Tallon und Bartsch? Oder war der Doppelmord nur ein Zufall, der nichts mit den Zeichen und den Fingerabdrücken auf der Karte zu tun hatte?

Während er noch mit diesen Überlegungen beschäftigt war, kam der Diener, gefolgt von einem Polizeisergeanten in Uniform, der Bond ein Telegramm überbrachte. Es war mit Baxter unterschrieben, was bedeutete, daß es von Vallance kam. Es lautete:

»Erstens Anruf kam vom Haus stop Zweitens wegen Nebels war Nebelhorn in Tätigkeit daher Schiffsbesatzung nichts gehört oder bemerkt stop Drittens Ihre Positionsangabe zu nah am Strand daher außer Sicht Patrouillenboote Ende.«

»Danke«, sagte Bond. »Keine Antwort.«

Nachdem die beiden Männer sein Zimmer verlassen hatten, verbrannte er das Telegramm im Kamin und zertrat die Asche.

Tallons Anruf konnte also doch von einem Hausbewohner gehört worden sein, was möglicherweise zur Durchsuchung seines Zimmers und schließlich zu seinem Tod geführt hatte. Aber was war mit Bartsch? Was hatte der Doppelmord mit einer möglichen Sabotage der Rakete zu tun? War es nicht logischer, anzunehmen, daß Krebs der geborene Schnüffler war oder auch nur im Auftrag von Drax handelte, dem die offiziellen Sicherheitsmaßnahmen nicht genügten?

Dann allerdings gab es keinen Zusammenhang mit dem Doppelmord. Jetzt, da Bond die gespannte Atmosphäre auf dem Raketengelände kannte, schien es ihm durchaus möglich, daß einer der Leute die Nerven verloren hatte. Die Kratzer auf der Seekarte konnten zufällige Kratzer sein, das Nachtfernglas brauchte nichts weiter zu bedeuten.

Bond blieb noch lange in seinem Zimmer sitzen und versuchte die Einzelheiten wie ein Puzzlespiel zusammenzusetzen. Es gab zwei Möglichkeiten, zwei ganz verschiedene Bilder. Auf einem schien die Sonne und alles war klar und einfach wie der helle Tag draußen. Auf dem anderen gab es dunkle Hinter-

gründe, verworrene Motive, Schuld, Mißtrauen und die Möglichkeit eines ungeheuren Komplotts.
Als der Gong zum Mittagessen ertönte, hatte Bond noch immer nicht sich für eines der beiden Bilder entscheiden können. Er beschloß, die Entscheidung aufzuschieben und sich vorläufig auf das zu konzentrieren, was ihm zunächst bevorstand: auf die Aussicht, einen Nachmittag allein mit Gala Brand zu verbringen.

16

Es war ein wunderschöner Nachmittag, blau und golden und grün. Sie verließen das Betonfeld durch die bewachte Pforte hinter dem leeren Kommandobunker. Sie blieben kurz am Rande der großen Kalkklippe stehen und sahen über die grünen, blumengesprenkelten Wiesen, die sich zur Linken langsam bis zum Kieselstrand hinunterzogen; über das glitzernde Meer und die Schiffe, die ruhig dahinzogen. Es war Ebbe, und die Sandbänke der Goodwins lagen nackt und golden in der Sonne. Durch die klare Luft konnte man sogar den Namen am Rumpf des Feuerschiffs Süd lesen.
Die friedliche Stimmung wurde durch zwei kurze Heultöne der Sirene unterbrochen. Bond und Gala Brand sahen sich nach der häßlichen Betonwelt um, die sie für den Augenblick ganz vergessen hatten. Auf der Kuppel erschien eine rote Flagge, und zwei Ambulanzwagen der R.A.F. kamen unter den Bäumen hervor und hielten am Ende der weißen Schutzmauer.
»Der Treibstoff wird eingefüllt«, bemerkte Bond. »Gehen wir ruhig weiter. Dabei gibt es doch nichts zu sehen. Und wenn etwas passiert, ist es besser, weit vom Schuß zu sein.«
Sie lächelte ihm zu. »Ja. Und ich bin ganz froh, einmal da herauszukommen.«
Sie gingen den sanften Hang hinunter und hatten bald den Kommandobunker und den hohen Stacheldrahtzaun aus den Augen verloren.
Das Eis von Galas Zurückhaltung schmolz rasch in der warmen Frühlingssonne. Statt ihrer strengen Sekretärinnentracht trug sie heute eine lustige schwarzweiße Baumwollbluse zu einem knallroten Rock. Die heitere Aufmachung schien sich

auch auf ihre Stimmung auszuwirken. Sie plauderte und scherzte und pflückte eine von den kleinen Wiesenblumen zu ihren Füßen.
Bond bemerkte: »Wissen Sie eigentlich, daß Blumen schreien, wenn man sie abreißt?«
Sie hielt inne und sah ihn fragend an. »Wie meinen Sie das?« Er lächelte über ihren mißtrauischen Blick. »Im Ernst. Ein Inder, Professor Bhose, hat eine viel beachtete Arbeit über das Nervensystem der Pflanzen geschrieben. Er hat ihre Reaktionen auf Schmerzen gemessen und sogar den Schrei einer Rose aufgezeichnet. Ich glaube, ich habe so etwas gehört, als Sie diese Blume da abpflückten.«
»Ich glaube Ihnen nicht«, sagte sie verwirrt und schaute auf den abgerissenen Stengel in ihrer Hand. Mit einem boshaften Seitenblick setzte sie hinzu: »Ich hätte Sie nicht für so empfindsam gehalten. Soviel ich weiß, sind die Leute Ihrer Abteilung das Töten gewöhnt. Und dabei geht es nicht um Blumen, sondern um Menschen.«
»Blumen können nicht zurückschießen«, sagte Bond. Dann aber wurde er ernst und berichtete ihr von seiner Begegnung mit Krebs.
»Geschieht ihm ganz recht«, sagte sie. »Ich mochte ihn nie. Aber was sagt Sir Hugo dazu?«
»Ich habe vor dem Lunch mit ihm gesprochen«, berichtete Bond. »Gab ihm Krebs' Messer und Schlüssel als Beweis. Drax war außer sich vor Zorn und hat den Burschen sofort zur Rede gestellt. Danach sagte er, Krebs sei so übel zugerichtet, daß er genug bestraft sei. Er faselte wieder etwas von der allgemeinen Nervosität und daß er die Leute nicht noch mehr aufregen wolle. Also einigten wir uns darauf, Krebs vorläufig nicht wegzuschicken. Aber ich bestand darauf, ihn als inhaftiert zu betrachten. Er darf sein Zimmer nur noch unter Aufsicht verlassen.«
Sie kletterten den steilen Pfad über die Felsen bis zum Kieselstrand hinunter, wandten sich dann nach rechts und wanderten unter den weißen Klippen an der Bucht entlang.
Bond teilte ihr alles mit, was er sich in den letzten vierundzwanzig Stunden überlegt hatte. Er verheimlichte ihr auch die Sackgassen nicht, in die er sich bei seinen Überlegungen verirrt hatte. Letzten Endes war ihm nichts Greifbares in der

Hand geblieben, nur allgemeine Vermutungen und Verdächtigungen und ein großes Fragezeichen. Gab es wirklich einen Zusammenhang zwischen den einzelnen Vorfällen? Einen großangelegten Plan, der auf Sabotage an dem Mondblitz abzielte?

»Habe ich nicht recht?« fragte er das Mädchen neben ihm.

Gala war stehengeblieben und sah über Felsbrocken und Tang auf das glitzernde Meer hinaus. »Ich kann mir gut denken, daß Bartsch durch die ständige Anspannung die Nerven verloren hat und übergeschnappt ist. Was Krebs betrifft, so glaube ich auch, daß er in Drax' Auftrag gehandelt hat, weil Drax ganz auf Nummer Sicher gehen will. Wahrscheinlich hat er auch deshalb in meinen Sachen gestöbert. Natürlich gab es da für ihn nichts zu finden, bloß Privatbriefe und so. Ich nehme es Drax gar nicht übel, wenn er auch gegen mich mißtrauisch ist. Ich bewundere ihn sogar. Er ist ein Ellbogenmensch und hat unausstehliche Manieren und außerdem sieht er so schrecklich aus mit seinen Narben und seinem struppigen roten Haarwust. Aber es macht mir Spaß, für ihn zu arbeiten. Und mir liegt die Rakete genauso am Herzen wie ihm und seinen Leuten.«

»Ich glaube, wir haben uns unnötige Sorgen gemacht«, meinte auch Bond. »Der Mondblitz scheint so sicher zu sein wie die Kronjuwelen.«

Sie wanderten weiter, bis sie den eisernen Bootssteg und die Kranwinde erreichten. Etwa fünfzig Meter über ihnen gähnte im weißen Fels der Ausgang der Höhle, die mit dem Triebstrahltunnel in Verbindung stand. Darunter war der Kalkstein wie Lava weggeschmolzen und auf die Felsen geflossen. Im Geist sah Bond den gewaltigen weißflammenden Strahl aus den Felsen hervorbrechen und hörte das donnernde Brausen der See, wenn der weißglühende Kalk zischend ins Wasser floß. Er dachte an die Männer in ihren Gasmasken und Asbestanzügen, die jetzt dort oben im Montageschacht das Auftanken der Rakete mit der hochexplosiven Flüssigkeit überwachten. Und plötzlich wurde er sich bewußt, daß sie sich hier in der unmittelbaren Gefahrenzone befanden, falls etwas schiefging.

»Kommen Sie weg von hier!« sagte er rasch und zog das Mädchen mit sich fort.

Als sie sich ein paar hundert Meter von der Höhle entfernt hatten, blieb er stehen und blickte zurück. Er stellte sich vor, er hätte den Auftrag, zusammen mit fünf oder sechs unerschrockenen Männern die Rakete von der Seeseite aus anzugreifen. Wie würde er das anstellen? Mit Kajaks bis zum Landesteg. Eine Leiter zur Höhle hinauf. Und dann? Unmöglich, die Stahlwände des Tunnels hinaufzuklettern. Man könnte höchstens versuchen, mit einer Panzerabwehrwaffe den Stahlboden aufzusprengen, Brandmunition folgen zu lassen und hoffen, daß irgend etwas Feuer fing. Eine ungewisse Methode, aber vielleicht ganz aussichtsreich. Gewiß würde es schwer sein, danach zu entkommen. Man war ein leichtes Ziel von den Klippen aus. Aber für ein Selbstmordkommando ohne weiteres durchführbar.
Gala stand neben ihm und erriet seine Gedanken.
»Es ist nicht so leicht, wie Sie denken«, sagte sie. »Selbst bei hoher Flut und stürmischem Wetter unterhalten sie die ganze Nacht Wachtposten am Rand der Klippen. Sie haben Scheinwerfer, Hunde, Handgranaten und den Befehl, sofort zu schießen und erst hinterher Fragen zu stellen. Vielleicht wäre es noch besser, die Klippen ständig mit Flutlicht anzustrahlen. Aber das würde das Ziel noch stärker herausheben. Sie haben wirklich an alles gedacht.«
Bond sah nachdenklich zu den Klippen hinauf.
»Ich meine, mit U-Boot-Unterstützung müßte es für ein gutes Team möglich sein«, sagte er langsam. »Nach der Admiralitätskarte müßte dort draußen eine zwölf Faden tiefe Fahrrinne sein. Ich möchte mich selbst überzeugen, wie es am Ende des Anlegestegs aussieht. Ich schwimme hinaus.« Er lächelte. »Haben Sie nicht Lust, mitzukommen? Es wird verdammt kalt sein, aber ein bißchen Sport kann Ihnen guttun, nachdem Sie monatelang kaum aus Ihren Betonwänden herausgekommen sind.«
Galas Augen leuchteten auf.
»Meinen Sie wirklich? Ich bin ziemlich erhitzt«, sagte sie zögernd. »Und wir haben doch auch keine Badeanzüge da . . .« Sie errötete, als sie an ihre knappe und fast durchsichtige Nylonwäsche dachte.
»Ach was!« rief Bond ungeduldig. »Ich habe einen Slip an, und Sie werden doch sicher auch irgend etwas unter Ihrem

Kleid tragen. Ich verspreche Ihnen auch, nicht hinzusehen«, log er munter. »Ziehen Sie sich hinter diesem Felsen aus, und ich gehe hinter den dort. Sie werden doch nicht prüde sein.« Ohne ihre Antwort abzuwarten, ging er zum nächsten Felsblock und zog sich schon im Gehen das Hemd aus.

»Na schön«, murmelte Gala. Eigentlich war sie erleichtert, daß ihr die Entscheidung abgenommen war. Sie trat hinter ihren Felsen und knöpfte langsam die Bluse auf.

Als sie etwas unsicher um die Ecke spähte, war Bond schon auf dem Weg zu dem schmalen Sandstreifen, der sich zwischen den Steinen und dem Wasser hinzog. Sein brauner Körper in dem knappen Slip wirkte kräftig und geschmeidig.

Sie folgte ihm etwas ängstlich. Aber sobald sie im Wasser war, verflogen ihre Bedenken. Das eiskalte Wasser prickelte auf ihrer Haut. Zwischen Inseln von Seetang sah sie in klare, grüne Tiefen hinunter. Sie legte ein schnelles Kraultempo vor und schwamm parallel zum Strand, bis sie auf der Höhe des Stegs war. Hier hielt sie einen Augenblick inne, um Atem zu holen. Von Bond, den sie zuletzt etwa hundert Meter voraus hatte schwimmen sehen, war nirgends eine Spur zu entdecken. Ein paar Sekunden hielt sie sich mit Wassertreten an der Stelle, dann kehrte sie zögernd um.

Unwillkürlich mußte sie immer wieder an seinen geschmeidigen braunen Körper denken, der jetzt irgendwo in ihrer Nähe zwischen den Felsen tauchte, um die Tiefe zu loten. Wieder hob sie den Kopf aus dem Wasser und sah sich um.

In diesem Augenblick tauchte er plötzlich neben ihr auf. Sie fühlte sich von kräftigen Armen umschlungen und spürte den kurzen heftigen Druck seiner Lippen auf ihrem Mund.

»Sie unverschämter ...«, stieß sie wütend hervor, aber der Rest ertrank in einer heranrollenden Woge. Und schon hatte er sie wieder losgelassen und war unter ihr fortgetaucht, bevor sie noch prustend und spuckend das Seewasser von sich geben konnte. Als sie wieder Luft schnappte, winkte er ihr lachend aus zwanzig Meter Entfernung zu. Sie machte kehrt und schwamm weiter ins Meer hinaus. Unverschämter Flegel, dachte sie ärgerlich. Natürlich, diese Burschen vom Secret Service hatten immer solche Zicken im Kopf, wenn ihr Job auch noch so wichtig war.

Aber sie konnte es nicht verhindern, daß die Erinnerung an

den Kuß sie mit einem wohligen Gefühl erfüllte und der goldene Tag ihr noch strahlender erschien als zuvor. An einem solchen Tag, entschied sie, war fast alles erlaubt, und so wollte sie ihm für diesmal verzeihen.
Eine halbe Stunde später lagen sie friedlich nebeneinander in der Sonne auf dem warmen Sand am Fuß der Klippen, durch den schicklichen Abstand von einem Meter getrennt.
Bond dachte nur ganz flüchtig an den Mondblitz. Der schöne, fast nackte Mädchenkörper neben ihm lenkte seine Gedanken von der Rakete ab. Im Augenblick konnte er sowieso nichts unternehmen; es war noch nicht fünf, und das Auftanken würde bis sechs dauern. Dann erst konnte er sich mit Drax in Verbindung setzen und veranlassen, daß die Wachen für die beiden nächsten Nächte verstärkt und mit den richtigen Waffen versehen würden. Denn er hatte jetzt selbst festgestellt, daß die Wassertiefe sogar bei Ebbe für ein U-Boot ausreichte.
Sie hatten also noch mindestens eine halbe Stunde Zeit, ehe sie sich auf den Rückweg machen mußten.
Er warf einen verstohlenen Seitenblick auf Gala Brand, die mit geschlossenen Augen in der Sonne lag. Ihre Nähe beunruhigte ihn mehr, als er sich hätte träumen lassen. Wie sie so gelöst dalag und ihren Körper der Sonne darbot, war sie unglaublich schön und unglaublich erotisch.
Zum Teufel damit, dachte er gereizt und öffnete die Augen, um seine fiebrigen Gedanken abzulenken. Er starrte in den gleißend blauen Himmel hinauf und zwang sich, die Möwen zu beobachten, die graziös hoch über den Klippen kreisten. Aber hartnäckig kehrten seine Gedanken immer wieder zu dem Mädchen neben ihm zurück.
»Wieso nennen Sie sich Gala?« fragte er schließlich, um seinen Gedanken eine andere Richtung zu geben.
Sie lachte. »Damit bin ich schon in der Schule gehänselt worden.« Es ärgerte ihn etwas, daß ihre Stimme klar und unbeschwert klang. »Aber mein richtiger Name ist noch schlimmer: Galathea. So hieß das Schiff, auf dem mein Vater zur See fuhr, als ich geboren wurde. Ich habe fast vergessen, wie ich heiße, denn ich muß meinen Namen so oft ändern, seit ich im Polizeidienst ...«
Polizeidienst ... Polizeidienst ... Polizeidienst ...
Wenn die Bombe fällt, wenn das Flugzeug abstürzt. Wenn das

Herz stehenbleibt. Der letzte Gedanke, das letzte Wort oder vielleicht ein Takt einer Melodie — das, womit der Geist sich zuletzt beschäftigt hat, echot noch einen Augenblick nach, bevor der Tod es auslöscht.

Bond starb nicht, aber das eine Wort klang noch sekundenlang in ihm nach, nachdem alles vorbei war.

Während seine Gedanken um Gala kreisten, hatte er in den Himmel hinaufgeschaut und zerstreut den Möwen zugesehen. Zuletzt war es ein Möwenpärchen, das seine Aufmerksamkeit auf sich zog. Die beiden Vögel flatterten um ihr Nest, das auf einem schmalen Vorsprung hoch oben an den Felsen klebte.

Zerstreut sah Bond ihnen zu, während er auf Galas Geplauder hörte. Plötzlich stoben beide Vögel mit durchdringendem Kreischen von der Felskante auf und schossen davon. Im selben Augenblick gab es einen dumpfen Knall, eine kleine schwarze Rauchwolke erschien über der Felskante, und aus der weißen Kalkwand direkt über Bond und Gala löste sich ein großer Felsbrocken und stürzte auf sie herab.

Im nächsten Augenblick hatte Bond sich über Gala geworfen, das Gesicht an ihre Wange gepreßt. Ein Donnern war in der Luft, der Atem wurde ihm aus der Lunge gepreßt, und die Sonne war erloschen. Sein Rücken schmerzte unter einer ungeheuren Last, und in seine Ohren drang durch den Donner hindurch ein erstickter Schrei. Er war nur halb bei Bewußtsein, aus seinen Gliedern war jedes Gefühl gewichen, und er mußte warten, bis sein Gehirn wieder zu arbeiten anfing.

Polizeidienst ... Polizeidienst ... Was hatte sie eben über den Polizeidienst gesagt?

Sein Selbsterhaltungstrieb erwachte. Er versuchte verzweifelt, sich zu bewegen. Nur der rechte Arm hatte überhaupt etwas Bewegungsfreiheit in der Gesteinsmasse, die ihn zu erdrücken drohte. Er stemmte sich mit der Schulter gegen das Gestein, bis der Arm etwas mehr Spielraum hatte. Dann drückte er ihn mit äußerster Anstrengung nach oben — und endlich drangen wieder Licht und Luft zu ihnen herunter. Hustend, halb erstickt von dem Kalkstaub, vergrößerte er die Öffnung, bis er seinen Kopf bewegen und Galas Gesicht von seinem Gewicht befreien konnte.

Mit einem schwachen Seufzer ließ Gala ihren Kopf zur Seite sinken. Sofort rieselte Staub und Geröll in die Öffnung nach.

Hastig grub er weiter, schaufelte mit den blutenden Fingern der rechten Hand das immer wieder nachrutschende Gestein zur Seite. Dabei hustete er, daß er glaubte, die Lungen müßten ihm platzen. Endlich gelang es ihm, mit der rechten Schulter einen Steinbrocken hochzustemmen, und plötzlich waren Schulter und Arm frei. Sein erster Gedanke war, der Mondblitz sei explodiert. Er sah zu den Klippen hinauf und dann den Strand entlang. Nein — sie waren hundert Meter vom Gelände über dem Tunnelausgang entfernt. Nur war genau über ihnen ein großer Felsblock aus den Klippen herausgebrochen.
Dann dachte er an die unmittelbare Gefahr, in der sie sich befanden. Gala stöhnte schwach. Er konnte das wilde Hämmern ihres Herzens an seiner Brust spüren. Aber ihr Gesicht, wenn auch noch von einer weißen Staubmaske überzogen, war jetzt frei von Gestein, so daß sie atmen konnte.
Mit aller Kraft versuchte er, seinen Körper hochzustemmen, der immer noch auf dem ihren lastete. Er spannte alle Muskeln an, schob sich Zentimeter für Zentimeter auf die Felswand zu, wo der Druck von oben weniger stark sein mußte. Und endlich gelang es ihm, beide Schultern aus dem Schuttberg freizubekommen. Er wälzte sich zur Seite und lag nun neben dem Mädchen auf den Knien.
Seine Hände und Unterarme bluteten aus vielen Schnitt- und Rißwunden, und er fühlte, wie ihm Blut auch über den Rücken rann. Aber er stellte fest, daß keine Knochen gebrochen waren. Und er nahm sich keine Zeit, auf Schmerzen zu achten.
In fieberhafter Eile, von Hustenanfällen unterbrochen, schaufelte er mit den Händen Galas Oberkörper frei und zog sie so weit aus dem Schutt heraus, daß er sie halb aufrichten konnte. Nun ging er daran, seine Beine aus dem steinernen Grab zu befreien, und schließlich gelang es ihm, auch das Mädchen aus dem Geröll herauszuzerren und in sitzender Haltung gegen die Felswand zu lehnen. Dann kniete er vor ihr nieder und sah in die schreckliche, weiße, blutüberströmte Maske, die noch vor wenigen Minuten ein bezaubernd schönes Mädchengesicht gewesen war. Ängstlich starrte er auf ihre geschlossenen Augenlider, und als sie leicht zu zucken begannen, hielt er den Atem an. Nach Sekunden, die ihm eine Ewigkeit schienen, öffnete sie die Augen. Seine Erleichterung war so groß, daß ihm schwarz vor Augen wurde. Er wandte sich ab und mußte sich übergeben.

17

Als ihm wieder wohler war, fühlte er Galas Hand in seinem Haar. Er wandte sich um und sah, wie sie bei seinem Anblick erschrocken zusammenzuckte. Dann wies sie zu den Klippen hinauf, von wo soeben wieder Geröll heruntergerieselt kam.

Mühsam richtete er sich auf. Und dann begannen sie gemeinsam von dem Berg aus Staub und Schutt, der beinahe ihr Grab geworden wäre, hinunterzuklettern und zu rutschen, bis sie den Strand erreichten.

Der rauhe Sand unter ihren Füßen kam ihnen fast wie Samt vor. Sie ließen sich beide der Länge nach aufs Gesicht fallen und vergruben die kalkweißen Hände in seinem Gold, als wollten sie damit das schreckliche Weiß wegwaschen. Dann befiel auch Gala die Übelkeit. Bond kroch ein paar Schritte weg von ihr, um sie in Ruhe zu lassen.

Er klammerte sich an einen Kalksteinbrocken, der, so groß wie ein Auto, bis zum Strand hinuntergerollt war, und richtete sich mühsam auf. Zum erstenmal konnte er das Bild der Verwüstung betrachten, der sie beinahe zum Opfer gefallen wären.

Bis hinunter zum Fuß der Felsen, die jetzt von der Flut bespült wurden, erstreckte sich die Lawine von Schutt und Kalkstaub; weißer Staub bedeckte den Strand auf Hunderte von Metern nach beiden Seiten. Hoch oben in der vorher geraden Felskante war ein gewaltiges Loch herausgerissen. Die Seevögel waren geflüchtet. Das Loch in der Wand klaffte wie eine Wunde.

Sie waren mit dem Leben davongekommen, weil sie dicht an der Felskante gelegen hatten, etwas geschützt durch den Überhang des Gesteins, das die Brandung unten leicht ausgehöhlt hatte. Sie waren unter der Masse leichteren Gerölls begraben worden, während die großen Felsbrocken, die sie unweigerlich getötet hätten, an der Kante abgeprallt und weiter hinaus geschleudert worden waren. Vor allem aber hatte Bonds blitzschnelle Reaktion sie beide gerettet. In dem Augenblick, als er die beiden Möwen flüchten sah, hatte er sich instinktmäßig über Gala geworfen und so mit seinem Rücken die Wucht des Anpralls aufgefangen.

Er fühlte ihre Hand an seiner Schulter. Ohne sie anzusehen, legte er den Arm um ihre Hüfte, und gemeinsam schleppten sie sich zum Wasser. Aufatmend ließen sie ihre geschundenen Körper in das seichte Wasser fallen und begannen sich den weißen, blutverkrusteten Staub aus den schmerzenden Wunden zu waschen.

Eine Viertelstunde später sahen sie wieder wie Menschen aus. Sie gingen über den Sand zu den Felsen, wo ihre Kleider unter einem Überhang lagen, den die Lawine verschont hatte. Sie waren beide nackt, die Fetzen ihrer Unterkleidung lagen irgendwo unter dem Geröll. Aber wie Schiffbrüchigen, die sich aus einem Wrack gerettet haben, war ihnen ihre Nacktheit gleichgültig. Sie waren schwach und wie gerädert. Aber als sie sich angekleidet und mit Galas Kamm den weißen Staub aus den Haaren gekämmt hatten, sah man ihnen kaum mehr an, was sie durchgemacht hatten.

Sie lehnten sich an den Felsen, und Bond zündete sich eine Zigarette an, während Gala noch mit Puderdose und Lippenstift beschäftigt war. Dann reichte er ihr auch eine Zigarette, die er für sie angezündet hatte. Zum erstenmal sahen sie einander in die Augen und lächelten.

Eine Weile rauchten sie schweigend und schauten auf die glitzernde See hinaus.

Endlich brach Bond die nachdenkliche Stille.

»Das ist noch mal gut gegangen. Wir hatten unverschämtes Glück.«

»Ich weiß immer noch nicht, was eigentlich passiert ist«, murmelte Gala. »Nur, daß Sie mir das Leben gerettet haben.« Ihre Hand berührte leicht seinen Arm und zog sich rasch wieder zurück.

»Wenn ich mich nicht über Sie geworfen hätte, wäre ich jetzt tot«, meinte Bond. »Die Stelle, wo ich vorher lag ...« Er zuckte die Achseln. »Ist Ihnen eigentlich klar, daß das ein Attentat auf uns war?«

Sie starrte ihn ungläubig an. Er wies auf die Geröllhalde.

»Wenn wir das da durchwühlen könnten, würden wir wahrscheinlich die Reste von ein paar Bohrlöchern und Spuren von Dynamit finden. Ich sah den Rauch und hörte die Explosion, kurz bevor die Lawine herunterkam. Auch die Möwen hatten etwas gemerkt, und durch sie wurde ich aufmerksam.«

»Krebs?« flüsterte sie unsicher.
»Das Schlimme ist, daß es weder Krebs noch ein anderer allein gewesen sein kann«, erklärte Bond. »Es war direkt vor dem Gelände, außerdem muß man uns von Anfang an beobachtet haben. Dazu waren mehrere Leute und eine glänzende Organisation nötig.«
»Was sollen wir tun?« fragte Gala ängstlich. »Was hat das alles zu bedeuten?«
»Das werden wir herausfinden«, sagte Bond ruhig. »Fest steht jedenfalls, daß jemand unseren Tod will. Und darum müssen wir am Leben bleiben. Ich fürchte, Vallance wird uns da nicht viel helfen können«, fuhr er nachdenklich fort. »Unsere Freunde haben sich natürlich so rasch wie möglich aus dem Staub gemacht, als sie uns unter der Lawine begraben glaubten. Sie wissen, daß niemand sich um den Felsabbruch kümmern wird, auch wenn ihn jemand bemerkt haben sollte. So etwas kommt hier öfters vor, besonders im Frühjahr, wenn der Frost die jahrhundertealten Sprünge im Gestein vergrößert hat. Unsere Freunde werden also abwarten, bis die Flut hier einigermaßen aufgeräumt hat, und uns erst morgen früh der Polizei als vermißt melden.«
»Und wenn wir Vallance anrufen«, schlug sie vor.
»Was sollten wir ihm sagen? Haben Sie Beweise, daß der Felsen nicht von selbst abgestürzt ist? Und selbst wenn Vallance uns glaubte, würde er den Premierminister schwerlich dazu überreden können, das Projekt des Mondblitz zu gefährden. Nein, Gala, wir müssen selbst herausbekommen, was dahintersteckt.« Er sah ihr in die Augen. »Oder möchten Sie aussteigen?«
Gala lachte plötzlich auf.
»Wo denken Sie hin? Schließlich werden wir dafür bezahlt. Und Sie haben recht. London kann uns überhaupt nicht helfen. Wir würden uns nur lächerlich machen mit unserem Bericht von Steinlawinen am Badestrand. Was hatten wir überhaupt hier unten zu suchen? Wir hätten uns um unseren Job kümmern sollen, statt halbnackt am Strand herumzufaulenzen.«
»Typisch Polizei«, grinste Bond. »Wir haben nur ein paar Minuten zum Trocknen in der Sonne gelegen. Was hätten wir denn Ihrer Meinung nach den ganzen Nachmittag tun sollen? Im ganzen Gelände nach Fingerabdrücken herumschnüffeln?«

Als er ihre gekränkte Miene sah, beruhigte er sie: »Nichts gegen die Polizei, Gala. Aber wir haben genau das Richtige getan. Wir haben den Feind dazu gebracht, die Karten aufzudecken. Jetzt wissen wir immerhin, daß man uns an den Kragen will. Nun müssen wir herausfinden, wer der Feind ist und warum er uns aus dem Weg räumen will. Wenn wir einen Beweis dafür haben, daß jemand den Mondblitz zu sabotieren versucht, dann können wir zuschlagen. Vorher nicht.«
Sie sprang auf.
»Natürlich, Sie haben wieder recht«, rief sie ungeduldig. »Es fällt mir bloß schwer, abzuwarten, statt gleich etwas zu unternehmen.«
Bond erhob sich. Seine Wunden und Prellungen schmerzten stark, aber er ließ sich nichts anmerken. »Kommen Sie«, sagte er. »Es ist fast sechs. Die Flut steigt rasch, aber wir schaffen es noch bis St. Margaret. Dort bringen wir uns im Granville noch etwas in Ordnung und stärken uns mit einer anständigen Mahlzeit, bevor wir uns auf den Rückweg machen. Ich möchte zurückkommen, wenn die anderen gerade beim Essen sitzen. Mal sehen, wie sie auf unser Auftauchen reagieren.«
Um halb neun setzte das Taxi aus St. Margaret sie am zweiten Wachtposten ab. Sie zeigten ihre Ausweise vor und gingen rasch auf das Haus zu. Sie waren erholt und in aufgeräumter Stimmung. Ein heißes Bad, eine gute Mahlzeit und ein paar steife Drinks hatten sie wieder auf die Beine gebracht. Man sah ihnen nicht an, daß sie todmüde und unter ihrer Kleidung zerschunden und nackt waren.
Leise öffneten sie die Haustür und betraten die hellerleuchtete Halle. Aus dem Eßzimmer drangen heitere Stimmen und das bellende Lachen Sir Hugos.
Bonds Augen wurden schmal und ein harter Zug bildete sich um seinen Mund. Er warf Gala einen Blick zu. Dann setzte er ein harmloses Lächeln auf, öffnete die Tür zum Eßzimmer und ließ Gala den Vortritt.
Drax saß am Kopfende des Tisches, rot und strahlend in seiner pflaumenblauen Hausjacke. Die Gabel, die er eben zum Mund führte, blieb wie von Geisterhand gebannt in der Luft stehen. Der Bissen fiel von der Gabel und mit einem hörbaren Plumps auf den Teller zurück, während Drax mit offenem Mund Bond und Gala wie eine Erscheinung anstarrte.

Krebs hatte gerade einen Schluck aus seinem Glas Rotwein trinken wollen. Das Glas klirrte gegen seine Zähne, und ein rotes Rinnsal aus Wein floß über sein Kinn und auf das gelbe Hemd hinunter.
Dr. Walter saß mit dem Rücken zur Tür. Er wurde erst durch die Reaktion der anderen aufmerksam und wandte sich um. Auch er erblaßte, aber er hielt sich besser — entweder war er schwerfälliger im Begreifen oder er hatte bessere Nerven. »Ach so«, sagte er nur und drehte sich wieder zum Tisch zurück.
Drax war aufgesprungen.
»Mein lieber Freund«, stammelte er verwirrt. »Mein lieber Freund, wir haben uns schon Sorgen gemacht. Dachten schon daran, Sie suchen zu lassen. Vor ein paar Minuten meldete einer der Wachtposten einen Steinschlag am Strand.«
Er kam um den Tisch herum auf sie zu, die Gabel noch in der einen, die Serviette in der anderen Hand. Er hatte sich inzwischen etwas gefaßt, so daß die Farbe in sein Gesicht zurückkehrte. Gereizt und vorwurfsvoll wandte er sich jetzt an das Mädchen: »Sie hätten doch wenigstens anrufen können. Unglaublich gedankenlos . . .«
»Meine Schuld«, erklärte Bond heiter. Er trat weiter ins Zimmer, so daß er sie alle gleichzeitig im Blickfeld hatte. »Der Spaziergang dauerte länger als vorgesehen. Wegen der Flut konnten wir nicht am Strand zurückgehen. Darum gingen wir gleich weiter nach St. Margaret, aßen dort und nahmen uns dann ein Taxi. Miss Brand wollte Sie anrufen, aber ich glaubte, wir würden vor acht Uhr zurück sein. Lassen Sie sich bloß nicht beim Essen stören. Wenn es Ihnen recht ist, leiste ich Ihnen noch beim Kaffee Gesellschaft. Miss Brand wird sich lieber zurückziehen wollen, der lange Spaziergang hat sie ermüdet.«
Bond ging absichtlich um den Tisch herum und setzte sich auf den Stuhl neben Krebs. Dieser hatte, nach dem ersten Schreck, den Blick krampfhaft auf seinen Teller gerichtet. Als Bond an ihm vorbeiging, sah er zu seiner tiefen Befriedigung ein großes Heftpflaster auf Krebs' schütter behaartem Hinterkopf.
»Ja, gehen Sie nur schlafen, Miss Brand«, sagte Drax schneidend. »Wir sprechen uns morgen.«
Gala verließ gehorsam das Zimmer, und Drax kehrte zu seinem Stuhl zurück und setzte sich.

Bond schlug einen leichten Plauderton an: »Wirklich interessant, diese Klippen. Und es ist direkt spannend, darunter spazierenzugehen und zu warten, ob gerade in diesem Augenblick ein Felsbrocken herunterkommt. Erinnert mich an russisches Roulette. Trotzdem hört man nie, daß dort jemand durch Steinschlag ums Leben kommt. Apropos — sagten Sie nicht eben etwas von Steinschlag?«
Mit einem schwachen Stöhnen sackte Krebs plötzlich vornüber und fiel direkt mit dem Kopf auf seinen Teller.
Bond zog die Brauen hoch und sah ihn neugierig an.
»Walter!« sagte Drax scharf. »Sehen Sie nicht, daß ihm schlecht ist? Bringen Sie ihn auf sein Zimmer. Er ist ja stockbesoffen.«
Walter stand auf, packte Krebs am Kragen und riß seinen Kopf von den Scherben des Tellers hoch.
»Dreckskerl!« zischte er ihn wütend an. »Raus!«
Er zerrte ihn hoch und stieß und schob den halb Bewußtlosen durch die Schwingtür der Anrichte hinaus. Man hörte draußen noch ein paar Sekunden lang Gepolter und Flüche, dann das Schlagen einer Tür.
»Er muß einen schweren Tag gehabt haben«, sagte Bond kühl.
Drax schwitzte wieder aus allen Poren. Er wischte sich das Gesicht mit einer Serviette ab. »Unsinn!« knurrte er. »Er trinkt zuviel.«
Der Diener kam mit dem Kaffee, korrekt wie immer und völlig unbeeindruckt von der Szene in seiner Anrichte. Er setzte die Tassen ab und verschwand wieder. Ob er auch dazugehört? überlegte Bond. Ist das ganze Team beteiligt oder nur eine kleine Gruppe? Und wieviel weiß Drax von alledem? Sein Benehmen bei ihrem plötzlichen Auftauchen ließ keine Rückschlüsse zu. Überraschung und Zorn konnten einfach der Nachlässigkeit seiner Sekretärin gegolten haben. Übrigens hatte er den ganzen Nachmittag damit verbracht, das Einfüllen des Treibstoffs zu überwachen.
»Hat das Tanken geklappt?« erkundigte sich Bond.
»Ausgezeichnet.« Drax zündete sich eine lange Zigarre an und erwiderte Bonds forschenden Blick durch den Rauch hindurch. »Jetzt ist alles fertig. Die Wachen sind draußen. Morgen noch ein bis zwei Stunden Aufräumungsarbeiten, dann wird die Rampe gesperrt. Übrigens — ich werde Miss Brand morgen

nachmittag mit dem Wagen nach London mitnehmen. Ich brauche außer Krebs auch eine Sekretärin. Haben Sie irgend etwas Bestimmtes vor?«

»Ich muß auch nach London«, erklärte Bond aus einem plötzlichen Entschluß heraus. »Ich muß im Ministerium Bericht erstatten.«

»Ach«, meinte Drax mit gespielter Gleichgültigkeit. »Ich dachte, Sie sind zufrieden mit den Maßnahmen?«

»Ja«, sagte Bond, ohne näher darauf einzugehen.

»Dann ist es ja gut«, lächelte Drax höflich. »Und jetzt entschuldigen Sie mich bitte. Ich habe noch einiges in meinem Arbeitszimmer zu erledigen. Gute Nacht.«

»Gute Nacht«, antwortete Bond. Aber Drax war schon auf dem Weg zur Tür.

Bond trank seinen Kaffee aus und ging dann in sein Schlafzimmer hinauf, das, wie er feststellte, wieder durchsucht worden war. Er zuckte die Achseln. Hier gab es nichts zu finden. Außer dem Lederkoffer. Und dessen Inhalt zeigte nur, daß er mit der Ausrüstung gekommen war, die seinem Beruf entsprach.

Seine Beretta war noch dort, wo er sie versteckt hatte – in dem leeren Lederetui von Tallons Nachtfernglas. Er nahm sie heraus und schob sie unter sein Kopfkissen.

Er nahm ein heißes Bad und schüttete ein halbes Fläschchen Jod auf alle Schrammen und Wunden, die er erreichen konnte. Dann legte er sich ins Bett und knipste das Licht aus. Jetzt erst bemerkte er, wie erschöpft er war und daß er am ganzen Körper Schmerzen hatte.

Er dachte flüchtig an Gala. Er hatte ihr empfohlen, ihr Zimmer abzuschließen und eine Schlaftablette zu nehmen. Es beunruhigte ihn etwas, daß Drax sie morgen nach London mitnehmen wollte. Und noch etwas beunruhigte ihn, ein Bild, das ihn den ganzen Abend verfolgt hatte: der Eßtisch war nur für drei Personen gedeckt gewesen.

18

Der Mercedes war ein Traumwagen. Bond parkte seinen alten Bentley daneben und sah sich Drax' Wagen genauer an. Es war ein 300 S, das Sportmodell mit automatisch einziehbarem Verdeck, wie es nur ein halbes Dutzend in ganz England gab. Links gesteuert, also vermutlich in Deutschland gekauft. Die schwere, gedrungene Karosserie war weiß, die Sitze rotes Leder, für England unerhört auffallend.

Während er den Wagen noch betrachtete, kam Drax aus dem Haus, von Gala und Krebs gefolgt.

»Schneller Wagen«, bemerkte Drax, erfreut über Bonds bewundernde Blicke. Er deutete auf den alten Bentley und fügte gönnerhaft hinzu: »Die waren auch nicht schlecht zu ihrer Zeit. Aber heute kann man damit höchstens ins Theater fahren. Zu wohlerzogen. Langweilig. Also, einsteigen!«

Gehorsam kletterte Krebs auf den Rücksitz. Den Mantelkragen hochgeschlagen, glotzte er Bond mürrisch an.

Gala Brand war schick, aber dezent gekleidet. Sie trug ein dunkelgraues Schneiderkostüm mit schwarzer Kappe und schwarzen Handschuhen, einen leichten schwarzen Mantel über dem Arm. Sie setzte sich auf den Beifahrersitz, und die Tür schlug mit einem leisen Klicken zu.

Zwischen Bond und Gala wurde kein Zeichen des Einverständnisses gewechselt. Sie hatten sich heimlich vor dem Lunch in seinem Zimmer getroffen und ihre Pläne besprochen. Dinner in London um halb acht und dann mit Bonds Wagen zurück. Sie saß ruhig und schenkte Bond keinen Blick. Drax stieg auf der anderen Seite ein, startete, und der Wagen schoß fast lautlos davon.

Bond sah ihm nach, bis er hinter den Bäumen verschwunden war. Dann stieg er in seinen Bentley und folgte ihm.

Während der Mercedes über die Landstraße glitt, beschäftigte sich Gala mit den Vorfällen der letzten Stunden. Die Nacht war ohne Zwischenfälle vergangen, und der Vormittag wurde

dazu benutzt, das Gelände rings um die Abschußrampe von allem zu räumen, was Feuer fangen konnte. Drax war auf den gestrigen Tag nicht mehr zurückgekommen und ihr gegenüber so wie immer gewesen. Sie hatte zum letztenmal ihre Ziffern aufgestellt, die Drax morgen für die Einstellung der Zielortung verwenden sollte; und wie immer hatte sie durch ihr Guckloch beobachtet, daß Walter und Drax gemeinsam ihre Aufstellung durchgingen und sie dann in das schwarze Heftchen eintrugen.
Es war ein heißer, sonniger Tag, und Drax fuhr in Hemdsärmeln. Verstohlen schielte sie hinter ihn und sah eine Ecke des schwarzen Heftchens aus seiner hinteren Hosentasche herausragen. Diese Fahrt war vielleicht ihre letzte Chance. Seit dem Vorabend fühlte sie sich wie umgewandelt. Vielleicht hatte Bond ihren Ehrgeiz angestachelt, vielleicht hatte sie es satt, Sekretärin zu spielen, vielleicht hatte ihr das gestrige Abenteuer erst wieder zu Bewußtsein gebracht, daß sie ein gefährliches Spiel spielte und die ruhigen Zeiten vorüber waren. Jedenfalls schien es ihr an der Zeit, etwas zu riskieren. Sie wollte um jeden Preis das Geheimnis des schwarzen Heftchens kennenlernen, sei es auch nur aus persönlicher Neugier. Die Gelegenheit schien günstig. Scheinbar absichtslos legte sie ihren Mantel zwischen sich und Drax. Unter dem Vorwand, es sich bequem zu machen, rückte sie gleichzeitig ein paar Zentimeter näher zur Mitte, und ihre Hand verschwand in den Falten des Mantels. Dann wartete sie.
Wie vorausgesehen kam ihre Chance in den verstopften Straßen von Maidstone. Drax versuchte, noch bei Grün über die Kreuzung von King Street und Gabriel's Hill zu kommen, wurde aber durch einen langsamen alten Kombi aufgehalten. Gala merkte, daß er fest vorhatte, bei Lichtwechsel zu überholen und seinen Vordermann beiseite zu drängen. Drax war ein glänzender Fahrer, aber rücksichtslos und ungeduldig und immer drauf aus, anderen Verkehrsteilnehmern seine Überlegenheit zu beweisen.
Als die Ampel auf Grün sprang, drückte er kräftig auf sein Dreiklanghorn, scherte nach rechts aus und überholte den Kombi mit einem zornigen Kopfschütteln.
Während dieses raschen Manövers war es nur natürlich, daß Gala zur Seite und leicht gegen ihn geworfen wurde. Blitz-

schnell fuhr ihre Hand unter den Mantel, zog das Heftchen aus seiner Tasche und verbarg es in den Mantelfalten. Drax war von seinem Überholmanöver so in Anspruch genommen, daß er nichts merkte; mit knapper Not kam er über den Zebrastreifen, ohne eine Frau mit einem Kind an der Hand anzufahren.

Nun kam es darauf an, ungestört einen Blick in das Heft werfen zu können. Sie würde Drax bitten, einen Augenblick zu halten, unter dem Vorwand, eine Toilette aufsuchen zu müssen. Nicht an einer Tankstelle, überlegte sie — er könnte die Zeit zum Auftanken benutzen wollen, und vielleicht trug er seine Brieftasche in derselben Hosentasche. Sie erinnerte sich an ein Hotel gleich nach der Ausfahrt aus Maidstone; dort gab es keine Tankstelle.

Sie begann unruhig zu werden, räusperte sich schließlich und sagte mit gutgespielter Schamhaftigkeit: »Verzeihen Sie, Sir Hugo, — aber könnten Sie nicht einen Augenblick halten?«

»Was ist?« fragte Drax ungeduldig.

»Es tut mir schrecklich leid, aber — ich — ich möchte meine Nase pudern — können wir nicht irgendwo . . .«

»Ach, du liebe Zeit!« stöhnte Drax ärgerlich. »Warum haben Sie das nicht zu Hause — na schön, wenn es sein muß.« Er fuhr etwas langsamer und sah sich um.

»Hinter der Kurve dort ist ein Hotel«, sagte Gala kleinlaut. »Entschuldigen Sie, Sir Hugo. Wirklich dumm von mir. Ich bin sofort wieder da.«

Der Wagen hielt mit einem Ruck vor dem Gasthof.

»Beeilen Sie sich!« knurrte Drax, während Gala eilig ausstieg und auf das Haus zueilte, den kostbaren Mantel an sich gedrückt.

Sie schloß die Toilettentür sehr sorgfältig ab und öffnete das Notizbuch. Da waren die Zahlen, Seite für Seite, unter dem Datum: atmosphärischer Druck, Windgeschwindigkeit, Temperatur — alles, was sie nach den Angaben des Luftfahrtministeriums zusammengestellt hatte. Am Ende jeder Seite die Einstellung der Zielortung.

Gala runzelte die Stirn. Auf den ersten Blick konnte sie sehen, daß das *nicht ihre Zahlen* waren. Drax' Eintragungen hatten nicht die geringsten Ähnlichkeiten mit den Unterlagen, die sie ihm gegeben hatte.

Sie blätterte zur letzten Seite um, die die Eintragungen für diesen Tag enthielt. Danach mußte sie sich um fast neunzig Grad geirrt haben! Würde die Rakete nach *ihren* Angaben abgeschossen, müßte sie irgendwo in Frankreich aufschlagen. Verwirrt starrte sie auf ihr Spiegelbild über dem Waschbekken. Wie konnte sie sich bloß so haarsträubend geirrt haben! Und warum hatte Drax ihr das nie gesagt?

Sie blätterte hastig in dem Buch und stellte fest, daß ihr Fehler sich in all den Monaten immer wiederholte: immer unterschied sich ihre Kursberechnung für die Rakete von der Drax' um etwa neunzig Grad. Sie konnte es nicht fassen, daß sie sich so getäuscht haben sollte. Kannte das Ministerium diese geheimen Zahlen? Und warum waren sie geheim?

Plötzlich schlug ihre Verwirrung in panischen Schrecken um. Sie mußte sofort nach London und irgend jemandem Mitteilung davon machen. Selbst wenn man sie auslachen und ihre Bedenken als überspannt und phantastisch abtun sollte.

Rasch holte sie eine Nagelfeile aus der Tasche, schnitt eine Seite aus dem Heftchen heraus, rollte sie zusammen und stopfte sie in einen Finger des Handschuhs.

Sie warf noch einen Blick in den Spiegel. Ihr Gesicht war blaß geworden, und schnell rieb sie ihre Wangen, um ihnen wieder etwas Farbe zu geben. Dann setzte sie wieder die schuldbewußte Miene der kleinen Sekretärin auf, die ihren Chef hat warten lassen, und eilte zum Wagen zurück, das Notizbuch in den Falten ihres Mantels versteckt.

Drax knurrte ungeduldig, als sie mit einer gestammelten Entschuldigung einstieg, und ließ seinen Mercedes so jäh anfahren, daß sie sich beinahe den Fuß in der Tür klemmte. Die Reifen knirschten über den Kies, als er den Parkplatz verließ und in die Straße einbog.

Gala fiel mit einem Ruck in die Polster, aber sie achtete darauf, den Mantel, der die Hand mit dem Notizbuch verdeckte, wieder zwischen sich und Drax fallen zu lassen.

Jetzt ging es nur noch darum, ihm das Notizbuch wieder in die Hosentasche zu schieben. Sie erinnerte sich an die Lehren, die man ihr eingeprägt hatte: die Aufmerksamkeit durch Druck auf eine andere Körpergegend, durch optische oder akustische Reize ablenken. Das Opfer muß von anderen Dingen so in Anspruch genommen sein, daß es die Berührung nicht spürt.

Wie jetzt, zum Beispiel. Drax hockte über sein Steuer gebeugt und wartete ungeduldig auf eine Gelegenheit, einen Lastwagen der R.A.F. zu überholen, aber der Gegenverkehr ließ ihm keinen Raum dazu. Endlich ergab sich eine Lücke, Drax rammte den Schalthebel in den zweiten Gang, hupte gebieterisch und schoß an dem Lastwagen vorbei.
Galas Hand glitt unter dem Mantel weiter zur Mitte.
Aber eine andere Hand stieß plötzlich zu wie ein Habicht.
»Erwischt!«
Krebs hing halb über die Lehne des Fahrersitzes nach vorn. Seine Hand preßte die ihre fest gegen das Polster. In ihrer Handfläche fühlte sie den glatten Einband des Notizbuches wie ein glühendes Eisen. Vergebens versuchte sie ihre Hand loszureißen. Krebs hielt sie eisern fest.
Drax hatte den Laster überholt, und die Straße vor ihnen war jetzt frei.
»Halten Sie an, Chef!« sagte Krebs heiser. »Miss Brand ist ein Spitzel.«
Drax zuckte zusammen und warf einen raschen Seitenblick nach rechts. Was er sah, genügte ihm. Instinktiv fuhr seine Hand nach der Tasche, dann legte er sie langsam auf das Steuer zurück. Soeben kam die Abzweigung nach Mereworth in Sicht.
»Halten Sie sie fest!« befahl er Krebs und riß das Steuer so jäh herum, daß der Wagen mit kreischenden Reifen in die Seitenstraße einbog. Ein paar hundert Meter weiter stoppte er mit einem Ruck.
Drax vergewisserte sich, daß die Straße leer war. Dann packte er mit seiner behandschuhten Hand Gala an den Haaren und drehte ihr Gesicht zu sich herum.
»Was war das?« herrschte er sie an.
»Ein Mißverständnis, Sir Hugo«, stammelte sie mit bleichen Lippen. »Ich wollte wirklich nicht ...«
Mit Hilfe eines übertriebenen Achselzuckens konnte sie die rechte Hand hinter sich schieben und rasch die Handschuhe zwischen die Polster stopfen.
Krebs erklärte:
»Ich habe gemerkt, wie sie an Sie heranrückte. Das fiel mir auf.«
Mit seiner freien Hand riß er plötzlich ihren Mantel weg.

Zum Vorschein kam ihre Linke, die das Notizbuch umklammert hielt, immer noch etwa dreißig Zentimeter von Drax' Hosentasche entfernt.
»So«, stieß Drax zwischen den Zähnen hervor. Nur das eine Wort, aber es ließ ihr Blut gefrieren.
Er ließ sie los, sein Blick durchbohrte sie, und sie starrte ihn an wie das Kaninchen die Schlange. Er war plötzlich ein anderer. Das rote Gesicht unter dem roten Haarwust hatte die gewohnte rauhe Jovialität schlagartig verloren; sie sah das Gesicht hinter der Maske: nackten Haß und eine eiskalte Grausamkeit, die kein Erbarmen kannte. Gala war zumute, als hätte sie eine verbotene Tür geöffnet und sähe sich nun dem Ungeheuer gegenüber, dessen Anblick tötet.
Drax warf noch einmal einen raschen Blick auf die leere Straße. Dann zog er den ledernen Autohandschuh von seiner linken Hand und schlug ihn ihr mit der Rechten mit aller Kraft ins Gesicht.
Gala stieß einen erstickten Schrei aus, und Tränen des Schmerzes traten ihr in die Augen. Plötzlich begann sie sich wie eine Wahnsinnige zu wehren.
Mit aller Kraft stemmte sie sich gegen die Arme, die sie festhielten, und versuchte, mit der freien rechten Hand Krebs' Augen zu erreichen. Aber Krebs wich mit dem Kopf ihren Angriffen aus, während seine Hände sich fester um ihren Hals preßten. Zwar kratzte sie ihm die Handrücken blutig, und er zischte wütende Flüche zwischen den Zähnen hervor, aber gleichzeitig stellte er mit Befriedigung fest, daß ihre Kräfte erlahmten.
Drax wartete gelassen, bis Krebs sie wieder in der Gewalt hatte, dann startete er und fuhr langsam weiter. Kurz darauf bog er in einen Waldweg ein und brachte den Wagen zum Stehen, sobald sie von der Straße her nicht mehr gesehen werden konnten.
Krebs lockerte den Griff um ihren Hals, und sie schnappte röchelnd nach Luft.
»Da!« hörte sie Drax sagen, und ein Finger berührte eine Stelle hinter ihrem linken Ohr. Im nächsten Augenblick traf ein furchtbarer Schlag diese Stelle. Ihr war, als explodierte etwas in ihrem Kopf. Dann verlor sie das Bewußtsein.
Eine Stunde später sahen Passanten einen weißen Mercedes

vor einem kleinen Haus nicht weit vom Buckingham Palast halten. Zwei freundliche Herren stiegen aus und halfen einem offenbar kranken Mädchen aus dem Wagen und ins Haus. Das Mädchen war sehr blaß und hatte die Augen geschlossen, so daß die freundlichen Herren sie die Stufen hinauftragen mußten. Der größere der beiden Herren, ein Mann mit rötlichem Haar und lebhafter Gesichtsfarbe, jammerte vernehmlich, daß Mildred zu früh vom Krankenbett aufgestanden sei und einen Rückschlag erlitten habe.

Als Gala wieder zu sich kam, fand sie sich in einem großen Raum, der mit allerlei fremdartigen Apparaten vollgestopft war. Sie war an einen Stuhl gefesselt. Abgesehen von dem dumpfen Schmerz in ihrem Kopf konnte sie fühlen, daß ihr Gesicht verschwollen und blutverkrustet war.

Die Fenster waren mit schweren Vorhängen verhangen, und es roch muffig, als würde das Zimmer nur selten benutzt. Die paar Möbelstücke, die herumstanden, waren dick mit Staub bedeckt. Nur die Apparate und Instrumente, deren Zweck sie nicht begriff, sahen neu und gepflegt aus.

Vielleicht bin ich in einem Krankenhaus, dachte sie. Sie schloß die Augen und versuchte sich zu erinnern, und bald kehrte ihr die Erinnerung an die Vorfälle im Mercedes zurück. Sie hielt die Augen noch eine Weile geschlossen, um sich zu sammeln und zu Kräften zu kommen. Dann öffnete sie sie vorsichtig.

Drax war mit dem Rücken zu ihr an einem der Apparate beschäftigt, der wie ein großer Radioapparat aussah. Von ihrem Stuhl aus konnte sie drei weitere, ähnliche Apparate sehen, von denen eine Antenne durch ein roh ausgehauenes Loch in der Decke nach oben führte. Der ganze Raum war durch starke Glühbirnen auf Beleuchtungsstativen erhellt.

Zu ihrer Linken hörte sie ein metallisches Klirren und Klappern. Unter halbgeschlossenen Lidern schielte sie zur Seite, was die Schmerzen in ihrem Kopf noch verschlimmerte. Sie sah Krebs neben einem Generator stehen und sich über einen kleinen Benzinmotor beugen, der nicht anspringen wollte.

»Wird's bald?« knurrte Drax nervös. »Ich muß ins Ministerium, kann diese Idioten nicht länger warten lassen.«

»Jawohl, Chef«, murmelte Krebs schuldbewußt und mühte sich verbissen, den Motor in Gang zu bekommen, der nach einigem Stottern endlich zu knattern begann.

»Wird er auch nicht zu laut sein?« fragte Drax besorgt.
»Nein, Chef. Das Zimmer ist schalldicht. Doktor Walter sagt, man wird keinen Laut hören.«
Gala entschloß sich, so lange wie möglich Bewußtlosigkeit vorzutäuschen. Sie schloß die Augen wieder. Was hatten sie mit ihr vor? Wollten sie sie umbringen? In diesem Zimmer? Was waren das für Apparate? Ein Sender? Radargeräte? Die leicht gewölbte Mattglasscheibe über Drax' Kopf hatte ab und zu aufgeleuchtet, wenn er an irgendwelchen Knöpfen drehte.
Ihr Gehirn begann wieder zu arbeiten. Was hatte das alles zu bedeuten? Das schwarze Notizbuch fiel ihr ein. Die Zahlen, die sich von den ihren so auffallend unterschieden. Warum hatte man sie beinahe umgebracht, nur weil sie die Eintragungen in dem schwarzen Heft gesehen hatte?
Neunzig Grad Unterschied. Neunzig Grad. Was steckte dahinter? Angenommen, ihre Zahlen stimmten. Sie waren für ein Ziel berechnet, das hundertzwanzig Kilometer weit draußen in der Nordsee lag. Angenommen, sie hatte die richtigen Zahlen eingesetzt. Für welches Ziel galten dann die von Drax? Neunzig Grad von dem Ziel in der Nordsee. Also irgendwo in England. Hundertzwanzig Kilometer von Dover? Ja, natürlich – London!
Nach Drax' Berechnungen war das Ziel der Rakete London!
Einen Atemzug lang schien ihr Herz stillzustehen.
London!
Dann begannen ihre Gedanken fieberhaft zu arbeiten. Die Radarpeilung der Rakete! Dann war das also ein Radarleitsender wie der in der Nordsee. Das hieß, daß die Rakete mitten in London aufschlagen würde, ganz in der Nähe des Buckingham Palasts! Aber was konnte schon passieren, da sie ja keinen Sprengkopf trug, sondern nur mit einer Attrappe voller Instrumente ausgestattet war?
Vielleicht war es der brutale Schlag mit dem Handschuh ins Gesicht, der ihr die Augen geöffnet hatte. Sie wußte plötzlich mit nachtwandlerischer Sicherheit, daß es ein echter Atomkopf sein würde, und daß Drax ein Feind Englands war und morgen mittag London dem Erdboden gleichmachen würde.
Von Grauen gepackt, versuchte sie sich das Ungeheuerliche auszumalen. Durch diese Zimmerdecke, durch diesen Stuhl, durch den Boden. Die nadeldünne Spitze der Rakete. Der

blitzschnelle Sturz aus heiterem Himmel. Die Menge in den Straßen. Nichtsahnend. Die Kindermädchen im Park. Die Vögel in den Bäumen. Die gigantische Feuerblume der Explosion. Und dann der Rauchpilz, der zum Himmel aufsteigt. Totale Vernichtung. Kein Leben mehr, nichts ...
»Nein! Nein! Nein!!!«
Aber der Schrei erreichte ihre Zunge nicht mehr. Ihr Körper sackte in seinen Fesseln zusammen. Von Grauen überwältigt, war Gala aufs neue ohnmächtig geworden.

19

Bond saß an seinem gewohnten Tisch in dem Londoner Restaurant in dem ersten Stock, von wo aus er den Verkehr am Piccadilly und bis Haymarket überschauen konnte.
Es war sieben Uhr fünfundvierzig, und Baker, der Oberkellner, hatte ihm soeben seinen zweiten Wodka dry Martini mit einem großen Stück Zitronenschale gebracht. Während er seinen Drink schlürfte, fragte sich Bond, warum Gala sich verspätete. Das sah ihr nicht ähnlich. Vallance hatte ihm um fünf in seinem Büro gesagt, daß er Gala um sechs erwartete.
Vallance lag viel daran, mit ihr zu sprechen. Er hatte auf Bond während der Unterredung einen ziemlich nervösen Eindruck gemacht und war seinem Bericht über die Sicherheitsmaßnahmen für den Mondblitz nur mit halbem Ohr gefolgt.
Bond erfuhr, daß an diesem Tag auf der Börse ein Überangebot an Pfund Sterling einen Kurssturz verursacht hatte. Angefangen hatten die Verkäufe in Tanger; Zürich und New York folgten. Nach wilden Kursschwankungen im Lauf des Tages war das Pfund schließlich bis zum Nachmittag beträchtlich gefallen, eine Sensation, die die Abendblätter auf der ersten Seite brachten. Bei Börsenabschluß hatte Vallance über das Schatzamt die befremdliche Nachricht erhalten, daß die Verkaufswelle von Drax Metals Ltd. in Tanger ausgelöst worden war. Die Firma hatte im Lauf des Tages fast zwanzig Millionen Pfund auf den Markt geworfen. Das hatte der Markt nicht verkraften können. Die Bank von England mußte einspringen und aufkaufen, um ein weiteres Absinken der Währung zu verhindern.

Jetzt wollte das Schatzamt wissen, was dahintersteckte. Ob Drax selbst verkaufte oder eine der großen Maklerfirmen, die zu seinem Konzern gehörten. Man fragte Vallance nach seiner Meinung. Er konnte sich die Sache nur so erklären, daß der Mondblitz ein Versager zu werden drohte und Drax das wußte und von seinem Wissen profitieren wollte. Vallance trug diese Meinung sofort den zuständigen Leuten des Beschaffungsministeriums vor, fand aber dort keinen Glauben. Man sah keinen Grund für ein Versagen des Mondblitz; und selbst wenn der Versuchsabschuß an technischen Schwierigkeiten scheitern sollte, so würde sich das kaum auf die Börse auswirken. Man lehnte es daher ab, den Premierminister einzuschalten. Drax Metals war ein großes Unternehmen, das vielleicht im Auftrag irgendeiner ausländischen Regierung gehandelt hatte, Argentiniens oder Rußlands zum Beispiel. Das hatte gar nichts mit dem Ministerium zu tun oder mit dem Mondblitz, der pünktlich am Mittag des folgenden Tages abgeschossen werden würde.

Vallance mußte sich damit zufriedengeben, war aber keineswegs beruhigt. Er war froh, sich mit Bond über die Sache aussprechen zu können. Und er wollte Gala fragen, ob sie irgendwelche Telegramme aus Tanger gesehen oder eine entsprechende Bemerkung von Drax aufgeschnappt hatte.

Bond meinte, Gala würde ihm so etwas bestimmt gesagt haben. Sie sprachen noch eine Weile darüber, und er verließ Vallance schließlich, um M aufzusuchen, der ihn erwartete.

M hörte sich seinen Bericht sehr aufmerksam an und zeigte sich an allen Einzelheiten, die den Mondblitz und die Verhältnisse in Drax' Team betrafen, sehr interessiert. Nachdem Bond ihm schließlich noch von seiner Unterredung mit Vallance berichtet hatte, blieb M eine ganze Weile in Gedanken versunken.

»007«, sagte er endlich, »mir gefällt an der Geschichte manches nicht. Irgend etwas ist faul, ich weiß bloß noch nicht was und kann mir keinen Vers darauf machen. Ich weiß auch nicht recht, wie ich mich einschalten könnte. Alle Tatsachen sind der Spezialabteilung und dem Ministerium bekannt, und wir können ihnen keine neuen greifbaren Tatsachen anbieten. Selbst wenn ich mit dem Premierminister reden wollte — was Vallance gegenüber recht unfair wäre —, was sollte ich ihm sagen? Daß ich ein ungutes Gefühl habe? Aber ich habe wirklich ein verdammt ungutes Gefühl, Bond. Und wenn ich mich nicht täusche, liegt irgendeine ganz böse Sache in der Luft.« Er sah Bond ungewöhnlich besorgt an. »Ich kann nichts tun, 007. Es liegt alles an Ihnen. Und an der Brand.«

Bond trank den Rest seines Martini und sah auf die Uhr. Acht Uhr. Er fröstelte plötzlich.

Er erhob sich rasch und ging zum Telefon. Die Telefonistin im Yard teilte ihm mit, daß der Assistant Commissioner ihn schon zu erreichen versucht hatte. Er mußte zu einem Essen beim Oberbürgermeister von London, und ob Mr. Bond wohl einen Augenblick am Apparat bleiben könne?

Bond wartete ungeduldig. Der schwarze Bakelithörer brannte ihm in der Hand. Endlich drang die Stimme von Vallance aus dem Hörer.

»Bond? Vallance. Haben Sie etwas von Miss Brand gehört?«

Bond zuckte zusammen, als habe er einen Schlag ins Gesicht bekommen.

»Nein«, antwortete er. »Sie sollte schon seit einer halben Stunde hier sein. War sie denn um sechs nicht bei Ihnen?«

»Nein. Ich habe bereits nach ihr suchen lassen, aber niemand weiß etwas von ihr. Sie war nicht in der Wohnung, in der sie für gewöhnlich übernachtet, wenn sie in London ist. Wenn sie mit Drax um zwei Uhr dreißig abgefahren ist, müßte sie um halb fünf in London gewesen sein. Es hat keinen Autounfall auf der Straße nach Dover gegeben, wir haben bei der Automobil Association und beim Royal Automobil Club angefragt. Hören Sie, Bond« — seine Stimme klang fast beschwörend — »ich befürchte das Schlimmste. Miss Brand darf nichts passieren. Können Sie die Sache in die Hand nehmen? Ich kann unmöglich eine offizielle Suchaktion einleiten, das würde zuviel Wind machen, nachdem ihr Name gerade im Zusammenhang mit dem Doppelmord durch die Presse gegangen ist. In ein paar Stunden wird alles noch schwieriger sein. Downing Street gibt heute abend ein Kommuniqué über den Versuchsabschuß heraus, und die Morgenblätter werden nichts als Berichte über den Mondblitz bringen. Der Premierminister wird im Rundfunk sprechen. Das Verschwinden von Miss Brand würde wie eine Bombe einschlagen. Der morgige Tag ist zu wichtig, wir dürfen den Abschuß auf keinen Fall gefährden.

Um so mehr, als wir ja nicht wissen, ob Gala Brand wirklich etwas zugestoßen ist. Vielleicht ist ihr nur schlecht geworden oder sie ist durch irgendwelche belanglose Umstände aufgehalten worden. Aber wir müssen sie finden. Unter allen Umständen. Können Sie das übernehmen, Bond? Von mir bekommen Sie jede Unterstützung. Ich werde dem diensthabenden Offizier sagen, daß er alle Ihre Anweisungen befolgen soll.«

»Keine Sorge«, sagte Bond. »Ich werde mich um die Sache kümmern.« Sein Gehirn arbeitete bereits auf Hochtouren. »Eine Frage noch. Wissen Sie, wo Drax sich heute nachmittag aufgehalten hat?«

»Er wollte nicht vor sieben im Ministerium sein«, sagte Vallance. »Ich habe veranlaßt —« Er unterbrach sich, und Bond hörte einen gemurmelten Wortwechsel, bevor Vallance sich wieder meldete. »Bond? Ich bekomme soeben einen Bericht der Polizei. Yard konnte mich nicht erreichen, weil ich gerade mit Ihnen telefonierte. Augenblick mal.« Er las vor: »Sir Hugo Drax betrat Ministerium 19 Uhr, verließ es um 20 Uhr. Hinterließ Nachricht, daß er im Blades erreichbar und etwa um 23 Uhr wieder auf dem Raketengelände sei. Das heißt, daß er um neun von London abfährt. Aber weiter: Sir Hugo erklärte, Miss Brand habe sich bei Ankunft in London nicht wohl gefühlt, und er habe sie auf ihr Verlangen an der Bushaltestelle Victoria Station um 16 Uhr 45 abgesetzt. Miss Brand habe geäußert, sie wolle Freunde besuchen, deren Adresse sie nicht nannte, und Sir Hugo um 19 Uhr im Ministerium treffen, sei aber dort nicht erschienen. — Das ist alles«, sagte Vallance. »Übrigens — die Erkundigungen nach Miss Brand haben wir in Ihrem Namen angestellt. Unter dem Vorwand, daß sie um sechs mit Ihnen verabredet war und nicht erschien.«

»Ja«, murmelte Bond zerstreut, während seine Gedanken schon bei seinen nächsten Schritten waren. »Nur noch eines. Hat Drax eine Wohnung in London? Oder eine ständige Adresse?«

»Er wohnt jetzt immer im Ritz, wenn er hier ist«, antwortete Vallance. »Er hat sein Haus am Grosvenor Square verkauft, als er ganz nach Dover zog. Aber wir wissen zufällig, daß er eine Art Absteigequartier in der Ebury Street hat, gleich hinterm Buckingham Palace. Er hält es sehr geheim, wahrscheinlich als Liebesnest für seine verschiedenen Affären mit Frauen. Wir haben jemanden hingeschickt, aber auf Läuten meldet sich niemand, und unser Mann sagt, das Haus sieht unbewohnt aus. Sonst noch etwas, Bond? Ich muß zurück, sonst glauben die Leute noch, die Kronjuwelen sind gestohlen worden.«

»Gehen Sie nur«, sagte Bond. »Ich werde mein möglichstes tun. Wenn ich Hilfe brauchen sollte, wende ich mich an Ihre Leute. Machen Sie sich keine Sorgen, wenn Sie eine Weile nichts von mir hören. Auf Wiedersehen.«

»Auf Wiedersehen«, sagte Vallance erleichtert. »Danke. Und viel Glück.«

Nachdem Vallance aufgelegt hatte, rief Bond den Blades Club an.

»Hier ist das Beschaffungsministerium«, log er. »Ist Sir Hugo Drax noch im Klub?«

»Ja, Sir«, antwortete die freundliche Stimme Brevetts. »Er ist im Speisesaal. Möchten Sie ihn sprechen?«

»Nein, danke, ich wollte nur wissen, ob er noch da ist.«

Bond ging zu seinem Tisch zurück, schlang zerstreut das Essen hinunter, das inzwischen gebracht worden war, und verließ das Lokal um 8 Uhr 45. Sein Wagen wartete draußen auf ihn. Er verabschiedete den Fahrer vom Service und fuhr zur St. James Street. Hier parkte er gegenüber von Boodle's unauffällig in einer Reihe Taxis. Er nahm Deckung hinter einer Abendzeitung und behielt den weißen Mercedes im Auge, der, zu seiner Erleichterung, drüben in der Park Street stand.

Er brauchte nicht lange zu warten. Plötzlich fiel ein breiter Lichtstreifen aus dem Eingang von Blades, und die breite Gestalt von Drax tauchte auf. Er hatte den Kragen seines schweren Ulsters hochgeschlagen und trug eine Mütze tief ins Gesicht gezogen. Er ging rasch auf seinen Mercedes zu, stieg ein und war bereits auf der anderen Seite der St. James Street und bog gegenüber von St. James Palace ein, bevor Bond noch hochschalten konnte.

Der hat's verdammt eilig, dachte Bond und jagte im dritten Gang hinterher, während Drax bereits die Statue vor dem Palast passiert hatte. Bond trat auf den Gashebel. Bucking-

ham Palace Gate. Also wirklich Richtung Ebury Street. Die Ampel an der Ecke Lower Grosvenor Place war grün für Drax und rot für Bond. Bond überfuhr die Kreuzung bei Rot und sah Drax gerade noch mit unverminderter Geschwindigkeit in die Ebury Street einbiegen. In der Annahme, Drax würde vor seinem Haus halten, bremste Bond knapp vor der Ecke, ließ den Motor des Bentley laufen, sprang aus dem Wagen und rannte die paar Schritte bis zur Ebury Street vor. Er hörte Drax zweimal kurz hupen, und als er vorsichtig um die Ecke spähte, sah er gerade, wie Krebs eine vermummte Gestalt in den Mercedes schob. Die Wagentür wurde zugeschlagen, und der Mercedes brauste davon.
Bond lief zu seinem Bentley zurück, gab Gas und nahm die Verfolgung auf.
Ein Glück, daß der Mercedes weiß war. Da jagte er vor ihm her, die Scheinwerfer voll aufgeblendet, und beim geringsten Anzeichen einer Verkehrsstockung plärrte die Hupe los.
Bond biß die Zähne zusammen und ritt seinen Bentley wie einen Lipizzanerhengst. Er konnte weder Hupe noch Lichthupe benutzen, um sich freie Bahn zu schaffen, denn er durfte nicht auffallen. So konnte er nur durch geschicktes Schalten und Bremsen versuchen, Drax auf den Fersen zu bleiben.
Das tiefe Dröhnen seines Auspuffs echote von den Häusern wider, und die Reifen kreischten auf dem Asphalt. Er war heilfroh über den Satz neuer Michelin-Rennreifen, die erst eine Woche alt waren. Wenn er nur etwas mehr Glück mit den Ampeln hätte! Er bekam regelmäßig Gelb oder Rot, während Drax gerade noch die grüne Welle erwischte.
Chelsea Bridge. Also vermutlich über den südlichen Verteiler in Richtung Dover. Konnte er hoffen, es auf der A 20 mit dem Mercedes aufzunehmen? Drax hatte zwei Passagiere und sein Motor war wahrscheinlich nicht frisiert, aber der Mercedes lag unglaublich gut in den Kurven. Das gab ihm einen großen Vorteil gegenüber dem Bentley, der etwas zu hoch lag, um die Kurven mit Höchstgeschwindigkeit zu nehmen.
Bond trat auf die Bremse und riskierte ein wütendes Hupen, als ein Taxi vor ihm Anstalten machte, sich rechts einzuordnen. Das Taxi bog rasch wieder nach links ein, und im Überholen konnte Bond den Fahrer laut fluchen hören.
Clapham Common. Der Mercedes fuhr rasch zwischen den

Bäumen dahin. Bond beschleunigte auf hundertzwanzig. Dann sah er die Ampel vorne auf Rot schalten, und diesmal mußte Drax halten. Im Leerlauf glitt Bond langsam näher. Auf fünfzig Meter, auf vierzig, dreißig, zwanzig. Die Ampel wurde grün. Drax fuhr an. Aber Bond hatte gerade noch feststellen können, daß Krebs neben dem Fahrer saß, und daß von Gala nichts zu sehen war, außer einem formlosen Bündel auf dem Rücksitz.

Es gab also keinen Zweifel mehr. Man fährt ein krankes Mädchen nicht durch die Gegend wie einen Kartoffelsack. Und in solcher Eile. Sie war also Drax' Gefangene. Warum? Was hatte sie getan? Was hatte sie entdeckt? Was, zum Teufel, hatte das alles zu bedeuten?

Er war blind gewesen, blind, blind, blind und verblendet! Von dem Augenblick an, da er am Morgen nach der ominösen Bridgepartie in seinem Büro Drax als einen gefährlichen Mann erkannt hatte, hätte er auf der Hut sein müssen.

Aber was? Was hätte er tun können? Drax erschießen – und sich nachher dafür hängen lassen? Er hatte nichts gegen ihn in der Hand gehabt. Nichts Greifbares.

Und jetzt? Sollte er halten und Yard anrufen? Und Drax mit seinem Mercedes entkommen lassen? Er war sicher, daß Drax die Absicht hatte, sich des Mädchens auf dem Weg nach Dover zu entledigen. Nur er konnte das verhindern – wenn sein Bentley es schaffte.

Die Reifen kreischten auf dem Pflaster, als er den Verteiler verließ und die Ausfahrt mit sechzig nahm. Nein. Er hatte M und Vallance versprochen, am Ball zu bleiben. Er hatte es übernommen, Gala Brand zurückzubringen, und er würde tun, was er konnte. Wenn er dem Mercedes auf der Fährte blieb, könnte er im schlimmsten Fall auf die Reifen schießen, und sich nachher entschuldigen. Ein Verbrechen wäre es nur, ihn entkommen zu lassen.

Gut, sagte sich Bond. Das wäre entschieden.

Nach kurzem Überlegen holte er eine Schutzbrille aus dem Handschuhfach und setzte sie auf. Dann beugte er sich nach links vor und lockerte die große Schraube an der Windschutzscheibe, danach die rechte Schraube. Er drückte die niedrige Windschutzscheibe flach auf die Haube vor und zog die beiden Schrauben wieder an.

Dann gab er Vollgas. Die Katzenaugen der Umgehungsstraße von Farningham flimmerten vorbei, der Wind heulte ihm um die Ohren, und das Dröhnen seines Motors verstärkte sich.
Einen Kilometer voraus glotzten die großen Augen des Mercedes in die Dunkelheit. Dann verschwanden sie über die Kuppe des Wrotham Hill und tauchten in die mondbeschienene Hügellandschaft von Kent hinunter.

20

Die Schmerzen in Galas Körper gingen von drei Stellen aus. Da war der pochende Schmerz in ihrem Kopf, hinter dem linken Ohr; der Druck der Fesseln an ihren Handgelenken; und die Schürfwunden, wo die Drahtfesseln ihr die Fußknöchel blutig gescheuert hatten.
Jede Unebenheit der Straße, jeder Ruck, wenn Drax plötzlich bremste oder in eine Kurve ging, ließ den einen oder anderen dieser Schmerzen bis zur Unerträglichkeit anwachsen.
Aber was bedeuteten schon die Schmerzen! Die Angst war es, die ihr die Kehle zuschnürte und den Schweiß aus den Poren trieb.
Krebs! Seltsamerweise quälten Angst und Abscheu vor Krebs sie mehr als alles andere. Die anderen Dinge waren zu groß und unfaßbar. Das Geheimnis des Mondblitz, Drax und sein Haß gegen England, der Atomsprengkopf, die Bedrohung Londons. All das war weit weg, unlösbar für sie, und darum hatte sie es verdrängt.
Aber der Nachmittag allein mit Krebs war ihr furchtbar gegenwärtig, und immer wieder kehrten ihre Gedanken zu diesen schrecklichen Stunden zurück.
Lange, nachdem Drax gegangen war, hatte sie immer noch Bewußtlosigkeit vorgetäuscht. Zunächst hatte Krebs sich mit seinen Apparaten beschäftigt, auf die er zärtlich einredete wie auf kleine Kinder: »Na komm, Schätzchen, mach schon! So ist's recht. Ein Tröpfchen Öl für dich? Aha, das paßt dir! Na, na, wirst du wohl! Immer rundherum. Ja, so ist es schon besser.«
So ging es eine ganze Weile weiter. Zwischendurch kam er mehrmals zu ihr herüber und blieb eine Weile in beängstigender Versonnenheit vor ihr stehen. Dann schien er seine Appa-

rate zu vergessen. Sie hörte seinen keuchenden Atem, und plötzlich begann er ihre Bluse aufzuknöpfen.
Unwillkürlich zuckte sie zusammen. Dann machte sie diesen Fehler wieder wett und spielte langsames Erwachen. Mit einem Stöhnen schlug sie die Augen auf und verlangte nach Wasser.
Er ging in ein Badezimmer und brachte ihr ein Zahnputzglas mit Wasser. Dann zog er sich einen Küchenstuhl heran, setzte sich rittlings darauf, das Kinn auf der Lehne, und musterte sie aus halbgeschlossenen Augen.
Sie hatte als erste das Schweigen gebrochen.
»Warum bin ich hier?« fragte sie. »Was sind das für Apparate?«
Er leckte sich über die Lippen, und der wulstige Mund unter dem fahlgelben, schütteren Bart öffnete sich zu einem schiefen Grinsen.
»Das ist ein Köder für kleine Vögel«, sagte er spöttisch. »Bald wird ein Vogel in dieses warme Nest fliegen und ein Ei legen. Ein großes, dickes Ei.« Er ließ ein meckerndes Lachen hören. »Und das kleine Mädchen ist hier, damit es den kleinen Vogel nicht erschreckt. Denn das wäre schade.« Sein Grinsen war plötzlich wie weggewischt. »Dreckiger Spitzel!« Er zog seinen Stuhl näher heran, so daß sein übelriechender Atem sie streifte, und seine Augen funkelten in unverhohlenem Haß. »Für wen arbeitest du?« herrschte er sie an.
Sie schwieg.
»Du wirst mir antworten!« sagte er höhnisch. »Wir sind allein. Hier hört dich keiner schreien.«
»Machen Sie sich nicht lächerlich«, sagte Gala verzweifelt. »Für wen sollte ich arbeiten, außer für Sir Hugo?« Sie wußte, daß es zwecklos war, aber sie redete weiter: »Ich war nur neugierig, das gebe ich zu ...« Und sie begann eine weitschweifige Erklärung über ihre Zahlen und Drax' Zahlen und daß sie doch am Erfolg des Mondblitz teilhaben wollte ...
Krebs ließ sie ausreden und beobachtete sie höhnisch.
»Fällt dir nichts Besseres ein?« zischte er schließlich. In seine Augen unter den schlaffen Lidern trat ein grausames Funkeln. Seine Hände streckten sich nach ihr aus ...
Während der rasenden Fahrt auf dem Rücksitz des Mercedes biß Gala bei der Erinnerung die Zähne zusammen und schüt-

telte sich vor Ekel. Sie fühlte wieder seine heißen, feuchten Hände an ihrem Körper, wie sie sie betasteten, drückten, kniffen, während seine leeren, wasserblauen Augen sie in sadistischer Neugier anglotzten. Bis sie in ohnmächtiger Wut ihm mitten ins Gesicht spuckte.
Er hatte sich nicht damit aufgehalten, sein Gesicht abzuwischen, sondern augenblicklich begonnen, sie brutal und systematisch zusammenzuschlagen, bis sie mit einem letzten Aufschrei in Ohnmacht fiel.
Als sie wieder zu sich gekommen war, hatte sie auf dem Rücksitz des fahrenden Wagens gelegen, eine Decke über sich. Sie merkte, daß sie durch London fuhren, sie hörte den Verkehrslärm, die Motorengeräusche und Hupen der Autos, das Schrillen einer Fahrradklingel, Bremsenquietschen. Sie hatte versucht, sich aufzurichten und um Hilfe zu schreien. Aber Krebs mußte ihre Bewegung bemerkt haben. Denn plötzlich waren seine Hände wieder da, packten ihre Knöchel und fesselten sie an die metallene Fußstütze auf dem Boden des Wagens. Und sie wußte, daß sie verloren war, hilflos ihm ausgeliefert. Die Tränen liefen ihr übers Gesicht. Sie sah keine Rettung mehr. Nur im tiefsten Innern saß noch ein heimlicher Funke Hoffnung, irgend jemand könnte vielleicht noch irgend etwas für sie tun ...
Das war vor etwa einer Stunde gewesen. Jetzt merkte sie an der langsameren Fahrt und an Verkehrsgeräuschen, daß sie irgendeine größere Stadt durchfuhren. Vielleicht Maidstone – falls man sie zum Raketengelände zurückbrachte.
Plötzlich hörte sie Krebs' besorgte Stimme.
»Chef, ich beobachte schon seit einiger Zeit einen Wagen, der uns offenbar verfolgt. Er fährt die meiste Zeit ohne Licht, jetzt ist er keine hundert Meter hinter uns. Ich glaube, es ist Commander Bonds Wagen.«
Sie hörte Drax' überraschten Ausruf und merkte, wie er sich kurz umdrehte, um einen Blick nach hinten zu werfen. Der Wagen schlingerte, und mit einem Fluch riß Drax das Steuer herum und bekam ihn wieder in die Gewalt.
Eine Weile herrschte Schweigen.
»Sieh mal an«, murmelte Drax schließlich. »Was man so aus einer alten Kiste noch herausholen kann. Na, um so besser. Er scheint allein zu sein, mein lieber Krebs.« Er lachte tückisch

auf. »Dem wollen wir mal zeigen, wo Gott wohnt. Und wenn er das überlebt, erledigen wir ihn gleich mit dem Weibsbild zusammen. Dreh mal das Radio an, vielleicht geben sie was durch.«

Gala hörte das Knattern atmosphärischer Störungen und dann die Stimme des Premierministers, die Stimme, die sich für sie mit allen wichtigen Ereignissen in der Politik Englands verband. Sie konnte nur Bruchstücke verstehen, weil Drax gerade den Motor aufheulen ließ, hochschaltete und beim Verlassen der Stadt das Tempo wieder beschleunigte.

»... wirkungsvollste Waffe, die Menschengeist je erfand ... tausend Meilen hoch in den Himmel ... Sperrzone abgeriegelt ... für Sicherheit und Frieden unseres Landes ... Sir Hugo Drax, der große Patriot und Wohltäter unseres Staates ... verdanken wir ihm ...«

Gala hörte Drax' wieherndes Gelächter, ein Gelächter so teuflischen Triumphs, daß ihr das Blut in den Adern stockte.

James, dachte sie, zitternd vor Angst und Grauen, jetzt kannst nur noch du helfen. Nur noch du ...

Bonds Gesicht war voller Staub und toten Insekten, die der rasende Fahrtwind ihm entgegenschleuderte. Oft mußte er eine Hand vom Steuer lösen, um seine Schutzbrille abzuwischen. Aber der Bentley lief wunderbar, und Bond war sicher, es mit dem Mercedes aufnehmen zu können.

Er fuhr hundertvierzig auf der geraden Strecke kurz vor Leeds Castle, als plötzlich von hinten große Scheinwerfer aufblendeten und das unverschämte Pom-pim-pom-pam! eines Vierklanghorns ertönte.

Das Auftauchen eines dritten Wagens in diesem Rennen war fast unglaublich. Seit London hatte Bond sich kaum mehr die Mühe genommen, in den Rückspiegel zu schauen. Nur ein Rennfahrer oder ein Verrückter konnte dieses Tempo mithalten. Verwirrt fuhr er näher an den linken Straßenrand, während ein niedriger, knallroter Wagen mit mindestens fünfzehn zusätzlichen Stundenkilometern an ihm vorbeizog. Er erkannte den berühmten Alfa und konnte gerade noch den Namen Attaboy II entziffern, der sich in klobigen weißen Lettern die rote Kühlerhaube entlangzog. Am Steuer saß ein junger Mann in Hemdsärmeln. Er strahlte übers ganze Gesicht und hob lässig zwei Finger zu einem spöttischen Gruß.

Bond lächelte voller Bewunderung für den Alfa und grüßte zurück. Ein toller Wagen, dieser Alfa Romeo, dachte er. Mindestens so alt wie meiner und nur halb soviel Hubraum. Frisierter Motor natürlich. Der Junge ist wahrscheinlich von einem der Fliegerhorste hier in der Gegend; kommt von einer Party und hat es eilig, sich rechtzeitig zurückzumelden. Lächelnd sah er den Rücklichtern des Alfa nach, der sich durch die S-Kurve von Leeds Castle schwang und dann auf der geraden breiten Straße weiterraste.
Bond konnte sich das Frohlocken des Jungen vorstellen, als er Drax' Wagen sah. Mensch, ein Mercedes! Und die Wut von Drax, wenn er den unverschämten Triumphschrei des Vierklanghorns hörte. Macht jetzt über hundertfünfzig, überlegte Bond. Hoffentlich kommt er nicht von der Straße ab. Er beobachtete die Schlußlichter der beiden Wagen, sah, wie der Junge aufschloß und auf eine Chance zum Überholen lauerte.
Jetzt! Vierhundert Meter vor ihm glänzte der Mercedes weiß im Scheinwerferlicht des Alfa. Vor ihnen lag ein Kilometer schnurgerader Strecke. Bond fühlte förmlich, wie der Fuß des Jungen den Gashebel durchtrat. Attaboy!
Vorn im Mercedes flüsterte Krebs dicht an Drax' Ohr: »Noch einer, Chef! Ich kann noch nicht ausmachen, was für ein Wagen es ist. Scheint uns überholen zu wollen.«
Drax stieß einen Fluch durch die Zähne.
»Den servieren wir ab«, zischte er plötzlich, und seine Hände in den groben Schweinslederhandschuhen packten das Steuer fester. Aus den Augenwinkeln heraus sah er den Kühler des Alfa, der sich langsam neben den seinen schob. Pom-pim-pom pam! triumphierte das Horn.
Vorsichtig, ganz behutsam drehte Drax das Steuer ein wenig nach rechts und riß es sofort wieder nach links herum, als sein Mercedes mit einem reißenden, metallischen Krachen den Alfa gestreift hatte.
»Bravo! Bravo!« schrie Krebs außer sich vor Begeisterung. Er kniete auf dem Sitz und schaute zurück. »Wunderbar, Chef! Er hat sich zweimal überschlagen, ist kopfüber über die Böschung gegangen! Ich glaube, er brennt schon! Ja, jetzt sehe ich die Flammen!«
»Das wird Bond zu denken geben«, keuchte Drax mit einem verzerrten Grinsen.

Aber Bond dachte nicht daran, sich durch den Zwischenfall, den er genau beobachtet hatte, abschrecken zu lassen. Im Gegenteil, er war jetzt nur noch von dem Gedanken beherrscht, die grauenhaft sinnlose Tat zu rächen.
Er hatte alles gesehen. Den Salto des roten Wagens, der in hohem Bogen über die Leitplanke flog. Die Gestalt des Fahrers, die herumgeschleudert wurde, Arme und Beine weit von sich gestreckt. Er hatte das Krachen des splitternden Metalls und schließlich den letzten furchtbaren Aufprall am Fuß der Böschung gehört. Im Vorbeirasen sah er die Schleifspuren, die eine groteske schwarze Zeichnung auf dem Straßenbelag hinterlassen hatten, und in seinen Ohren gellte wie eine grausige Totenklage das Heulen des Vierklanghorns, dessen Kontakt durch irgendeinen Zufall ausgelöst worden war.
Dieser kaltblütige Mord — oder zumindest Mordversuch — vor seinen Augen bedeutete die endgültige Kriegserklärung Drax'. Das erleichterte Bond sein weiteres Vorgehen. Sir Hugo Drax hatte damit gezeigt, daß er ein Verbrecher oder ein Wahnsinniger war, auf jeden Fall ein Feind. Das hieß: unmittelbare Gefahr für den Mondblitz.
Nun brauchte Bond keine Rücksichten mehr zu nehmen. Er griff unter das Armaturenbrett, entnahm einem Geheimfach einen langen 0,45 Armee-Colt und legte ihn auf den Nebensitz. Der Krieg war erklärt, der offene Kampf konnte beginnen. Um jeden Preis mußte der Mercedes angehalten werden.
Bond trat den Gashebel bis zum Anschlag durch und beobachtete, wie der Zeiger des Tachometers zitternd ausschlug. Die Landstraße wurde zur Rennstrecke, und langsam verringerte sich der Abstand zwischen den beiden Wagen.
An der Gabelung bei Charing nahm Drax die linke Abzweigung und raste die lange Steigung hinauf. Seine Scheinwerfer erfaßten plötzlich einen großen vierachsigen Diesel-Laster der Firma Bowater, der mit seiner schweren Ladung von Zeitungspapierrollen den Berg hinaufkroch. Mit einem unterdrückten Fluch trat Drax auf die Bremse. Ausgerechnet in der S-Kurve auf der Kuppe des Hügels mußte er durch diesen riesigen Brocken aufgehalten werden! Er sah im Scheinwerferlicht die riesigen Rollen, von denen jede sieben Kilometer Zeitungspapier enthielt und die mit dicken Stricken an der Ladefläche festgezurrt waren.

Drax warf einen Blick in den Rückspiegel. Der Bentley hatte bereits die Gabelung erreicht.
Da kam ihm ein Gedanke.
»Krebs!« Das Wort kam wie ein Pistolenschuß. »Nimm dein Messer!« Ein scharfes Klicken, und schon war das Stilett in Krebs' Hand. Wenn sein Herr und Meister in diesem Kommandoton sprach, parierte er automatisch.
Drax erklärte ihm:
»Ich fahre ganz langsam hinter dem Laster her. Zieh Schuhe und Socken aus und klettere auf die Kühlerhaube, und sobald es geht, springst du auf den Anhänger. Ich werde im Schritttempo fahren, es wird schon gehen. Schneide die Stricke durch, die die Rollen halten. Zuerst die linken, dann die rechten. Inzwischen werde ich neben dem Anhänger vorziehen, und sobald die Stricke durchgeschnitten sind, springst du auf den Wagen zurück. Paß auf, daß du von den Rollen nicht mitgerissen wirst. Verstanden?«
»Jawohl, Chef!«
Drax blendete ab und nahm die Kurve mit hundertzwanzig. Der Lastwagen war jetzt keine zwanzig Meter vor ihnen, und Drax mußte scharf bremsen, um nicht aufzufahren. Der Mercedes schlitterte vorwärts, bis der Kühler fast unter der Ladefläche war. Drax schaltete in den zweiten Gang.
»Jetzt!«
Er blieb hart an dem Anhänger, während Krebs mit bloßen Füßen über die Windschutzscheibe und auf der Kühlerhaube vorwärtskroch, das Messer in der Hand.
Mit einem Sprung war er auf der Ladefläche, und sofort begann er auf die Taue loszuhacken.
Drax bog nach rechts aus und zog den Wagen vor, bis er auf der Höhe der Hinterräder des Lastwagens war.
Bonds Scheinwerfer tauchten in der Kurve auf.
Mit einer Reihe dumpfer Aufschläge stürzten die linken Papierrollen auf die Straße und rollten in die Dunkelheit hinaus. Dann folgten die rechten. Eine der riesigen Rollen barst beim Aufprall, und rauschend und knatternd wickelte sich die breite Papierrolle auf und rollte den Berg hinunter.
Der Lastwagen, plötzlich von seiner Last befreit, machte einen Satz und schoß vorwärts. Drax mußte etwas beschleunigen, um wieder aufzuholen und Krebs Gelegenheit zum Über-

springen zu geben. Krebs sprang, landete halb auf Gala, halb auf dem Vordersitz, und Drax gab Gas und zog vorbei, verfolgt von den Flüchen des Lastwagenfahrers und dem Rattern des Dieselmotors.
Bevor sie in die nächste Kurve einbogen, sahen sie weiter hinten zwei Scheinwerferkegel plötzlich hochkippen, bis sie über die Baumkronen hinweg fast senkrecht in den Himmel stachen. Einen Augenblick schwankten die Lichtkegel, dann kippten sie seitwärts ab und verloschen.
Drax brach in ein brüllendes Gelächter aus. Er warf den Kopf in den Nacken und lachte, lachte, bis ihm das Wasser in die Augen trat. Es klang, als schrie er seinen Triumph zu den Sternen hinauf.

21

Krebs nahm das irre Gelächter seines Chefs mit einem schrillen Kichern auf.
»Ein Meisterstück, Chef! Einfach großartig! Wie die Dinger den Berg herunterrollten! Haben Sie gesehen, wie die eine aufplatzte und sich aufwickelte wie eine Riesenrolle Toilettenpapier? Die wird ihn ganz schön eingewickelt haben! Er kam gerade um die Ecke. Und die nächste muß ihn direkt über die Böschung gefegt haben. So gelacht habe ich in meinem ganzen Leben noch nicht!«
»Gut gemacht, Krebs«, murmelte Drax geistesabwesend. Er fuhr plötzlich links heran und bremste so jäh, daß die Reifen gequält aufkreischten.
»Verdammt noch mal«, stieß er zwischen den Zähnen hervor, während er den Wagen wendete. »Wir können ihn dort nicht liegen lassen.« Der Wagen jagte bereits die Strecke zurück, auf der sie gekommen waren. »Schießeisen!« kommandierte er kurz.
Auf der Kuppe des Hügels passierten sie den Lastwagen, der am Straßenrand stand. Vom Fahrer war nichts zu sehen. Wahrscheinlich rief er seine Gesellschaft oder die Polizei an. Nach der ersten Kurve trafen sie auf eine Gruppe von Leuten, die um eine der heruntergestürzten Papierrollen standen; sie hatte eine Haustür eingedrückt. Auch die Hecken am Stra-

ßenrand waren von einer Rolle niedergewalzt worden. In mehreren Häusern brannte Licht, und weitere Leute kamen angelaufen. Eine Telegrafenstange hing geknickt halb über die Straße.

An der nächsten Ecke begann dann ein wahres Gebirge aus Papier, das sich in zerfetzten, riesigen Streifen den ganzen Abhang hinunterzog, sich um Büsche und Hecken schlang und zu einem wüsten Haufen türmte, wie ein gigantischer Kehraus nach einem Riesen-Karneval.

Der Bentley hatte das eiserne Geländer durchbrochen, das die rechte Straßenseite von dem steilen Abhang trennte, war aber halb darin hängengeblieben. Zwischen verbogenen Eisenstangen hing er mit dem Kühler nach unten über der Böschung.

Drax hielt an, und er und Krebs stiegen aus. Sie blieben ein paar Sekunden stehen und horchten. Nichts war zu hören, außer dem Geräusch eines Autos in der Ferne und dem leisen Zirpen einer Grille.

Sie zogen ihre Pistolen und gingen über knackende Glasscherben zu dem Wrack des Bentley hinüber. Tiefe Furchen hatten sich in den Grünstreifen am Straßenrand gefressen. Es roch durchdringend nach Benzin und verbranntem Gummi. Das heiße Metall des Wagens knackte und krachte leise, und aus dem zerborstenen Kühler stieg immer noch zischend eine Dampfwolke auf.

Am Fuß des Abhangs, ein paar Meter von seinem Wagen entfernt, lag Bond mit dem Gesicht auf der Erde. Krebs packte ihn an der Schulter und drehte ihn herum. Bonds Gesicht war blutüberströmt, aber er atmete. Sie durchsuchten ihn, und Drax nahm die Beretta und steckte sie zu sich. Dann schleppten sie ihn zur Straße hinauf, zerrten ihn in den Mercedes und warfen ihn halb auf Gala.

Als sie ihn erkannte, schrie sie entsetzt auf.

»Maul halten!« fuhr Krebs sie an. Während Drax sich wieder ans Steuer setzte, kniete Krebs auf dem Beifahrersitz, beugte sich über die Lehne und begann Bonds Hand- und Fußgelenke mit einem langen Kupferdraht zu umwickeln.

»Fester!« befahl Drax. »Wir wollen ganz sichergehen.« Und als Krebs fertig war, schickte er ihn zu dem Bentley hinunter, um die Nummernschilder abzumontieren. »Mach rasch, ich passe hier inzwischen auf.«

Krebs warf die Decke über die beiden reglosen Körper und sprang aus dem Wagen. Bald kam er mit den Nummernschildern zurück, die er mit seinem Messer abgeschraubt hatte. Gerade als sie abfuhren, kam eine Gruppe von Anwohnern den Hügel herunter. Mit Taschenlampen beleuchteten die Leute den Schauplatz der Verwüstung, und Krebs kicherte in sich hinein bei dem Gedanken, wieviel Mühe sie mit den Aufräumungsarbeiten haben würden.

Gala konnte Bonds Blut schmecken. Sein Gesicht lag dicht neben dem ihren auf dem Ledersitz, und sie rückte zur Seite, um ihm mehr Platz zu machen. Sein Atem rasselte, er ging schwer und unregelmäßig. Ob er schwer verletzt war? Leise flüsterte sie etwas in sein Ohr. Keine Antwort. Sie versuchte es lauter. Da stöhnte er und sein Atem ging schneller.

»James!« flüsterte sie eindringlich. »James!«

Er murmelte etwas Unverständliches.

Sie stieß ihn leicht in die Seite. Sein Stöhnen wurde lauter, und sein Körper hob sich etwas. Dann lag er wieder still, aber sie konnte förmlich fühlen, wie sein Bewußtsein langsam zurückkehrte.

»James«, wisperte sie. »Ich bin es — Gala!«

Er zuckte zusammen.

»Schöne Bescherung«, flüsterte er nach einer Pause.

»Sind Sie verletzt? Etwas gebrochen?« fragte sie besorgt.

Sie fühlte, wie er seine Gliedmaßen zu strecken versuchte.

»Ich glaube nicht«, flüsterte er. »Kopf scheint etwas abgekriegt zu haben. Rede ich noch vernünftig?«

»Natürlich«, flüsterte sie zurück. »Und jetzt hören Sie zu, James.«

Hastig erzählte sie ihm alles, was sie wußte, angefangen von der Sache mit dem Notizbuch.

Sein Körper lag steif wie ein Brett neben dem ihren, und er hielt den Atem an, während er sich die unglaubliche Geschichte anhörte.

Als sie durch Canterbury fuhren, legte er seinen Mund an ihr Ohr.

»Ich will versuchen, mich nach hinten aus dem Wagen zu werfen. Ein Telefon erreichen, vielleicht glückt es.«

Vorsichtig versuchte er sich auf die Knie aufzurichten, wobei sein Gewicht das Mädchen fast erdrückte.

Aber im nächsten Augenblick erhielt er einen brutalen Faustschlag auf den Kopf und fiel wieder auf sie zurück.
»Versuchen Sie das kein zweites Mal«, warnte Krebs gelassen. Nur noch zwanzig Minuten bis zum Raketengelände! Gala biß die Zähne zusammen und machte sich daran, Bond wieder zu sich zu bringen.
Als es ihr endlich gelang, hielt der Wagen bereits vor dem Kuppelbau. Krebs löste die Fesseln um ihre Fußgelenke und zwang sie mit der Pistole in der Hand, auszusteigen und vor ihm her auf die Tür zuzugehen. Für ein paar Sekunden sahen sie die wohlbekannte Betonfläche mit dem mondbeschienenen Kuppelbau und in einiger Entfernung die Kette der Wachtposten. Dann wurden sie durch die Tür ins Innere gestoßen. Krebs riß ihnen die Schuhe von den Füßen und drängte sie auf die eiserne Galerie hinaus.
Da stand die schimmernde Rakete, schön und glänzend, wie ein nagelneues Spielzeug.
Aber in der Luft hing ein starker Geruch von Chemikalien, und für Bond war der Mondblitz eine gigantische Injektionsnadel, die sich in wenigen Stunden mitten in das Herz Englands bohren würde. Nur er wußte es. Das Schicksal Londons in seiner Hand. Großer Gott! In seiner Hand?
Als er durch die Doppeltür in Drax' Büro trat, riß er sich zusammen. Sein Kopf war plötzlich klar, Schmerzen und Schwäche waren vergessen. Etwas mußte geschehen, irgend etwas. Und er war entschlossen, einen Ausweg zu finden. Sein Körper und sein Geist konzentrierten sich ganz auf dieses eine Ziel.
Drax war vorausgegangen und saß bereits an seinem Schreibtisch. Er hielt eine Luger in der Hand und richtete sie auf einen Punkt zwischen Bond und Gala. Die Doppeltüren schlossen sich hinter ihnen.
»Ich war der beste Schütze in meiner Division«, sagte Drax beiläufig. »Krebs, binde das Mädchen an einen Stuhl. Dann den Mann.«
Gala warf Bond einen verzweifelten Blick zu.
»Sie werden nicht schießen«, sagte Bond und ging ganz langsam auf den Schreibtisch zu. »Sie hätten Angst, eine Treibstoffexplosion auszulösen.«
Drax lächelte nachsichtig und sah über den Lauf seiner Pistole auf Bonds Magengrube.

»Sie haben ein schlechtes Gedächtnis, mein Bester. Ich habe Ihnen doch gesagt, daß dieser Raum durch die Doppeltüren vom Schacht getrennt und vollkommen isoliert ist. Noch ein Schritt, und Sie haben keinen Magen mehr.«
Bond sah in erbarmungslose Augen und hielt inne.
»Weiter, Krebs!« befahl Drax.
Krebs fesselte jeden der beiden mit Armen und Beinen an zwei Stahlrohrstühle unterhalb der gläsernen Wandkarte, verließ das Zimmer und kam gleich darauf mit einer Lötlampe wieder. Er stellte das Gerät auf den Tisch, pumpte mit ein paar kurzen Pumpstößen Luft hinein und hielt dann ein Streichholz daran. Zischend schoß eine blaue Stichflamme heraus. Krebs nahm das Gerät, ging auf Gala zu und pflanzte sich vor ihr auf.
»Also«, sagte Drax scharf. »Wir wollen die Sache schnell hinter uns bringen. Krebs ist ein Künstler in diesem Fach. Wir pflegten ihn damals die Kneifzange zu nennen. Ich werde nie vergessen, wie er den letzten Spion zum Reden brachte, den wir zusammen faßten. Am Rhein war das, nicht, Krebs?«
Krebs grinste bei dieser Erinnerung.
»Ja, Chef. Ein Belgier war das Schwein.«
Bond horchte auf.
»Also denkt daran«, warnte Drax seine beiden Gefangenen. »Hier gibt es kein Pardon. Kein fair play, wie ihr das hier nennt. Wir machen Ernst. Sie!« herrschte er Gala Brand an. »Für wen arbeiten Sie?«
Gala schwieg.
»Fang an, wo du willst, Krebs«, sagte Drax zynisch.
Krebs' Mund stand halb offen. Er fuhr sich mit der Zunge über die Lippen und näherte sich Gala mit glasigen Augen und keuchendem Atem. Die kleine blaue Flamme zischte bösartig.
»Halt!« sagte Bond kalt. »Sie arbeitet für Scotland Yard. Und ich auch.« Leugnen war sinnlos geworden. Und ihr Geständnis nützte Drax sowieso nichts. Ganz abgesehen davon, daß es morgen vielleicht gar kein Scotland Yard mehr gab.
»Das ist schon besser«, knurrte Drax. »Weiß irgend jemand, daß Sie gefangen sind? Haben Sie jemanden angerufen?«
Wenn ich ja sage, überlegte Bond, knallen sie uns gleich ab und beseitigen die Leichen, und damit schwindet die letzte Chance, den Abschuß des Mondblitz zu verhindern. Außerdem

würde Drax uns nicht glauben – denn wenn man im Yard Bescheid weiß, warum hat man uns nicht längst Hilfe geschickt? Nein. Wir müssen auf die Chance hoffen. Man wird den Bentley finden. Und vielleicht unternimmt Vallance etwas, wenn er nichts mehr von mir hört.

»Nein«, sagte er. »Sonst wären sie längst hier.«

»Stimmt«, meinte Drax nachdenklich. »In diesem Fall bin ich an dem Verhör nicht mehr interessiert. Ich gratuliere Ihnen zu Ihrer vernünftigen Einstellung. Wahrscheinlich hätten Sie uns mehr Schwierigkeiten gemacht, wenn Sie allein gewesen wären. Eine Frau ist in solchen Fällen sehr nützlich. Stell das weg, Krebs, du kannst gehen. Sag den anderen, was sie wissen müssen. Ich werde unsere Gäste noch eine Weile unterhalten und dann komme ich zum Haus hinüber. Bring den Wagen in Ordnung. Blutspuren beseitigen und die Schramme an der rechten Seite. Wenn nötig, laß die ganze rechte Seite erneuern. Wenn das nicht geht, steck das ganze verdammte Ding in Brand. Wir brauchen es nicht mehr. Verstanden?«

»Jawohl, Chef.«

Widerwillig setzte Krebs die brennende Lötlampe auf Drax' Schreibtisch. »Falls Sie sie doch noch brauchen«, meinte er mit einem gehässigen Blick auf die beiden Gefangenen. Dann ging er.

Drax legte die Luger vor sich auf den Schreibtisch. Er öffnete eine Schublade, nahm eine Zigarre heraus und zündete sie mit dem schweren Ronson-Feuerzeug an. Dann lehnte er sich behaglich zurück.

Eine Weile war es still, bis auf das leise Zischen der Lötflamme. Drax rauchte und schien zu überlegen. Endlich wandte er sich gönnerhaft an Bond.

»Seit einer Ewigkeit brenne ich darauf, jemandem meine Geschichte zu erzählen. Ob Sie es sind oder ein anderer, das ist schließlich egal. Tatsächlich habe ich das alles bereits schriftlich niedergelegt. Ein genauer Bericht über mein Leben und über mein Vorhaben liegt in einem versiegelten Umschlag bei einer angesehenen Anwaltsfirma in Edinburgh.« Er lachte zynisch. »Diese guten Leute haben Auftrag, den Umschlag nach dem Abschuß des Mondblitz zu öffnen. Aber Sie, meine Herrschaften, sollen den Vorzug haben, schon hier und heute alles zu erfahren. Und wenn Sie morgen mittag durch diese offe-

nen Türen« – er wies nach rechts – »die erste Dampfwolke aus den Turbinen aufsteigen sehen und eine Sekunde später bei lebendigem Leib schmoren werden, dann wissen Sie wenigstens warum. So was beruhigt immer.«
»Sie können sich Ihre Scherze sparen«, sagte Bond kalt. »Ziehen Sie Ihre Geschichte ab, wenn Sie sie unbedingt loswerden müssen.«
Drax fuhr auf und starrte Bond zornig an. In seiner Erregung begann er wieder an den Nägeln zu kauen, und sein buschiger, roter Schnurrbart über den vorstehenden Zähnen bebte. Nach einer Weile riß er sich zusammen, steckte die rechte Hand in die Tasche, wie um sie seinen nagewütigen Zähnen zu entziehen, und nahm mit der linken seine Zigarre auf. Er rauchte ein paar Züge, dann wandte er sich Bond zu und begann mit allen Anzeichen innerer Erregung seinen Bericht.

22

»Mein wirklicher Name«, begann Drax, »ist Graf Hugo von der Drache. Meine Mutter stammte aus England, und darum wurde ich bis zu meinem zwölften Lebensjahr in England erzogen. Dann hatte ich ein für allemal genug von diesem abscheulichen Land. Ich ging nach Deutschland zurück und studierte in Berlin und Leipzig.« Bond konnte sich lebhaft vorstellen, wie schlecht der ruppige, großmäulige Junge mit den vorstehenden Zähnen in eine vornehme englische Privatschule gepaßt hatte. Kein Wunder, daß er dort nicht warmwerden konnte.
»Als ich zwanzig war«, fuhr Drax fort, »stieg ich in die Familienfirma ein. Es war ein Tochterunternehmen des Stahlkonzerns Rheinmetall Börsig. Nie gehört, nehme ich an? Na, wenn Sie im Krieg von einer deutschen Granate getroffen worden wären, dann wäre es wahrscheinlich eine der unseren gewesen. Wir waren eines der größten Rüstungsunternehmen, und ich lernte damals alles über Rüstung und auch über Flugzeugbau, denn wir belieferten auch die Flugzeugindustrie. Zu dieser Zeit erfuhr ich zum erstenmal etwas über Columbit, das damals mit Gold aufgewogen wurde. Bald darauf trat ich in die Partei ein. Und dann kam der Krieg. Die schönste Zeit

meines Lebens. Ich war achtundzwanzig und Leutnant im 140. Panzerregiment. Wir haben die britische Armee und Frankreich im Handumdrehen überrannt, daß es eine Pracht war. Unvergeßlich.«
Ein paar Sekunden zog er schweigend an seiner Zigarre.
Wahrscheinlich sah er im Geist wieder die brennenden Dörfer Belgiens vor sich.
»Das waren Zeiten, mein lieber Bond!« Er klopfte die Asche seiner Zigarre ab und ließ sie achtlos auf den Teppich fallen. »Aber dann kam ich zur Division Brandenburg und mußte Mädchen und Champagner lassen und wieder nach Deutschland zurückgehen. Wir wurden für die Invasion in England gedrillt. Weil ich perfekt Englisch sprach, wurde ich für die Division gebraucht.
Wir sollten alle in englische Uniformen gesteckt werden und so weiter. Aber leider haben die verdammten Generale die Sache dann hintertrieben, und das Ganze wurde abgeblasen. Ich kam in den Spionagedienst der SS, das Reichs-Sicherheits-Hauptamt. Heydrich war gerade ermordet worden, es war 1942, und SS-Obergruppenführer Kaltenbrunner war an seine Stelle getreten. Ein großartiger Mann. Mein unmittelbarer Vorgesetzter war Obersturmbannführer Otto Skorzeny. Seine Aufgaben im R.S.H.A. waren Terrorismus und Sabotage. War eine interessante Zeit für mich, an die ich gern zurückdenke. Ich habe damals manchen Engländer zur Strecke gebracht, lieber Bond, und das freut mich heute noch. Aber dann —«, Drax hieb zornig mit der Faust auf den Schreibtisch. »Dann wurde der Führer wieder von diesen verfluchten Generalen verraten, und die Engländer und Amerikaner konnten in Frankreich landen.«
»Wie ärgerlich«, bemerkte Bond trocken.
»Ein schwerer Schlag«, fuhr Drax fort, ohne auf den ironischen Einwurf zu achten. »Aber für mich begann danach der Höhepunkt des ganzen Kriegs. Skorzeny faßte seine Leute in SS-Jagdverbände zusammen, die hinter den feindlichen Linien eingesetzt werden sollten. Jeder Jagdverband gliederte sich in Streifenkorps und diese wieder in einzelne Kommandos, die jedes den Namen des kommandierenden Offiziers trugen. Als Oberleutnant befehligte ich das Kommando Drache!« Drax blähte sich förmlich auf. »Im Dezember 1944 durchbrachen wir

die amerikanischen Linien mit der 150. Panzerbrigade. Davon werden Sie sicher gehört haben? Die Brigade in amerikanischen Uniformen, mit erbeuteten amerikanischen Panzern und Fahrzeugen! Es war großartig! Als die Brigade später zum Rückzug gezwungen wurde, blieb ich zurück und tauchte in den Wäldern der Ardennen unter, etwa achtzig Kilometer hinter der alliierten Front. Wir waren zwanzig Mann, zehn zuverlässige Männer von der SS und zehn Hitlerjugend-Werwölfe. Blutjunge Burschen, aber mit Leib und Seele dabei. Ihr Anführer war ein gewisser Krebs, der besondere Begabung für die Arbeit eines Henkers zeigte und sich bei peinlichen Verhören als die ›Kneifzange‹ einen Namen machte.«

Mit Befriedigung erinnerte sich Bond daran, wie er Krebs mit einem Tritt quer durchs Zimmer befördert hatte, so daß er mit dem Schädel gegen seinen Toilettetisch krachte.

»Sechs Monate hausten wir dort in den Wäldern«, fuhr Drax stolz fort. »Die ganze Zeit standen wir mit der Heimat in Funkverbindung. Keine Streife hat uns je aufgestöbert. Dann kam das Verhängnis.« Drax' Miene verdüsterte sich. »In der Nähe unseres Unterschlupfs war ein großer Bauernhof. Dort hatten die Alliierten eine Menge Baracken hingesetzt und eine Art Verbindungsstab errichtet. Ein merkwürdiger Haufen, Amerikaner, Engländer, alles durcheinander, dazu allerhand zwielichtiges Gesindel, Spione, Drückeberger. Die Sache war uns schon lange ein Dorn im Auge, und eines Tages beschloß ich, den Schuppen einfach hochgehen zu lassen. Der Plan war einfach. Am Abend sollten zwei von uns, einer in amerikanischer und einer in britischer Uniform, mit einem erbeuteten Spähwagen zwei Tonnen Sprengstoff hinfahren. Es gab einen unbewachten Parkplatz in der Nähe des Kasinos. Sie sollten den Wagen so nahe wie möglich an das Kasino heranfahren, einen Zeitzünder für sieben Uhr hinterlassen und verschwinden. Alles ganz einfach. An diesem Morgen hatte ich noch etwas anderes zu erledigen und überließ die Sache einem Kameraden. In britischer Uniform und auf einem britischen Motorrad lauerte ich einem von euren Kurieren auf. Als er pünktlich mit seinem Motorrad auf der Straße daherkam, sprach ich ihn an, verwickelte ihn in ein Gespräch und erschoß ihn bei der ersten Gelegenheit. Dann nahm ich ihm die Kuriertasche ab und steckte ihn mitsamt seiner Maschine in Brand.«

Drax weidete sich an dem Abscheu in Bonds Miene.
»Nicht sehr fair, meinen Sie? Wir reden vom Krieg, mein Lieber, nicht vom Sport. Aber, um auf meine Geschichte zurückzukommen. Ich ging also weiter, und was passierte? Ich gerate in einen Tieffliegerangriff unserer eigenen Flieger. Ich bekam was ab und lag lange Zeit bewußtlos irgendwo im Straßengraben. Im Lauf des Nachmittags kam ich zu mir und versteckte Uniformjacke, Mütze und Kuriertasche im Gebüsch; da sind sie vielleicht immer noch. Dann zündete ich das Motorrad an, bevor ich wieder bewußtlos wurde. Als ich wieder zu mir kam, lag ich in einem englischen Jeep. Britische Soldaten hatten mich am Straßenrand gefunden und fuhren mich ausgerechnet zu ihrem verdammten Verbindungs-Hauptquartier! Ob Sie es glauben oder nicht! Und ich wußte doch, daß unser Wagen mit dem Zeitzünder direkt neben der Kasinobaracke stand! Aber ich konnte nichts tun, mein Bein war gebrochen, der Kopf voller Splitter, ich verlor wieder das Bewußtsein. Und als ich nach Tagen zu mir kam, war es passiert: unser Attentat war geglückt, und als sie mich aus den Trümmern des Feldlazaretts hervorzogen, hatte ich nur noch ein halbes Gesicht.«
Er fuhr sich mit der Hand über die glänzende rote Haut der linken Gesichtshälfte.
»Jetzt kam es darauf an, den Ärzten eine Komödie vorzuspielen und meine Rolle eisern durchzuhalten. Sie hatten keine Ahnung, wer ich war. Die britischen Soldaten, die mich aus dem Straßengraben aufgelesen hatten, waren fort oder vielleicht bei dem Attentat umgekommen. Ich war einfach ein Engländer in englischem Militärhemd und Hose, der durch die Verwundung das Gedächtnis verloren hatte.«
Drax machte eine Pause und zündete sich eine neue Zigarre an.
Es war still bis auf das Zischen der Lötflamme, das schwächer zu werden begann.
Der Druck läßt nach, dachte Bond besorgt.
Durch den Rauch seiner Zigarre hindurch sprach Drax weiter.
»Ein Jahr lang wurde ich von einem Lazarett ins andere gebracht, und in dieser Zeit faßte ich meinen Plan bis in die kleinste Einzelheit. Ich kannte nur noch ein Ziel: mich an England für das zu rächen, as man mir angetan hatte. Allmählich

wurde dieser Gedanke zu einer fixen Idee, das gebe ich zu. Mein Haß auf England wuchs von Tag zu Tag.«
Die Adern an Drax' Schläfen begannen anzuschwellen, und seine Augen, das kranke und das gesunde, traten ihm fast aus dem Kopf. Plötzlich hieb er mit der Faust auf den Tisch.
»Ich hasse euch alle!« brach er aus. »Ich hasse und verachte euch! Ihr feigen, trägen, dekadenten Schweine! Verschanzt euch hinter euren verfluchten weißen Klippen und laßt andere eure Kriege für euch führen! Zu schwach, eure Kolonien zu verteidigen, müßt ihr jetzt vor Amerika kriechen. Aber für Geld tut ihr dreckigen Snobs ja alles!«
Seine geifernden Worte steigerten sich zu einem Ausbruch haßerfüllten Triumphs:
»Ja, ich wußte, daß für Geld bei euch alles zu haben ist! Ich brauchte nur Geld und die Stellung eines Gentleman.« Er spuckte das Wort mit unendlicher Verachtung aus: »Gentleman! Was ist das schon! Diese Idioten bei Blades. Hat mir einen höllischen Spaß gemacht, ihnen ihr dreckiges Geld aus der Nase zu ziehen. Monatelang habe ich sie nach Belieben geschröpft, habe ihnen Tausende abgenommen, bevor Sie mir in die Quere kamen.«
Drax' Augen wurden schmal.
»Wie sind Sie auf das Zigarettenetui gekommen?« fragte er finster.
Bond zuckte die Achseln. »Ich habe gute Augen.«
»Na schön, vielleicht war ich an dem Abend etwas unvorsichtig. Aber — wo war ich stehengeblieben? Ach ja, im Lazarett. Ich spielte also den Mann, der sein Gedächtnis verloren hat. Die Ärzte waren ganz wild darauf, mir auf die Sprünge zu helfen, ich war ein interessanter Fall.« Er stieß sein bellendes Lachen aus. »Es war so einfach! So einfach! Sie boten mir die Identitäten zur Auswahl an, und dabei stieß ich auf den Namen Hugo Drax. Was für ein Zufall! Drache — Drax. Ich griff zu. Die Ärzte waren stolz auf ihren Erfolg und ganz glücklich, daß ich mich endlich an mein früheres Leben erinnerte. Und ich verließ das Krankenhaus als Hugo Drax. Ich wußte genau, was ich wollte. Ich trieb mich in London herum und lauerte auf die Gelegenheit, jemanden umzubringen und zu berauben. Und eines Tages klappte es. Ein jüdischer Pfandleiher in einer schäbigen Bude hoch über Piccadilly.«

Drax' Redefluß wurde immer schneller, seine Worte überstürzten sich, Schaum trat aus seinen Mundwinkeln.
»Es war ganz leicht. Ein Schlag auf seinen kahlen Schädel. 15 000 Pfund aus dem Safe. Und dann weg, fort aus England. Tanger – wo alle Möglichkeiten offen waren, wo man alles kaufen konnte. Columbit. Im Raketenzeitalter kostbarer als Platin. Ich wußte Bescheid. Und ich stürzte mich in die Arbeit. Wie ein Besessener habe ich fünf Jahre lang geschuftet, für nichts anderes gelebt, tausendmal alles auf eine Karte gesetzt. Und plötzlich war die erste Million da. Dann kam die zweite, die dritte, die zwanzigste. Ich ging nach England zurück. Ich warf eine Million zum Fenster hinaus und hatte London in der Tasche. Und dann ging ich nach Deutschland zurück. Ich fand Krebs. Ich fand die besten Techniker, die zu haben waren. Manche lebten unter falschem Namen, wie so viele meiner Kameraden. Ich stellte mein Team zusammen, und dann fuhr ich nach Moskau.«
Drax hatte sich so in seine Geschichte hineingesteigert, daß er gar nicht mehr auf seine Zuhörer achtete. Bond warf einen verstohlenen Blick auf Gala Brand, die bleich dem selbstgefälligen Bericht von Drax folgte. Zum erstenmal bemerkte er die blutunterlaufene Beule hinter ihrem linken Ohr. Er lächelte ihr ermutigend zu, und sie lächelte schwach zurück.
»Moskau!« Drax warf sich in die Brust. »Ein Mann, der Columbit zu vergeben hat, findet überall offene Türen! Ich kam an die richtigen Leute. Sie hörten sich meine Pläne an. Sie gaben mir Walter, ihren besten Mann aus dem Raketenteam von Peenemünde. Und die lieben Russen bauten mir den Atomsprengkopf, der jetzt dort oben wartet. Ich kam nach England zurück, und das Weitere ist bekannt. Mein Brief an die Königin, meine hochherzige Stiftung!« Er lachte schallend. »Drax als Nationalheld! England lag mir zu Füßen! Meine Leute kamen an, und wir begannen mit dem Bau des Mondblitz. Auf den berühmten Klippen, am Rocksaum Britannias, stellten wir die Waffe her, mit der wir sie jetzt vernichten werden! Das ist der beste Witz! Wir haben geschuftet wie die Teufel. Haben eine eigene Landebrücke gebaut, über die die Russen letzten Montag in der Nacht den Atomkopf an Land brachten. Euer Tallon hat etwas bemerkt, rief sein Ministerium an, der Idiot. Glücklicherweise hat Krebs das Ge-

spräch abgehört. Er und Bartsch losten um die Ehre, Tallon umzulegen. Das Los fiel auf Bartsch, und er starb als Held. Wir werden ihn nicht vergessen.«

Nach einer kurzen, feierlichen Gedenkpause fuhr er fort:

»Der neue Atomkopf ist bereits in die Rakete eingebaut worden. Er paßte haargenau – ein Meisterwerk technischer Präzision. Der alte, der Blechkasten mit den vielgerühmten Instrumenten des Ministeriums, ist längst hinter dem Eisernen Vorhang. Und das U-Boot ist wieder auf dem Weg hierher und wird bald –«, er sah auf die Uhr, »den Kanal durchqueren, um uns alle morgen mittag, eine Minute nach zwölf, von hier wegzubringen.«

Drax wischte sich den Schaum aus den Mundwinkeln und lehnte sich erschöpft zurück, den Blick visionär zur Zimmerdecke gerichtet.

Eine Weile herrschte Schweigen.

Plötzlich kehrte Drax mit einem Ruck in die Gegenwart zurück. Er sah Bond scharf und mißtrauisch an.

»Na?« herrschte er ihn an. »Warum sagen Sie nichts? Ich möchte wissen, wie Ihnen meine Geschichte gefällt. Haben Sie so etwas für möglich gehalten, daß ein einzelner Mann eine so ungeheure Leistung vollbringt? Los, sagen Sie etwas!« Schon hatte er wieder die Hand am Mund und kaute wütend auf seinen Nägeln herum. »Oder soll ich Krebs rufen?« Er deutete mit dem Kopf auf das Haustelefon auf seinem Schreibtisch. »Die Kneifzange.« Er lachte heiser auf. »Armer Krebs! Er ist wie ein Kind, dem man sein Spielzeug weggenommen hat. Ich könnte auch Walter rufen lassen. Der versteht sich auch auf solche Dinge. Also? Wird's bald?«

»Ja«, sagte Bond und sah ruhig in die flackernden Augen in dem großen, roten Gesicht. »Ein wirklich interessanter, klinischer Fall. Galoppierende Paranoia. Größenwahn, Verfolgungswahn und Haßkomplexe. Eine interessante Mischung. Vielleicht«, fuhr er beiläufig fort, »hat das etwas mit Ihren Zähnen zu tun. Prognathie nennt man so etwas. Diese Kiefermißbildung kommt vom Daumenlutschen in der frühen Kindheit. Daraus können die Psychologen allerhand wichtige Schlüsse ziehen, wenn man Sie später in der Irrenanstalt behandeln wird. Kinder mit solchen vorstehenden Zähnen werden in der Schule oft gehänselt, und das wirkt sich auf ihren

Charakter aus. Der Nationalsozialismus hat Ihren ohnehin anfälligen Geist mit verstiegenen Ideen vergiftet, und den Rest gab Ihnen die schwere Kopfverletzung, die Sie Ihrem eigenen Attentat verdankten. Von da an waren Sie hoffnungslos geisteskrank, und Ihr Zustand verschlimmerte sich immer mehr. Sie sind verrückt, Drax. Das erklärt alles. Man müßte Sie erschießen wie einen tollen Hund. Aber vielleicht bringen Sie sich bald selbst um. Die meisten Paranoiker enden durch Selbstmord.«

Bond machte eine Pause und schleuderte ihm dann mit seinem letzten Satz seine ganze Verachtung ins Gesicht:

»Sie halten sich für ein Genie, Drax, in Wirklichkeit sind Sie nichts weiter als ein Verrückter, der bald in völliger Idiotie enden wird.«

Das wirkte.

Mit jedem Wort hatte sich das Gesicht von Drax mehr verzerrt, seine Augen waren blutunterlaufen, der Schweiß rann ihm in Strömen übers Gesicht und tropfte vom Kinn auf sein Hemd, die häßlichen vorstehenden Zähne entblößten sich in einer Grimasse rasender Wut, und der Speichel lief ihm aus den Mundwinkeln. Mit einem erstickten Aufschrei stürzte er sich auf Bond und begann mit seinen haarigen Fäusten aus aller Kraft auf ihn einzuschlagen.

Bond biß die Zähne zusammen und ließ den rasenden Angriff über sich ergehen.

Es war ein Tobsuchtsanfall, der nur zu deutlich Bonds Diagnose bestätigte. Unter unartikuliertem Gebrüll, schweißüberströmt, blind vor Wut und Haß, mit Schaum vor dem Mund, schlug Drax unaufhörlich auf das Opfer ein, bis ihn die Kräfte verließen. Nachdem er zum zweitenmal den Stuhl samt dem daran gefesselten Bond wieder vom Boden aufgehoben hatte, legte sich der Anfall ganz plötzlich. Drax zog sein seidenes Taschentuch und wischte sich den Schweiß von Gesicht und Händen. Dann ging er zur Tür und sprach ruhig über die Schulter zurück zu dem Mädchen und zu Bond, der wie leblos in seinen Fesseln hing.

»Ich glaube, ihr werdet mir keine Schwierigkeiten mehr machen. Die Fesseln, die Krebs anlegt, halten mit Sicherheit.« Seine plötzliche Ruhe nach dem schrecklichen Ausbruch hatte etwas Unheimliches. »Wenn er aufwacht«, sagte er zu Gala,

»können Sie ihm sagen, daß diese Türen nur noch einmal aufgehen werden. Morgen mittag, kurz vor zwölf. Ein paar Minuten später wird nichts von euch übrig sein. Nicht einmal die Plomben aus euren Zähnen«, fügte er mit einem Grinsen hinzu.

Dann ging er. Die äußere Tür schlug hinter ihm zu.

Langsam hob Bond den Kopf. Er versuchte seine blutigen Lippen zu einem schwachen Lächeln zu verziehen.

»Mußte ihn in Wut bringen«, murmelte er mühsam. »Durfte ihm keine Zeit zum Nachdenken geben. Der Anfall – hat ihn abgelenkt ...«

Gala starrte verständnislos auf sein blutiges Gesicht.

»Keine Angst«, lallte Bond mit verschwollenem Mund. »London wird nicht untergehen. Ich habe – einen – Plan ...«

Mit einem leisen Plop ging das Flämmchen der Lötlampe auf dem Schreibtisch aus.

23

Unter halbgeschlossenen Lidern sah Bond entsetzt auf die erloschene Lötlampe. Kostbare Sekunden vergingen, während er dahockte und darauf wartete, daß wieder Leben in seinen zerschundenen Körper kam. Immerhin waren seine Knochen heil. Drax hatte in blinder Wut und ohne System zugeschlagen.

Endlich hatte er genug Kraft gesammelt, um sich etwas aufzurichten. Er schüttelte die Benommenheit ab, und Gala sah fieberhaften Triumph in seinen Augen aufblitzen.

»Das Feuerzeug!« sagte er mit einer Kopfbewegung nach dem Schreibtisch. »Ich mußte ihn dazu bringen, es zu vergessen. Folgen Sie mir. Ich zeige Ihnen wie.«

Er begann mit seinem leichten Stahlrohrstuhl hin und her zu schaukeln und rückte ihn dabei Zentimeter für Zentimeter näher an den Schreibtisch. »Geben Sie mir um Himmels willen acht, daß Sie nicht umkippen, sonst ist alles verloren. Aber machen Sie rasch, bevor die Lötlampe kalt wird.«

Gala begriff zwar nicht, worauf er hinauswollte, folgte aber gehorsam seinem Beispiel. Während Bond sich um den Schreibtisch herum auf Drax' Stuhl zuarbeitete, wies er sie an, auf der anderen Schreibtischseite zu bleiben. Sobald er nahe genug war, warf er sich nach vorn, so daß er mit dem Kopf gegen die Tischplatte fiel und mit den Zähnen das schwere Schreibtischfeuerzeug zu fassen bekam. Er hielt es mit Zähnen und Lippen fest und kippte sich mit seinem Stuhl zurück. Geduldig schob er sich mit dem Stuhl dann wieder bis zu Gala an die Schreibtischecke, auf der Krebs' Lötlampe stand. Ein paar Sekunden brauchte er, um wieder zu Atem zu kommen.

»Jetzt kommt der schwierigste Teil«, erklärte er. »Während ich versuche, die Lötlampe wieder anzuzünden, können Sie Ihren Stuhl schon so herumschieben, daß Ihr rechter Arm mir so nahe wie möglich kommt.«

Gala gehorchte, während er sich mit seinem Stuhl vorbeugte und den Griff der Lötlampe zwischen die Zähne nahm. Er zerrte sie näher an die Schreibtischecke und mühte sich mehrere Minuten ab, Lötlampe und Feuerzeug in die richtige Stellung zueinander zu bringen.

Nach einer weiteren kurzen Ruhepause beugte er sich wieder vor, drehte das Düsenventil der Lampe mit den Zähnen zu und brachte wieder Druck auf die Lampe, indem er den Pumpenstöpsel ebenfalls mit den Zähnen betätigte. Es beruhigte ihn, die Wärme des Brenners an seinem Gesicht zu spüren. Vielleicht war die Abkühlung doch noch nicht zu weit fortgeschritten.

»Letzte Runde, Gala«, sagte er. »Ich werde Ihnen ziemlich weh tun müssen. Sind Sie bereit?«

»Selbstverständlich«, sagte Gala.

»Also dann los.«

Er beugte sich vor und öffnete mit den Zähnen das Ventil der Lampe. Dann wandte er sich rasch dem Ronson-Feuerzeug zu, das jetzt direkt unter dem Brenner der Lampe stand, und riß es mit seinen beiden Vorderzähnen an.

Zischend schoß die blaue Flamme aus dem Brenner, und obwohl er blitzschnell zurückzuckte, versengte sie ihm Lippen und Nase.

Aber die Flamme brannte! Und der Triumph ließ ihn seine Schmerzen vergessen. Er neigte seinen Kopf fast im rechten Winkel zur Seite, packte, wieder mit den Zähnen, den Griff der Lötlampe und hob sie von der Tischplatte hoch.

Seine Kiefer knackten unter der schweren Last, und er spürte jeden Nerv seiner Zähne. Aber mit eiserner Willenskraft richtete er seinen Stuhl auf, drehte ihn zur Seite und beugte sich dann weit vor, bis die Flamme den Kupferdraht berührte, mit dem Galas rechtes Handgelenk an die Stuhllehne gefesselt war.

Er versuchte mit aller Kraft, die Lampe ruhig zu halten, aber es gelang ihm nicht ganz. Er hörte das unterdrückte Stöhnen Galas, als die Flamme an ihrem Unterarm entlangleckte.

Aber dann war es vorbei. Ein Kupferstrang nach dem anderen schmolz unter der Hitze, und plötzlich war Galas rechter Arm frei und sie nahm ihm die schwere Lampe aus dem Mund.

Er ließ sich gegen die Lehne zurückfallen und schüttelte heftig den Kopf, um seine schmerzenden Muskeln zu entspannen. Wenige Augenblicke später hatte Gala auch seine Fesseln gelöst. Ein paar Sekunden blieb er schweratmend mit geschlossenen Augen sitzen und wartete, daß wieder Leben in seine verkrampften Glieder kam. Plötzlich fühlte er Galas weiche, warme Lippen auf den seinen.

Er hob den Kopf. Sie stand mit leuchtenden Augen vor ihm.

»Für das, was Sie getan haben«, sagte sie einfach.

»Sie sind ein wunderbares Mädchen, Gala«, sagte er erschöpft und lächelte sie an.

Aber dann dachte er daran, was getan werden mußte, und daß er nur noch kurze Zeit zu leben hatte. Hastig schloß er die Augen wieder, um Gala seine Hoffnungslosigkeit nicht sehen zu lassen.

Aber sie hatte seinen Ausdruck bemerkt und wandte sich ab. Sie konnte nicht wissen, was er vorhatte, und schrieb seine Niedergeschlagenheit der Erschöpfung und den Schmerzen zu. Verzweifelt fragte sie sich, wie sie ihm helfen könnte, und ihr fiel die Flasche mit Wasserstoffsuperoxyd ein, die im Waschraum neben ihrem Büro stand.

Sie eilte hinüber. Ein eigenartiges Gefühl überkam sie, als sie die vertraute Umgebung wiedersah, ihren Schreibtisch, die Ordner und die Schreibmaschine. War das wirklich sie gewesen, die noch gestern hier gesessen und Briefe für Sir Hugo Drax getippt hatte?

Sie holte die Flasche und ein nasses Handtuch aus dem Wasch-

raum und machte sich dann daran, Bonds Wunden zu versorgen.
Dankbar ließ er alles mit sich geschehen. Als sie dann wieder durch ihr Büro in den Waschraum gegangen war, stand er auf, drehte die immer noch zischende Lötlampe aus, ging in Drax' Duschraum, zog sich aus und stand fünf Minuten unter der eiskalten Brause. Leichenwäsche, dachte er bitter.
Dann zog er sich an, ging in Drax' Büro zurück und machte sich an eine systematische Untersuchung des Schreibtischs. Er fand den »Besuchs-Whisky«, eine halbe Flasche Haig and Haig, holte zwei Gläser, sowie Wasser und rief dann nach Gala.
Sie öffnete die Waschraumtür einen Spalt breit.
»Was denn?« rief sie zurück.
»Whisky.«
»Trinken Sie schon. Ich komme gleich.«
Bond goß das Zahnputzglas zu Dreiviertel voll und stürzte den Whisky in einem Zug hinunter. Dann zündete er sich eine Zigarette an, setzte sich auf die Schreibtischkante und fühlte, wie der Whisky im Magen brannte und ihn bis in die Fingerspitzen belebte.
Er hob die Flasche hoch und stellte fest, daß genug für Gala übrig war und für ihn noch ein ganzes Glas. Er würde es brauchen, bevor er durch diese Tür ging. Es würde ihm helfen, seinen schweren Gang zu gehen, ohne sich umzuschauen.
Gala kam wie verwandelt zurück, sie hatte ein sorgfältiges Make-up aufgelegt. Sie sah so schön aus wie am ersten Abend ihrer Bekanntschaft, bis auf die tiefen Schatten unter den Augen, die der Puder nicht verdecken konnte, und die schrecklichen Spuren der Fesseln an Hand- und Fußgelenken.
Bond reichte ihr ihren Drink und hob dann sein Glas. Ihre Blicke trafen sich über den Rand der Gläser hinweg, und sie lächelten einander zu.
»Hören Sie zu, Gala«, sagte Bond dann in beiläufigem Ton. »Ich habe mir alles überlegt. Es gibt nur eine Möglichkeit, und wir wollen die Sache so rasch wie möglich hinter uns bringen.« Er merkte, wie sie den Atem anhielt, fuhr aber im selben Ton fort. »In etwa zehn Minuten werde ich Sie in Drax' Badezimmer unter die Brause stellen, das Wasser laufen lassen und Sie einschließen.«

»James!« Sie trat einen Schritt auf ihn zu. »Hören Sie auf! Ich weiß, Sie werden gleich irgend etwas Entsetzliches sagen! Bitte nicht!«

»Wir haben keine Wahl, Gala«, sagte Bond grob. »Tun Sie, was ich Ihnen sage, und überlassen Sie das andere mir.« Er nahm das Ronson-Feuerzeug vom Schreibtisch und betrachtete es nachdenklich. »Dann werde ich durch diese Doppeltüren gehen, sie hinter mir schließen und mir unter dem Heck der Rakete eine letzte Zigarette anzünden.«

»Großer Gott!« flüsterte Gala heiser. »Was reden Sie da! Sie sind verrückt!« Sie sah ihn aus angstgeweiteten Augen an.

»Begreifen Sie doch endlich!« rief Bond ungeduldig. »Was, zum Teufel, können wir sonst tun? Es wird eine so ungeheure Explosion geben, daß ich gar nichts davon merken werde. Mein Leben oder das einer Million Menschen — die Wahl ist leicht. Der Atomkopf wird nicht losgehen — Atombomben werden nicht auf diese Art gezündet. Wenn Sie Glück haben, kommen Sie davon. Die Hauptwucht der Explosion wird die Richtung des geringsten Widerstands nehmen, nämlich durch das Dach; und durch den Triebstrahltunnel — wenn ich den Mechanismus finde, der die Luke öffnet.«

Sie stand wie versteinert da, und er ging auf sie zu und griff lächelnd nach ihrer Hand.

»Kopf hoch, Gala. Was sein muß, muß sein. Ich habe mir schon als kleiner Junge gewünscht, einmal ein Held zu werden.«

Mit einem heftigen Ruck entzog sie ihm ihre Hand.

»Ich will nichts davon hören! Wir müssen einen anderen Ausweg finden. Glauben Sie, Sie sind der einzige, der einen Einfall haben kann? Ich bin schließlich auch noch da.« Sie ging zu der gläsernen Wandkarte und drückte den Lichtschalter. »Wenn es wirklich sein muß, sprengen wir das Ding eben in die Luft. Aber ich lasse nicht zu, daß Sie einfach hinübergehen und kalten Blutes Selbstmord begehen. Es muß doch noch eine andere Möglichkeit geben! Und wenn nicht, gehe ich mit Ihnen. Immer noch besser, als hier vielleicht langsam zu verschmoren. Nein, ich lasse Sie nicht allein gehen. Wir stehen das bis zum bitteren Ende gemeinsam durch.«

Bond hörte gerührt zu, nahm sie in die Arme und drückte sie mit großer Zärtlichkeit an sich.

»Sie sind wunderbar, Gala«, sagte er. »Ich wünschte, es gäbe einen anderen Weg. Aber ich sehe keinen. Und wir müssen uns schnell entscheiden. Mitternacht ist vorbei. Drax kann jeden Augenblick auf den Gedanken kommen, nach uns sehen zu lassen. Und wer weiß, wann er selbst kommt, um die Zielortung einzustellen.«

Gala fuhr jäh herum und starrte ihn mit offenem Mund an.

»Die Einstellung!« rief sie, heiser vor Erregung. »Das ist die Lösung! Das ist es!« Und da er sie verständnislos ansah: »Begreifen Sie nicht, James? Sobald er gegangen ist, ändern wir die Einstellung wieder auf den alten Kurs! Dann steuert die Rakete einfach das vorgesehene Ziel in der Nordsee an.«

»Kennen Sie denn die alte Einstellung?« fragte er rasch.

»Natürlich! Ich habe mich ein Jahr lang mit nichts anderem beschäftigt. Der neueste Wetterbericht fehlt uns zwar, aber das ist nicht so wichtig. Nach der Voraussage von heute morgen soll das Wetter sich kaum ändern.«

Bond überlegte ein paar Sekunden, während sie ihn ängstlich beobachtete.

»Bei Gott«, sagte er schließlich, »es könnte gehen, Gala! Wenn wir uns nur irgendwo verstecken könnten, so daß Drax glaubt, wir sind entkommen. Wie wäre es mit dem Tunnel, der zu den Klippen hinunterführt?«

Sie schüttelte den Kopf.

Er fällt dreißig Meter senkrecht ab, und die Wände sind polierter Stahl, glatt wie Glas. Ein Tau finden wir nirgends. Außerdem wird der Tunnelausgang an den Klippen bewacht.«

Bond dachte eine Weile nach.

»Ich habe eine Idee«, meinte er schließlich. »Aber was ist mit dem Radarsender in London? Wird er die Rakete nicht vom Kurs ablenken und doch auf London ziehen?«

»Nein. Er hat nur eine Reichweite von etwa hundertfünfzig Kilometern. Die Rakete wird nicht einmal seine Signale aufnehmen. Wenn sie in Richtung Nordsee eingestellt ist, wird sie in den Bereich des Leitsenders auf dem Floß kommen. Das wäre alles klar. Aber wo können wir uns verstecken?«

»In einem der Ventilationsschächte«, sagte Bond. »Kommen Sie.«

Er sah sich noch ein letztes Mal in dem Zimmer um. Das

Feuerzeug steckte er zu sich – für den Fall, daß alles andere schiefging. Sonst brauchten sie nichts mehr.
Er folgte Gala in den schimmernden Montageschacht hinaus zu der Instrumententafel, von wo aus unter anderem die Stahltür zum Tunnel bedient wurde. Nach einigem Suchen fand er den richtigen Hebel. Leise summend glitten die beiden Hälften des Stahldeckels unter dem Heck des Mondblitz auseinander. Er trat auf die Öffnung zu und sah hinunter.
In der polierten Stahlwandung spiegelte sich das Kuppeldach des Schachts bis zu der Biegung, wo der Tunnel die Richtung zur See nahm.
Bond ging in Drax' Büro zurück und riß die Vorhänge der Dusche im Badezimmer ab. Er riß die Vorhänge in Streifen, knotete diese aneinander und franste das Ende aus, so daß es aussah, als sei es bei ihrer Flucht durch den Tunnel gerissen. Das andere Ende befestigte er an einer der drei Heckflossen der Rakete und ließ den Rest in den Tunnel hinunterhängen.
Eine falsche Fährte, die ihnen vielleicht kostbare Minuten einbringen würde.
Die großen, kreisrunden Öffnungen der Ventilationsschächte gähnten in Abständen von zehn Metern etwa eineinhalb Meter über dem Boden. Bond zählte sie. Es waren fünfzig. Er klappte den stählernen Rost der erstbesten hoch und sah hinauf. Zwölf Meter über ihm schimmerte ein schwaches Mondlicht. Soviel er sehen konnte, gingen die Schächte also innerhalb der Wandung senkrecht hoch und bogen erst oben im rechten Winkel zu den Außenrosten ab.
Bond befühlte die Innenwand des Ventilationsschachts und stellte mit Befriedigung fest, daß sie aus rauhem Beton war und zahlreiche Vorsprünge aufwies. Das waren die Enden des Stahlgerüsts der Betonkonstruktion.
Ein schwieriges und mühevolles Unternehmen, aber nicht unmöglich. Sie würden sich Zentimeter für Zentimeter in einem dieser Schächte hinaufarbeiten, wie Bergsteiger in einem Felskamin, und sich dann oben hinter der Biegung verstecken. Vor einer wirklich gründlichen Durchsuchung des Geländes waren sie allerdings auch hier nicht sicher. Aber die Suche würde am Vormittag durch die Anwesenheit der Abordnungen aus London erschwert werden. Bond kniete nieder, und Gala kletterte auf seinen Rücken und begann den Aufstieg.

Eine Stunde später hatten sie die Biegung erreicht und sanken einander erschöpft in die Arme. Ihre Füße, Hände und Schultern waren blutiggerissen, ihre Muskeln schmerzten zum Zerreißen. Wenige Zentimeter von ihren Köpfen entfernt befand sich der Gitterrost, der den Ventilationsschacht nach außen abschloß, direkt über dem Haupteingang des Gebäudes. Sie hörten die gleichmäßigen Schritte der Wachtposten in der Dunkelheit unter ihnen.

Fünf Uhr. Sechs. Sieben.

Langsam ging die Sonne hinter der Kuppel auf. In den Klippen erhoben sich die Schreie der Seemöwen. Vom Haus her kamen drei Gestalten, sie trafen sich mit der Wachablösung der nächtlichen Posten.

Die drei Gestalten kamen näher, und die beiden Gefangenen in ihrem Versteck erkannten das rote, haarige Gesicht von Drax, die kalte, undurchsichtige Maske Dr. Walters und den bleichen, schwammigen Krebs. Sie lagen stocksteif, mit angehaltenem Atem da, während die drei wie ein Hinrichtungskommando anmarschiert kamen. Drax zog seinen Schlüssel hervor, und schweigend traten alle drei durch die Tür, nur knapp unter Bond und Gala.

Zehn Minuten lang hörte man sie unten herumgehen. Durch den Ventilationsschacht hallten ihre Schritte und erregten Stimmen. Bond lächelte bei der Vorstellung von ihren Gesichtern. Dann wurde die Tür unter ihnen aufgerissen, und sie hörten Krebs mit schriller Stimme nach den Wachen rufen. Ein Mann löste sich aus der Postenkette und kam angelaufen.

»Die Spitzel sind weg!« kreischte Krebs hysterisch. »Ausgebrochen! Der Chef meint, sie haben sich vielleicht in einem Ventilationsschacht versteckt. Wir müssen sie finden! Die Kuppel wird noch einmal aufgemacht, damit die Treibstoffdämpfe abziehen können. Dann wird der Herr Doktor mit dem Dampfschlauch alle Schächte einzeln ausräuchern. Vier Mann hier herunter! Schutzhandschuhe und Asbestanzüge anlegen. Der Schlauch wird an die Dampfheizung angeschlossen. Die anderen sollen auf Schreie horchen. Verstanden?«

»Zu Befehl!« Der Mann machte kehrt und rannte zu seinen Kameraden, während Krebs in den Montageschacht zurückkehrte. Gleich darauf gab es ein dumpfes Poltern über ihren Köpfen, als die beiden Hälften der Kuppel auseinanderglitten.

Einige Sekunden lag Bond regungslos.
Der Dampfschlauch! Er wußte, daß dieses grausame Mittel gelegentlich bei Meutereien auf Schiffen oder bei der Bekämpfung schwerer Unruhen eingesetzt worden war. Würde der Dampfstrahl zwölf Meter weit reichen? Wieviel Druck stand dahinter? Wie viele Heizkessel? Mit welchem der fünfzig Ventilationsschächte würden sie beginnen? Hatten er und Gala sich durch irgendeine Spur verraten?
Er fühlte, wie Gala mit angehaltenem Atem auf ein Wort von ihm wartete. Er mußte etwas tun, sie beide schützen ...
Von der Wachtpostenkette kamen vier Mann und verschwanden durch die Tür.
Bond legte seinen Mund an Galas Ohr.
»Wir müssen es durchstehen. Nichts zu machen. Keine Ahung, wie arg es wird, aber wir müssen es aushalten. Und keinen Laut!« Als Antwort fühlte er den Druck ihrer Hand auf seinem Arm. »Ziehen Sie die Knie an. Drücken Sie sich fest an mich. Nicht so zimperlich.«
»Halten Sie den Mund!« flüsterte Gala ärgerlich.
Zögernd zog sie ihre Knie etwas hoch. Er packte sie ohne Umstände, zog sie auf seinen Schoß und klemmte ihre Schenkel zwischen seine Knie. Sie sträubte sich, aber er hielt sie fest, legte die Arme an sie und preßte ihren Kopf gegen seine Brust, um sie so gut wie möglich abzuschirmen. Seine Hände und beide Füße konnte er nicht schützen. Er zog seinen offenen Hemdkragen, so hoch er konnte, über ihre Gesichter. Und dann lagen sie still, eng aneinandergepreßt, atemlos, in Schweiß gebadet, da.
Er horchte angespannt. Unten war es jetzt still. Wahrscheinlich waren sie alle im Heizraum, und Walter überwachte das Anschließen des Schlauchs. Nach einer Weile kamen gedämpfte Geräusche näher. Wo würden sie anfangen?
Irgendwo, nicht sehr weit von ihnen, erklang plötzlich ein langgezogenes Zischen, wie von einer Lokomotive, die Dampf abläßt. Das gleiche Zischen wiederholte sich etwas näher. Noch näher.
Bond reckte den Hals und spähte durch das Gitter auf die Wächter hinunter. Sie beobachteten die Abzugsöffnung eines Lüftungsschachts links von ihnen und schienen gespannt auf den doppelten Schrei zu warten.

Bond fühlte Galas Herz an seiner Brust hämmern. Sie wußte nicht, was kam. Sie vertraute ihm.
»Es wird weh tun«, flüsterte er ihr ins Ohr. »Sehr. Aber es wird uns nicht töten. Wir dürfen nur keinen Laut von uns geben.«
»Schon gut«, flüsterte sie zurück. Aber er fühlte, wie sie sich enger an ihn preßte.
Pschschsch!
Es kam näher. Wurde lauter.
Pschschsch!
Ganz dicht neben ihnen. Sie konnten bereits den heißen Dampf riechen.
Er drückte das Mädchen so fest an sich, wie er nur konnte, und hielt den Atem an.
Los! Schnell! Daß wir es hinter uns haben!
Und dann war plötzlich ein ohrenbetäubendes Zischen und ein starker Druck um sie, gefolgt von einer Hitzewelle und einem Augenblick rasenden Schmerzes.
Dann Totenstille.
Ihre Hände und Füße waren wie Feuer und Eis zugleich. Triefende Nässe hüllte sie ein und erstickte sie fast.
Instinktiv kämpften sie sich voneinander frei, rangen um das bißchen Raum und Luft, das ihnen blieb. Schon fühlten sie, wie ihre Haut Blasen warf. Röchelnd rangen sie nach Luft. Das Wasser strömte in ihre offenen Münder, bis sie sich zur Seite warfen und es von sich gaben. Ein Strom von Wasser rann über ihre verbrühte Haut und die senkrechten Schachtwände hinunter.
Das Zischen entfernte sich mehr und mehr und erstarb schließlich ganz. Es war ganz still in ihrem Gefängnis aus Beton, bis auf ihren heftigen Atem und das Ticken von Bonds Uhr.
Sie lagen regungslos da und warteten, halb ohnmächtig vor Schmerz.
Nach einer halben Stunde, die ihnen wie ein halbes Jahr vorkam, verließen Drax, Walter und Krebs den Montageschacht. Die Wachen blieben jedoch darin zurück.

24

»Dann ist also alles klar?«
»Ja, Sir Hugo«, sagte der Minister. Bond erkannte die unscheinbare Gestalt. »Hier ist Ihre Einstellung. Wir haben sie heute morgen unabhängig vom Luftfahrtministerium überprüft.«
»Gut. Dann erlauben Sie.«
Drax nahm dem Minister das Papier ab und wandte sich dem Eingang zu.
»Augenblick, Sir Hugo! Bitte bleiben Sie so ...«
Blitzlichter flammten auf, Kameras klickten und surrten zum letztenmal. Drax ging auf die Tür zu, und Bond hatte das Gefühl, als sähe er ihm direkt in die Augen, durch das Gitter seines Verstecks über dem Eingang.
Die Reporter zerstreuten sich über das Betonfeld. Nur die Abordnung des Ministeriums blieb zurück, um auf Drax zu warten.
Bond warf einen Blick auf seine Uhr. 11 Uhr 45. Mach rasch, verfluchter Hund, dachte er.
Zum hundertstenmal wiederholte er sich die Zahlen, die Gala ihm in den Stunden qualvoller Schmerzen eingeprägt hatte. Und zum hundertstenmal bewegte er seine Glieder, um das Gefühl der Lähmung zu überwinden.
»Achtung«, flüsterte er Gala zu. »Bereit?«
»Klar«, lächelte sie und versuchte, nicht an ihre Schmerzen und den bevorstehenden Abstieg zu denken.
Unter ihnen fiel die Tür zu, und sie hörten, wie sie abgeschlossen wurde. Von den vier Wächtern gefolgt, schritt Drax würdevoll auf die Abordnung zu.
Bond sah auf seine Uhr. 11 Uhr 47.
»Jetzt«, flüsterte er Gala zu.
»Viel Glück.«
Ohne Rücksicht auf seine Wunden glitt er in fieberhafter Eile den Betonschacht hinunter. Seine blutigen, blasigen Füße tasteten nach den scharfkantigen Eisenstäben, der rauhe Beton riß ihm die Haut in Fetzen von Beinen und Schultern. Er biß die Zähne zusammen und rutschte die letzten drei Meter ohne Aufenthalt hinunter, daß ihm die Eisenkanten den Rücken blutig rissen. Wenn Gala es nur schaffte, ihm zu folgen! Und

dann landete er auf dem stählernen Gitter des Bodens und rannte auf die eiserne Treppe zu. Das Blut rann ihm über den Rücken, und seine Füße hinterließen eine rote Spur.
Durch das geöffnete Dach fiel helles Tageslicht. Das gleißende Blau des Himmels spiegelte sich in den stählernen Wänden, so daß sich Bond vorkam wie im Innern eines riesigen Saphirs.
Die gewaltige tödliche Nadel in der Mitte sah aus wie aus Glas. Während er die endlose Eisentreppe hochkletterte, konnte Bond ein rasches, unheimliches Ticken irgendwo im Leib des Mondblitz hören. Wie das Klopfen eines gigantischen Herzens. Bond wußte, was das bedeutete. In dem Augenblick, da Drax im Kommandobunker auf einen Knopf drückte und damit einen Funkstrahl aussandte, würde das Ticken plötzlich aufhören. Der Funkstrahl würde die Zündmechanik auslösen, die den Treibstoff in der Brennkammer zur Explosion brachte. Ein Dampfwölkchen aus den Turbinen, und dann der brüllende Flammenschweif, der die Rakete langsam hochheben und mit wachsender Beschleunigung in den Himmel tragen würde.
Und da hatte er endlich den stählernen Spinnenarm erreicht, der zusammengeklappt an der Wand ruhte, er fand den Hebel, und der Arm griff langsam aus und glitt auf den schimmernden Leib der Rakete zu, auf die Stelle, wo sich haarfein die Umrisse der geschlossenen Luke zur Instrumentenkammer abzeichneten.
Noch bevor die Gummipolsterung die Rakete berührte, war Bond auf Händen und Knien auf dem Greifarm und kletterte auf die Luke zu. Da war die kreisrunde Vertiefung, die Gala ihm bezeichnet hatte. Ein Druck, und die Luke glitt auf. Vorsicht, beim Einsteigen ducken! Die glänzenden Hebel über dem Kompaß; drehen, feststellen – das wären die Stabilisierungskreisel. Jetzt die Steuerung. Langsam, ganz langsam. Drehen. Feststellen. Ein letzter Blick. Ein Blick auf die Uhr. Nur noch vier Minuten! Keine Panik. Vorsichtig zurückziehen. Luke zu. Rasch über den Greifarm. Nicht zurückschauen. Greifarm hoch, an die Wand geklappt. Und jetzt zur Treppe.
Tick-tick-tick-tick.
Während Bond die Treppe hinunterraste, sah er Gala schon in der Außentür zu Drax' Büro stehen, die sie für ihn offen-

hielt. Ein letzter Sprung, ein Haken nach rechts. Gala schlug die Außentür hinter ihnen zu. Dann waren sie im Büro, die zweite Tür knallte zu, hinüber ins Badezimmer, unter die Brause, und dann rauschte das Wasser über ihre eng aneinandergepreßten Leiber.

Durch das Rauschen des Wassers und das Brausen in seinen Ohren hörte Bond plötzlich das Knattern atmosphärischer Störungen, und gleich darauf die Stimme des B.B.C.-Ansagers. Gala hatte daran gedacht, den großen Radioapparat in Drax' Büro einzuschalten, während Bond in der Rakete war.

»— fünf Minuten Verspätung«, klang die freudig erregte Stimme des Ansagers. »Sir Hugo Drax hat sich entschlossen, noch einige Worte ins Mikrophon zu sprechen.« Bond drehte den Wasserhahn zu, und die Stimme kam deutlicher. »Soeben spricht er mit dem Minister. Beide lächeln. Ah, da kommt mein Kollege mit dem letzten Wetterbericht des Luftfahrtministeriums. Wie? Glänzende Wetterbedingungen in allen Höhenschichten. Na wunderbar. Hier unten ist es jedenfalls sehr schön, haha. Die Zuschauer, die sich an der Küstenwachstation eingefunden haben, werden sich einen Sonnenbrand holen. Es müssen Tausende sein. Was sagen Sie? Zehntausend? Gut möglich. Und Walmer Beach ist schwarz von Menschen. Ganz Kent scheint auf den Beinen. Wir werden uns alle ein steifes Genick holen, haha! Hallo, was ist dort unten an der Landungsbrücke los? Na so was! Soeben ist ein Unterseeboot aufgetaucht! Scheint ein ganz neuer Typ. Toller Anblick! Jetzt ist auch Sir Hugos Team unten, an der Brücke aufgereiht, wie zur Parade. Offenbar ein Einfall der Admiralität, Ehrengeleit zur Zielbeobachtung. Sehr eindrucksvoll. Jetzt kommt Sir Hugo auf uns zu. Gleich wird er zu Ihnen sprechen. Hören Sie, wie ihm alles begeistert zujubelt? Da kommt er.« Pause. »Sir Hugo Drax.«

Bond sah in Galas Augen, die ihn ernst anlächelten. Blutend, triefend, standen sie unter der Brause, krampfhaft aneinander geklammert, kaum noch fähig, sich auf den Füßen zu halten.

»Euer Majestät, Männer und Frauen von England«, begann die schnarrende Stimme Sir Hugos. »In wenigen Augenblikken werde ich den Lauf der Geschichte Englands ändern! Ich werde in Ihrer aller Leben eingreifen — und in vielen Fällen sehr einschneidend, darf ich wohl sagen. Ich bin stolz, daß das Schicksal mich aus Millionen auserwählt hat, diese Geißel der Rache zu schwingen. Möge sie allen Feinden meines Landes zur Warnung dienen!«

Nach einer betretenen Pause folgte schwacher, zögernder Applaus. Dann erklang wieder die frischfröhliche Stimme des Ansagers: »Ja, das war's, meine Herrschaften. Sir Hugo Drax sprach einige Worte zu Ihnen, bevor er den Kommandostand betritt, um auf den berühmten Knopf zu drücken. Es war das erstemal, daß er in der Öffentlichkeit sprach. Etwas – hm – unverblümt, möchte ich sagen. Nun ja, rauh, aber herzlich. Ein Mann, der kein Blatt vor den Mund nimmt. Und jetzt schalten wir um in den Kommandobunker. Sie hören Captain Tandy vom Beschaffungsministerium, der Ihnen den eigentlichen Abschuß des Mondblitz kommentieren wird. Danach spricht zu Ihnen Peter Trimble aus einem der Patrouillenboote, die das Zielgebiet beobachten. Captain Tandy.«

Bond sah auf seine Uhr.

»Nur noch eine Minute. Was gäbe ich drum, diesen Drax jetzt zwischen die Finger zu kriegen! Da ...« Er kratzte einige Brocken von der Seife ab. »Stopfen Sie sich das in die Ohren, wenn es soweit ist, damit die Trommelfelle nicht platzen. Wie schlimm die Hitze sein wird, kann ich nicht sagen. Vielleicht halten die Stahlwände. Jedenfalls wird es nicht lange dauern. So oder so.«

Gala lächelte tapfer. »Wenn Sie mich festhalten, wird es nicht so schlimm sein«, sagte sie leise.

»... und jetzt hat Sir Hugo die Hand am Schalter und beobachtet den Zeiger des Chronometers.«

»ZEHN!« tönte eine andere Stimme, tief und voll wie ein Gong. Der Countdown hatte begonnen.

Bond drehte die Brause voll auf, und das Wasser rauschte auf ihre ineinanderverschlungenen Leiber herunter.

»NEUN!« zählte die tiefe Stimme.

»... und beobachten den Radarschirm mit seinem Liniengewirr...«

»ACHT!«

»Alle tragen Ohrenstöpsel. Der Bunker soll unzerstörbar sein. Dreieinhalb Meter dicke Betonwände, das pyramidenförmige Dach an der Spitze acht Meter dick –«

»Sieben!«
»... wird der Funkstrahl zuerst den Zeitmechanismus stoppen und dann die Zündmechanik auslösen ...«
»Sechs!«
»... Ventile öffnen – flüssiger Treibstoff – Geheimformel – ungeheuer explosiv – fließt aus den Tanks ...«
»Fünf!«
»... und wird gezündet, sobald er die Brennkammer erreicht ...«
»Vier!«
»Inzwischen haben sich Superoxyd und Permanganat vermischt, Dampf erzeugt und die Pumpen in Gang gesetzt ...«
»Drei!«
»... der flammende Treibstoff wird durch das Heck der Rakete ausgestoßen und durch den Tunnel abgeleitet – unvorstellbare Hitze ...«
»Zwei!«
»Sir Hugo ist im Begriff, den Schalter zu drücken. Schweiß steht auf seiner Stirn. Er starrt durch den schmalen Sehschlitz. Es ist totenstill hier drinnen. Ungeheure Spannung ...«
»Eins!«
Nichts als das Rauschen des Wassers war zu hören, das auf die ineinanderverkrampften Gestalten herunterrann.
»Feuer!«
Das Herz saß Bond in der Kehle. Er fühlte, wie Gala in seinen Armen zusammenzuckte. Stille. Nichts als das Rauschen des Wassers ...
»Sir Hugo hat den Bunker verlassen. Er geht ruhig und selbstsicher auf den Rand der Klippen zu. Fährt mit der Kranwinde hinunter. Will offenbar zu seinen Leuten, die inzwischen das U-Boot bestiegen haben. Auf dem Fernsehschirm sieht man jetzt ein kleines Dampfwölkchen aus dem Heck der Rakete kommen. Noch ein paar Sekunden. Ja, jetzt ist er auf der Landungsbrücke. Sir Hu ...« Die Stimme wurde von einem donnernden Grollen übertönt, das lauter und lauter wurde. Bond und Gala klammerten sich aneinander. Der Fliesenboden bebte unter ihren Füßen. Der Donner wuchs ins Ungeheure, Unerträgliche, die Wände schwankten, die Welt schien einzustürzen. Nein! Nein!!! Der Orkan packte sie, riß ihnen den Boden unter den Füßen weg, schleuderte sie auf die Fliesen.

Großer Gott! Nur nicht ohnmächtig werden! Das Wasser kocht! Abdrehen! Wo ist der Hahn – da – nein – Rohr gebrochen – Dampf – Hitze – Trümmer ...
Raus! Bring sie raus! Bring sie raus!!!
Und dann plötzlich Stille, eine fühlbare, greifbare Stille, dick wie Watte. Und sie lagen auf dem Fußboden in Drax' Büro. Nur die Lampe im Badezimmer war heil geblieben und beleuchtete den Ort der Verwüstung. Langsam zogen Rauch und Dampf ab, wurden durch die Ventilation abgesogen. Die Stahlmauer hatte sich geworfen wie eine riesige Blase.
Gala öffnete die Augen. Gott sei Dank! Sie lebte!
Aber die Rakete. Was war geschehen? London? Nordsee? Was war mit dem Radio? Funktionierte es noch? Er nahm die Seifenstöpsel aus den Ohren.
»... durch die Schallmauer. Hält den Kurs haargenau. Mitten auf dem Radarschirm. Ein perfekter Abschuß. Ich fürchte, Sie haben nicht alles hören können, der Lärm war zu groß. Ein einmaliges Erlebnis! Zuerst der Flammenschweif, der aus dem Tunnel über den Klippen hervorschoß. Dann schob sich die Spitze der Rakete langsam aus der Kuppel heraus. Und dann stand sie da auf ihrem gewaltigen Feuerschweif, schlank und silbrig, und die Flammen fegten über die ganze Betonfläche, durch die sich jetzt tiefe Risse ziehen wie ein Spinnennetz. Aus den Klippen haben sich große Felsblöcke gelöst, und der Kalkstein floß wie Lava ins Wasser. Dann stieg der Mondblitz langsam und majestätisch höher und wurde schneller und schneller. Hundertfünfzig Kilometer die Stunde. Tausendfünfhundert. Und – Moment mal, bitte. Was sagen Sie? Tatsächlich? Und jetzt hat sie eine Geschwindigkeit von fünfzehntausend Kilometer in der Stunde erreicht! Unglaublich! Sie ist jetzt ungefähr in vierhundertfünfzig Kilometer Höhe. Natürlich kann man sie nicht mehr hören. Wir sahen sie nur für Sekunden aufflammen wie einen Stern. Sir Hugo kann stolz sein! Er ist jetzt schon weit draußen im Kanal. Das U-Boot ging ab wie eine Rakete, haha! Kurs Nord. Ist schon an den Goodwins vorbei und muß bald auf der Höhe der Patrouillenschiffe sein. Ein überraschender Einfall. Hier hatte niemand eine Ahnung davon. Sogar die Marinebehörden schienen überrascht, von der Admiralität kam eine telefonische Anfrage. Aber mehr kann ich Ihnen von hier aus nicht berichten,

wir schalten um zum Bord des Patrouillenschiffes. Sie hören Peter Trimble.«

»Hier spricht Peter Trimble, meine Damen und Herren. Wir befinden uns hier nördlich der Goodwin Sandbänke. Das Wetter ist wunderbar, die See spiegelglatt. Alle Schiffe haben das Zielgebiet geräumt. Stimmt das, Commander Edwards? Ja, er sagt, es ist alles klar. Auf dem Radarschirm ist noch nichts zu sehen. Ich darf Ihnen nicht sagen, in welchem Flugbereich wir sie auf dem Schirm haben werden, streng geheim, Sie verstehen. Aber wir werden die Rakete nur für den Bruchteil einer Sekunde sehen können. Nicht wahr, Commander? Ja. Aber das Zielobjekt ist auf dem Radarschirm zu sehen. Außer Sichtweite der Kommandobrücke natürlich. Etwa hundert Kilometer nördlich von hier. Wir konnten den Mondblitz aufsteigen sehen. Großartiger Anblick. Wie bitte, Captain? Ach, das ist ja interessant. Ein großes U-Boot nähert sich rasch. Nur noch einen Kilometer entfernt. Wahrscheinlich das, das Sir Hugo und sein Team an Bord hat. Davon war vorher gar nichts bekannt. Merkwürdig. Captain Edwards sagt, das U-Boot antwortet nicht auf Signale und hat auch keine Flagge gesetzt. Captain meint, es ist gar kein britisches U-Boot. Muß ein Ausländer sein. Ah, jetzt setzen sie ihre Flagge. Was ist das? Großer Gott! Es ist ein russisches Boot! Jetzt ziehen sie die Flagge wieder ein und tauchen. Haben Sie das gehört? Wir haben einen Warnschuß abgefeuert. Aber es ist bereits verschwunden. Bitte? Unterwasserradar meldet, daß es unter Wasser seine Geschwindigkeit noch erhöht hat. Fünfundzwanzig Knoten. Unbegreiflich! Sie nehmen geraden Kurs auf das Zielgebiet! Müssen jeden Augenblick in der Sperrzone sein! Und es ist zwölf Minuten nach zwölf! Der Mondblitz muß seinen höchsten Punkt erreicht haben und ist auf der Absturzbahn. Muß jede Sekunde – Achtung! Der Mann am Radarschirm hebt die Hand – das heißt, daß er gleich – da! Die Rakete! Sie kommt ... Großer Gott! Was war das? Eine furchtbare Explosion! Riesiger schwarzer Rauchpilz! Eine ungeheure Flutwelle kommt auf uns zu! Da ist das U-Boot kieloben aus dem Wasser geschleudert! Die Flutwelle – sie kommt – eine Mauer von Wasser – Hilfe – Hilfe ...«

25

»Bis jetzt zweihundert Tote und ebenso viele Verletzte«, sagte M. »Laufend kommen weitere Verlustmeldungen von der Ostküste und auch aus Holland. Deiche gebrochen. Zwei unserer Patrouillenschiffe gekentert. Kapitän und B.B.C.-Sprecher vermißt. Die Goodwin Leuchtschiffe aus ihren Verankerungen gerissen. Aus Frankreich und Belgien noch keine Nachrichten. Das Ausmaß der Schäden ist noch gar nicht abzusehen.«

Es war am Nachmittag des folgenden Tages. Wieder saß Bond in dem Besuchssessel in M's Büro. Aber neben ihm lehnte jetzt ein Krückstock mit Gummizwinge, und sein ganzer Körper war unter der Kleidung bandagiert wie eine Mumie. Brennender Schmerz durchfuhr seine Beine, sooft er die Füße bewegte. Der Nasenrücken und die linke Wange waren blutunterlaufen und dick geschwollen und die Lippen von einer dicken Schicht Brandsalbe bedeckt. Ungeschickt hielt er eine Zigarette in der behandschuhten Hand. Es schien ihm hundert Jahre her, daß dieser Mann mit den kalten grauen Augen ihn zum Abendessen im Blades und zu einer Partie Bridge eingeladen hatte.

»Ist das U-Boot gefunden worden?« erkundigte er sich.

»Ja«, nickte M tiefbefriedigt. »Es liegt in dreißig Faden Tiefe. Das Bergungsschiff, das die Reste der Rakete auffischen sollte, ist jetzt dort. Die Taucher waren schon unten und melden, daß auf Klopfzeichen keine Antwort kommt. Ich bin bloß froh, daß ich kein Kabinettsmitglied bin. Sie können sich denken, daß jetzt der Teufel los ist. Die Kabinettssitzung dauert seit gestern nachmittag an. Vallance hat sich die Anwaltfirma in Edinburgh vorgeknöpft, bevor Drax' Botschaft veröffentlicht werden konnte. Muß ein ungeheuerliches Dokument sein – die reine Apokalypse! Vallance hat es noch in der Nacht ins Kabinett gebracht und ist dortgeblieben, um die letzten Einzelheiten zu berichten.«

»Ich weiß«, sagte Bond. »Er hat mich bis Mitternacht immer wieder im Krankenhaus angerufen und mir Löcher in den Bauch gefragt. Sie hatten mir so viele Spritzen verpaßt, daß ich nicht mehr geradeaus denken konnte. Was wird jetzt geschehen?«

»Sie planen das größte Verschleierungsmanöver, das je inszeniert wurde«, erklärte M. Ein Kommuniqué mit wissenschaftlichem Gefasel über die Ursachen der Katastrophe. Daß nur der halbe Treibstoff verbraucht wurde und die Explosion deshalb über Erwarten stark war. Voller Ersatz für alle Schäden. Tragischer Tod des großen Sir Hugo Drax und seines Teams. Lauter Helden und Patrioten. Tragischer Verlust eines britischen U-Boots. Neuestes Versuchsmodell. Irrtum bei der Befehlsübermittlung. Trauriger Unglücksfall. Tragischer Tod des Nachrichtensprechers. Weiße Flagge irrtümlich für russische Marinefarben gehalten, die sehr ähnlich sind. Eine Kette bedauerlicher Irrtümer und Versehen.«

»Und die Atomexplosion? Wie will man die erklären? Strahlungen und Atomstaub und so weiter. Der berühmte Rauchpilz. Das läßt sich doch nicht so ohne weiteres vertuschen.«

»Offenbar doch«, meine M. »Die Atomwolke kann als normale Wolkenformation nach einer so schweren Explosion erklärt werden. Das Beschaffungsministerium weiß natürlich Bescheid, mußte vertraulich informiert werden. Die ganze Ostküste entlang wurden noch in der Nacht Geigerzähler eingesetzt, aber es scheint keine Gefahr zu bestehen. Durch einen günstigen Wind wurde die Wolke Richtung Nordpol abgetrieben. Natürlich wird es allerhand Gerüchte geben. Eine Menge Leute sahen zum Beispiel, wie Sie und Miss Brand auf Tragbahren aus dem Raketengelände gebracht wurden. Dann ist ja die Sache mit Bowaters Transporter und der mysteriöse tödliche Unfall des jungen Mannes in dem Alfa Romeo. Außerdem ist das Wrack Ihres Bentley gefunden worden, in dem sich auch ein Colt fand«, sagte M mit einem vorwurfsvollen Blick. »Und das Haus in der Ebury Street. Vallance mußte bei der Räumung natürlich Sachverständige des Ministeriums hinzuziehen. Aber die sind an Geheimaufträge gewöhnt, von denen ist keine Indiskretion zu befürchten. Natürlich, irgend etwas sickert immer durch. Die große Lüge ist eben ein Risiko. Aber was bleibt uns anderes übrig? Je schneller Gras über die Sache wächst, desto besser.«

Bond nickte nachdenklich. »Das Atomzeitalter hat die Welt verändert. Gefährlicher als alle Armeen ist heute der neue Typ des Saboteurs: der kleine Mann mit dem schweren Koffer.« Nach einer Pause fragte er: »Wird die Presse uns die Geschichte abnehmen?«

M zuckte die Achseln. »Der Premierminister hat sich heute die Herausgeber vorgenommen, und es scheint, daß er sich mit ihnen geeinigt hat. Sollten später Gerüchte durchsickern, wird er sie wahrscheinlich noch einmal zusammenrufen und ein paar Einzelheiten freigeben. Sie werden schon mitmachen. In wichtigen Fällen tun sie das immer. Hauptsache, daß erst einmal Zeit gewonnen wird und die Sache etwas abkühlt.«

Der Summer auf M's Schreibtisch ertönte, gleichzeitig blinkte ein rotes Licht auf. M nahm den Hörer des Hausapparats ab.

»Ja?« Nach einer Pause sagte er: »Legen Sie es auf die Regierungsleitung.« Aus der Reihe der vier Telefone nahm er den weißen Hörer ab.

»Ja? Am Apparat.« Er hielt den Hörer so dicht ans Ohr gepreßt, daß kein Laut zu Bond drang. Lange lauschte M schweigend und zog gelegentlich an seiner Zigarre. Endlich nahm er sie aus dem Mund. »Ja, Sir. Ich bin ganz Ihrer Meinung.« Pause. »Genau, Sir. Es wäre eine große Ehre für ihn, Sir. Aber es ist gegen unsere Bestimmungen. Selbstverständlich.« M runzelte die Stirn. »Nein, Sir, es wäre äußerst unklug, da gebe ich Ihnen vollkommen recht. – Vielen Dank, Sir. – Gewiß, Vallance braucht diese Bedenken nicht zu haben. Und sie hat es wirklich verdient.« Pause. »Ja, ich verstehe. Ich werde es veranlassen.« Pause. »Vielen Dank, Sir. Das ist sehr freundlich von Ihnen.«

Nachdem M den weißen Hörer aufgelegt hatte, starrte er ihn noch ein paar Sekunden an, als sei er nicht ganz sicher, das Richtige gesagt zu haben. Dann drehte er sich mit seinem Drehstuhl herum und schaute nachdenklich aus dem Fenster.

Bond bewegte sich in seinem Sessel, um die Schmerzen in den Beinen zu mildern. Eine Weile herrschte Schweigen. Gedämpft klang der Verkehrslärm von der Straße herauf.

Wie leicht könnte alles Leben in dieser Stadt jetzt ausgelöscht sein, überlegte Bond. Dann würde man jetzt nicht das Brausen des Verkehrs hören, sondern die fernen Sirenen der Ambulanzwagen, die Schreie Sterbender, die noch unter den Trümmern der Häuser lagen. Brandgeruch unter einem düsteren Himmel. Grauen und Vernichtung. Das Herz Londons hätte aufgehört zu schlagen, und eine Generation läge tot unter den Ruinen.

Das alles wäre geschehen, hätte nicht Drax in seinem maßlosen Geltungstrieb beim Kartenspiel betrogen; hätte nicht der aufmerksame, korrekte Vorsitzende des Blades Verdacht geschöpft; hätte Bond nicht einige Erfahrungen mit Falschspielern gehabt und Gala ein ausgeprägtes Gedächtnis für Zahlen. Und hätte nicht eine Kette von kleinen Zufällen Bond die Möglichkeit gegeben, die Tat eines Wahnsinnigen zu verhindern.

Der Drehstuhl knarrte leise. Bond hob den Kopf und sah wieder in die kalten grauen Augen des Mannes hinter dem Schreibtisch.

»Das war der Premierminister«, sagte M barsch. »Er will, daß Sie und Miss Brand so rasch wie möglich das Land verlassen. Ihre Gesichter sind hier zu bekannt, und wer Sie in dem Zustand sieht, wird sich seinen Vers drauf machen. Fahren Sie, wohin Sie wollen. Unbeschränkte Spesen in jeder beliebigen Währung. Ich werde der Kasse Bescheid sagen. Bleiben Sie einen Monat weg. Und fallen Sie so wenig wie möglich auf. Am besten fahren Sie noch heute. Aber Miss Brand ist für morgen um elf in den Palast bestellt. Sie bekommt das Georgskreuz verliehen. Wird natürlich erst zu Neujahr bekanntgegeben. Möchte sie gern mal kennenlernen. Tüchtige Person. Übrigens«, fuhr er in beiläufigem Ton fort und beschäftigte sich angelegentlich mit seiner Pfeife. »Der Premierminister hatte Ihnen eigentlich auch so etwas zugedacht. Hat nur nicht daran gedacht, daß das bei uns nicht geht. Ich soll Ihnen einen Gruß und seinen Dank ausrichten. Hat sich sehr anerkennend über den Service geäußert. Sehr freundlich von ihm.«

Es kam selten vor, daß M lächelte. Aber jetzt nahm sein sonst so verschlossenes Gesicht einen herzlichen Ausdruck an. Bond lächelte zurück. Sie verstanden beide, was ungesagt blieb.

Bond erhob sich, es war Zeit, zu gehen.

»Vielen Dank, Sir«, sagte er. »Ich freue mich für das Mädchen.«

»Also dann«, sagte M und hob die Hand. »Ich sehe Sie in einem Monat wieder. Ach, übrigens«, meinte er abschließend. »Sie machen doch vorher noch einen Sprung in Ihr Büro? Ich habe dort etwas für Sie hinterlassen. Kleines Andenken.«

Bond fuhr mit dem Lift hinunter und hinkte an seinem Stock zu seinem Büro. Seine Sekretärin war gerade im Begriff, einige Papiere auf dem Schreibtisch neben dem seinen zu ordnen.
»Kommt 008 zurück?« fragte er überrascht.
»Ja!« Loelia Ponsonby strahlte über das ganze Gesicht. »Er wird heute nacht herausgeflogen.«
»Freut mich, daß Sie Gesellschaft haben«, lächelte Bond. »Ich fahre heute noch weg.«
»Oh.« Sie warf einen raschen Blick auf sein Gesicht und sah dann weg. »Sie sehen aus, als ob Sie etwas Ruhe gebrauchen könnten.«
»Die bekomme ich auch! Ich gehe für einen Monat in die Verbannung.« Er dachte an Gala. »Ich glaube, ich werde meinen Urlaub sehr genießen. Irgend etwas für mich?«
»Ihr neuer Wagen ist unten. Ich habe ihn mir schon angesehen. Der Mann sagt, Sie haben ihn heute morgen zu einer Probefahrt bestellt. Sieht todschick aus. Ach, von M's Büro ist ein Päckchen für Sie da. Soll ich es auspacken?«
»Ja, bitte.«
Er setzte sich an seinen Schreibtisch und sah auf seine Uhr. Fünf Uhr. Er war müde. Und er wußte, daß er sich noch ein paar Tage wie zerschlagen fühlen würde. Er kannte diese Reaktion, die sich regelmäßig nach einem solchen Job einstellte, nach Tagen äußerster Nervenanspannung, Angst und Strapazen.
Seine Sekretärin kam mit zwei schweren Päckchen zurück, legte sie auf seinen Schreibtisch und öffnete das erste. Als er die wasserdichte Verpackung sah, wußte er, was er zu erwarten hatte.
Obenauf lag eine Karte. Mit M's grüner Tinte stand darauf geschrieben: »Sie werden sie vielleicht brauchen.« Keine Unterschrift.
Bond wickelte die nagelneue, funkelnde Beretta aus dem wasserdichten Papier. Ein Andenken? Nein. Eine Mahnung. Er zuckte die Achseln und schob die Waffe in den leeren Schulterhalfter unter der Jacke. Dann erhob er sich mühsam auf seine brennenden Füße.
»In dem anderen wird ein langläufiger Colt sein«, sagte er zu seiner Sekretärin. »Heben Sie ihn auf, bis ich wiederkomme. Ich werde ihn dann unten im Trainingsraum einschießen.«

Er ging zur Tür.
»Auf Wiedersehen, Lil. Grüßen Sie 008 und sagen Sie ihm, er soll gut auf Sie aufpassen. Ich gehe nach Frankreich. Station F wird meine Adresse haben. Aber nur für dringende Fälle.«
Sie lächelte ihm zu.
»Wie dringend?«
Bond lachte kurz auf. »Zum Beispiel für eine Einladung zu einer ruhigen Bridgepartie.«
Er hinkte hinaus und schloß die Tür hinter sich.
Sein neuer Bentley war bleigrau wie der alte, der jetzt in einer Werkstatt in Maidstone ausgeschlachtet wurde. Ein Sportkabriolett der neuesten Bauart, die Sitze in dunkelblauem Leder. Ein Anblick, der Bond für die Hölle der letzten Tage entschädigte.
Nach einer halbstündigen Probefahrt setzte der Fahrer ihn Ecke Birdcage Walk und Queen Anne's Gate ab.
»Wir könnten noch mehr an Schnelligkeit herausholen, wenn Sie ihn uns vierzehn Tage überlassen wollten«, meinte er.
»Später«, sagte Bond. »Jetzt brauche ich ihn. Ich kaufe ihn unter der Bedingung, daß Sie ihn mir bis morgen abend am Fährschiff nach Calais anliefern.«
»Das mache ich selbst, Sir«, nickte der Fahrer. »Wir treffen uns dann morgen am Pier.«
»Fahren Sie vorsichtig auf der A 20«, sagte Bond noch. »Die Straße nach Dover ist ziemlich gefährlich.«
»Keine Angst, Sir«, grinste der Fahrer. Und dachte: Von Autos versteht er was, scheint aber ein feiger Hund zu sein. »Ganz glatte Strecke.«
»Nicht immer«, lächelte Bond. »Bis morgen also.«
Auf seinen Stock gestützt hinkte er durch die flirrenden Strahlen der Abendsonne, die durch die Bäume des Parks fielen. Er setzte sich auf eine der Bänke gegenüber der Insel im See und zündete sich eine Zigarette an. Er sah auf seine Uhr. Fünf Minuten vor sechs. Bestimmt war sie pünktlich, sie gehörte nicht zu den Frauen, die sich unnötig verspäten. Zum Dinner hatte er einen Ecktisch reservieren lassen. Und danach? Aber zuerst würden sie lange und mit Genuß Pläne schmieden. Wohin würde sie fahren wollen? Wo war sie schon gewesen? Deutschland natürlich. Frankreich? Paris aussparen und erst auf dem Rückweg mitnehmen. Die erste Nacht so weit wie

möglich von Calais fortkommen. Da war dieses reizende Landgasthaus zwischen Montreuil und Etaples, wo es so wunderbares Essen gab. Dann in einem Stück bis zur Loire hinunter. Die entzückenden kleinen Nester am Fluß. Nicht die Städte mit den Schlössern. Orte wie Beaugency zum Beispiel. Dann langsam nach Süden bummeln, immer abseits des üblichen Fremdenverkehrs. Die ideale Reiseroute für Flitterwochen.

Er stutzte. Wie kam er darauf? War es ihm etwa ernst mit dem Mädchen?

»James!«

Die Stimme klang heller, lauter, nervöser als sonst. Es war nicht die Stimme, die er erwartet hatte.

Er sah auf. Sie stand einige Schritte von ihm entfernt. Ihre Erscheinung hatte sich auffallend verändert. Sie trug ein sehr weibliches, elegantes Kostüm mit einem kapriziösen Hütchen und sah aus wie diese Luxusgeschöpfe, die man nur von weitem sieht, wenn sie in eleganten offenen Wagen vorbeifahren – schön und unerreichbar.

Er stand auf, und sie gaben sich die Hände. Sie war es, die die ihre gleich wieder zurückzog. Sie setzte sich nicht.

»Oh, James«, sagte sie mit leuchtenden Augen. »Ich wünschte, Sie könnten morgen dabeisein!« Sie sah ihn strahlend an, aber es war eine seltsame Zurückhaltung in ihrem Blick, etwas Fremdes.

»Morgen früh oder heute abend?« lächelte er.

Sie wurde rot und lachte.

»Ich meine natürlich bei der Verleihung!«

»Und was machen wir nachher?«

Sie sah ihn ernst an. Woran erinnerte ihn dieser Blick? An den des Schachmeisters Morphy. An den unergründlichen Blick der Sphinx? Nein, nicht ganz. Da war noch etwas anderes. Zärtlichkeit? Bedauern?

Ihr Blick ging über seine Schulter hinweg.

Bond drehte sich um.

Hundert Schritte von ihnen entfernt schlenderte ein junger Mann auf und ab, die Hände auf dem Rücken. Er war groß und schlank und trug das blonde Haar kurzgeschnitten.

Bond wandte sich zurück. Gala sah ihm ruhig in die Augen.

»Wir heiraten morgen nachmittag«, sagte sie. »Das ist Kriminal-Inspektor Vivian.«

»Oh.« Bond lächelte etwas gezwungen. »Herzlichen Glückwunsch.«
Ein paar Sekunden schwiegen sie, und ihre Blicke wichen einander aus.
Nun ja. Warum hatte er auch mehr erwartet? Es war nichts zwischen ihnen gewesen. Ein Kuß. Die Berührung zweier zitternder Leiber, die sich im Augenblick tödlicher Gefahr aneinanderklammerten. Sonst nichts. Und ihr Verlobungsring? Warum hatte er automatisch angenommen, daß sie ihn nur trüge, um sich Drax vom Leib zu halten? Warum hatte er geglaubt, daß sie seine Gefühle, seine Pläne teilte?
Was nun? Eine Enttäuschung, die eben überwunden werden mußte. Mit einem Achselzucken kämpfte er die Bitterkeit in sich nieder. Haltung und Rückzug. Kein Bedauern, keine falsche Sentimentalität. Er würde aus dem Leben dieser beiden jungen Leute verschwinden und sich durch keine menschliche Bindung belasten. Er mußte die Rolle spielen, die ihm zugedacht war. Der Mann ohne Herz, ohne Nerven. Der Geheimagent, der kein Mensch war.
Sie sah ihn ängstlich an. Offenbar hatte sie es eilig, den Fremden loszuwerden, der versucht hatte, sich in ihr Leben zu drängen, und der eine so gefährliche Anziehungskraft auf sie ausübte.
Bond lächelte sie herzlich an.
»Schade. Ich hatte andere Pläne mit Ihnen.«
Sie lachte, froh, daß der Bann gebrochen war.
»Nämlich?« fragte sie.
»Ich wollte Sie morgen in ein reizendes kleines Landgasthaus in Frankreich entführen. Und nach einem wunderbaren Dinner hätte ich gern herausgefunden, ob das stimmt, was man von dem Schrei einer Rose behauptet.«
Sie lachte. »Tut mir leid, James. Aber es gibt ja so viele andere, die gern gepflückt werden möchten.«
»Mag sein«, sagte Bond. Er streckte die rechte Hand aus. »Leben Sie wohl, Gala.«
»Leben Sie wohl, James.«
Er berührte sie zum letztenmal. Und dann wandten sie sich ab und gingen auseinander, jeder in sein Leben zurück.

Leseprobe aus Scherz-classic-Krimi 1038

DAS ZEICHEN DER VIER

von Sir Arthur Conan Doyle

Es war schon sechs Uhr, als Holmes zurückkam. Er war heiter, lebhaft und in bester Laune, ein Zustand, der bei ihm mit Phasen düsterer Niedergeschlagenheit abzuwechseln pflegte.

»Diese ganze Affäre ist gar nicht so geheimnisvoll«, erklärte er und nahm die Tasse Tee, die ich für ihn eingeschenkt hatte. »Die Tatsachen lassen nur eine einzige Deutung zu.«

»Was? Sie haben den Fall schon enträtselt?«

»Nun, das wäre zuviel gesagt. Ich habe lediglich eine aufschlußreiche Entdeckung gemacht, das ist alles. Sie ist sogar *sehr* aufschlußreich. Einzelheiten müssen noch hinzugefügt werden. Ich habe eben beim Durchlesen von alten *Times*-Nummern festgestellt, daß Major Sholto aus Ober-Norwood, ehemals beim 34. Infanterieregiment in Bombay, am 28. April 1882 gestorben ist.«

»Ich bin vielleicht schwer von Begriff, Holmes, aber ich sehe nicht, worauf das schließen läßt.«

»Nicht? Ich muß mich wundern über Sie. Folgen Sie meinen Ausführungen: Hauptmann Morstan verschwindet; die einzige Person, die er in London besuchen konnte, ist Major Sholto; Major Sholto erklärt, nichts davon gewußt zu haben, daß Morstan in London sei; vier Jahre darauf stirbt Sholto. *Eine Woche nach seinem Tod* erhält die Tochter Hauptmann Morstans ein wertvolles Geschenk, und das von da an Jahr für Jahr, und nun gipfelt die Angelegenheit in einem Brief, der Miss Morstan als eine Frau bezeichnet, der Unrecht geschehen ist. Worauf soll sich das beziehen, wenn nicht auf das Verschwinden ihres Vaters? Und warum sollten die Geschenksendungen unmittelbar nach Sholtos Tod beginnen, wenn nicht der Erbe von Major Sholto etwas über das Geheimnis wüßte und den Wunsch nach Wiedergutmachung hätte? Haben Sie irgendeine andere Theorie, die im Bereich des Möglichen liegt und sich mit unseren Fakten deckt?«

»Was für eine merkwürdige Wiedergutmachung! Auf welch sonderbare Art! Und warum schreibt er erst jetzt den Brief statt vor sechs Jahren? Andererseits spricht er in dem Brief davon, ihr zu ihrem Recht verhelfen zu wollen. Zu welchem Recht kann man ihr denn noch verhelfen? Es wäre zu optimistisch anzunehmen, daß ihr Vater noch am Leben ist. Und von einem anderen Unrecht, das Ihnen bekannt wäre, ist ja nicht die Rede.«

»Es gibt noch einige Probleme, ganz gewiß«, erwiderte Sherlock Holmes nachdenklich; »aber unser kleiner Ausflug heute abend wird sie lösen. Ah, das ist ja schon die Droschke mit Miss Morstan. Sind Sie soweit? Dann wollen wir hinuntergehen, es ist schon nach sechs.«

Ich langte nach meinem Hut, ergriff meinen schwersten Stock und sah, daß Holmes seinen Revolver aus der Schublade nahm und in die Tasche gleiten ließ. Er glaubte also, unsere heutige Aufgabe könnte gefährlich werden.

Miss Morstan hatte sich in einen dunklen Mantel gehüllt. Ihr feinnerviges Gesicht war gesammelt, aber bleich. Sie wäre keine Frau gewesen, wenn sie nicht ein gewisses Unbehagen bei dem seltsamen Unternehmen gespürt hätte, zu dem wir gerade aufbrachen. Doch beherrschte sie sich tadellos und antwortete bereitwillig auf die paar Fragen, die Sherlock Holmes noch an sie richtete.

»Major Sholto war ein besonders guter Freund von Papa«, sagte sie. »In seinen Briefen hat Papa ihn sehr oft erwähnt. Er und mein Vater befehligten gemeinsam die auf den Andamanen stationierten Truppen, so daß die beiden Männer lange Zeit sehr eng zusammenarbeiteten. Übrigens ist ein seltsames Schriftstück in Vaters Schreibtisch gefunden worden, das niemand verstehen konnte. Ich nehme nicht an, daß es auch nur die geringste Bedeutung besitzt, aber ich dachte mir, Sie würden es vielleicht gerne sehen, deshalb habe ich es mitgebracht. Hier ist es.«

Holmes entfaltete das Papier sorgsam und breitete es auf seinen Knien aus. Dann prüfte er es methodisch mit der Lupe.

»Der Bogen stammt aus der indischen Papiermanufaktur«, bemerkte er. »Er war eine Zeitlang an einem Brett befestigt. Die grafische Darstellung darauf scheint der Plan eines Gebäudeteils mit zahlreichen Räumen, Korridoren und Verbindungsgängen zu sein. An einem Punkt wurde ein kleines Kreuz mit roter Tinte eingetragen, und darüber steht in verwischter Bleistiftschrift: 3,37 von links. In der linken Ecke sind merkwürdige Hieroglyphen, die wie vier Kreuze aussehen, deren Längsarme sich berühren. Daneben steht in sehr grober, ungebildeter Schrift: ›Das Zeichen der Vier – Jonathan Small, Mahomet Singh, Abdullah Khan, Dost Akbar.‹ Ich gebe zu, daß mir nicht klar ist, in welchem Zusammenhang dieses Papier mit unserem Fall steht. Und doch ist es ein wichtiges Dokument. Es wurde sorgfältig in einem Notizbuch verwahrt, denn die Vorderseite des Bogens ist ebenso sauber wie die Rückseite.«

»Wir fanden es tatsächlich in Papas Notizbuch.«

»Heben Sie es gut auf, Miss Morstan, denn es könnte uns doch von Nutzen sein. Ich beginne zu vermuten, daß der ganze Fall doch viel komplizierter ist, als ich zu Beginn annahm.«

Er lehnte sich zurück, und ich konnte an seinen zusammengezogenen Brauen und dem ausdruckslosen Blick erkennen, daß er angespannt nachdachte...

Isaac Asimov

Isaac Asimov ist ein Autor von beinahe unglaublicher Vielseitigkeit und hat sowohl anerkannte Sachbücher aus den Gebieten Physik, Geschichte, Literatur wie auch eine große Anzahl von Romanen verfaßt. Er schrieb Kriminalromane und einige Sammelbände mit bösen Geschichten der Schwarzen Witwer, ferner mehrere berühmte Science-fiction-Krimis, u. a. »Der Mann von drüben«, »Die nackte Sonne«, »Aurora oder der Aufbruch zu den Sternen«.
Die obenerwähnten Schwarzen Witwer sind ein Klub gleichgesinnter Gentlemen, der sich einmal im Monat zu einem Abendessen mit gepflegter Unterhaltung trifft. Zum Nachtisch löst man einen Mord.
Asimov lebt heute in Boston/Mass.

Von Isaac Asimov sind erschienen:

Experiment mit dem Tod
Die letzte Pointe schreibt der Tod

Agatha Christie

Agatha Mary Clarissa Miller, geboren am 15. September 1890 in Torquay, Devonshire, sollte nach dem Wunsch der Mutter Sängerin werden. 1914 heiratete sie Colonel Archibald Christie und arbeitete während des Krieges als Schwester in einem Lazarett. Hier entstand ihr erster Kriminalroman *Das fehlende Glied in der Kette.* Eine beträchtliche Menge Arsen war aus dem Giftschrank verschwunden – und die junge Agatha spann den Fall aus. Sie fand das unverwechselbare Christie-Krimi-Ambiente.
Gleich in ihrem ersten Werk taucht auch der belgische Detektiv mit den berühmten »kleinen grauen Zellen« auf: Hercule Poirot, der ebenso unsterblich werden sollte wie sein weibliches Pendant, die reizend altjüngferliche, jedoch scharf kombinierende Miss Marple (*Mord im Pfarrhaus*).
Im Lauf ihres Lebens schrieb die »Queen of Crime« 67 Kriminalromane, unzählige Kurzgeschichten, 7 Theaterstücke (darunter *Die Mausefalle*) und ihre Autobiographie.
1956 wurde Agatha Christie mit dem »Order of the British Empire« ausgezeichnet und damit zur »Dame Agatha«. Sie starb am 12. Januar 1976 in Wallingford bei Oxford.

Von Agatha Christie sind erschienen:

Das Agatha Christie Lesebuch
Alibi
Alter schützt vor Scharfsinn nicht
Auch Pünktlichkeit kann töten
Auf doppelter Spur
Der ballspielende Hund
Bertrams Hotel
Der blaue Expreß
Blausäure
Das Böse unter der Sonne
oder Rätsel um Arlena
Die Büchse der Pandora
Der Dienstagabend-Klub
Ein diplomatischer Zwischenfall
Dreizehn bei Tisch
Elefanten vergessen nicht

Die ersten Arbeiten des Herkules
Das Eulenhaus
Das fahle Pferd
Fata Morgana
Das fehlende Glied in der Kette
Ein gefährlicher Gegner
Das Geheimnis der Goldmine
Das Geheimnis der Schnallenschuhe
Das Geheimnis von Sittaford
Die großen Vier
Das Haus an der Düne
Hercule Poirot's größte Trümpfe
Hercule Poirot schläft nie
Hercule Poirot's Weihnachten
Karibische Affaire
Die Katze im Taubenschlag
Die Kleptomanin
Das krumme Haus
Kurz vor Mitternacht
Lauter reizende alte Damen
Der letzte Joker
Die letzten Arbeiten des Herkules
Der Mann im braunen Anzug
Die Mausefalle und andere Fallen
Die Memoiren des Grafen
Mit offenen Karten
Mörderblumen
Mördergarn
Die Mörder-Maschen
Mord auf dem Golfplatz
Mord im Orientexpreß
Mord im Pfarrhaus
Mord im Spiegel oder Dummheit ist gefährlich
Mord in Mesopotamien
Mord nach Maß
Ein Mord wird angekündigt
Die Morde des Herrn ABC
Morphium
Nikotin
Poirot rechnet ab
Rächende Geister
Rotkäppchen und der böse Wolf
Ruhe unsanft
Die Schattenhand
Das Schicksal in Person
Schneewittchen-Party
Ein Schritt ins Leere
16 Uhr 50 ab Paddington
Der seltsame Mr. Quin
Sie kamen nach Bagdad
Das Sterben in Wychwood
Der Tod auf dem Nil
Tod in den Wolken
Der Tod wartet
Der Todeswirbel
Tödlicher Irrtum oder Feuerprobe der Unschuld
Die Tote in der Bibliothek
Der Unfall und andere Fälle
Der unheimliche Weg
Das unvollendete Bildnis
Die vergeßliche Mörderin
Vier Frauen und ein Mord
Vorhang
Der Wachsblumenstrauß
Wiedersehen mit Mrs. Oliver
Zehn kleine Negerlein
Zeugin der Anklage

Edgar Wallace, geboren am 1. April 1875 in Greenwich als unehelicher Sohn eines Schauspielers, schlug sich zunächst als Laufjunge und Zeitungsverkäufer durch. Er nahm am Burenkrieg teil und arbeitete dann als Reporter in Südafrika, später als Korrespondent der *Daily Mail*.
Sein erster Krimi – *Die vier Gerechten* – erschien 1905. Insgesamt schrieb er 173 Romane und 17 Dramen. Als der wohl erfolgreichste Krimi-Autor aller Zeiten 1932 in Hollywood starb und seine sterblichen Überreste per Schiff nach England gebracht wurden, läuteten alle Glocken Londons (ungeachtet der 150 000 Pfund Schulden, die jedoch innerhalb von zwei Jahren getilgt werden konnten).
Seine zum großen Teil auch verfilmten Krimis, von denen noch heute über eine Million Exemplare jährlich verkauft werden, erscheinen original und ungekürzt im Scherz Verlag.

Von Edgar Wallace sind erschienen:

A. S. der Unsichtbare
Die Bande des Schreckens
Der Banknotenfälscher
Bei den drei Eichen
Die blaue Hand
Der Brigant

Der Derbysieger
Die Diamantenbrosche
Der Diamantenfluß
Der Doppelgänger
Die drei Gerechten
Die Drei von Cordoba
Ein gerissener Kerl
Der Engel des Schreckens
Der Frosch mit der Maske
Das Gasthaus an der Themse
Die gebogene Kerze
Geheimagent Nr. 6
Das Geheimnis der gelben Narzissen
Das Geheimnis der Stecknadel
Das geheimnisvolle Haus
Die gelbe Schlange
Das Gesicht im Dunkel
Großfuß
Der grüne Bogenschütze
Der grüne Brand
Gucumatz der Allmächtige
Hands up!
Der Hexer
In den Tod geschickt
Das indische Tuch
Der Joker
Louba, der Spieler
Mary Ferrera spielt System
Die Millionengeschichte
Neues vom Hexer
Penelope an Bord der Polyantha
Der Rächer
Richter Maxells Verbrechen
Der rote Kreis
Der Safe mit dem Rätselschloß
Die Schuld des anderen
Der schwarze Abt
Der sechste Sinn des Mr. Reeder
Die seltsame Gräfin
Der Teufel von Tidal Basin
Töchter der Nacht
Die toten Augen von London
Die Tür mit den 7 Schlössern
Turfschwindel
Überfallkommando
Der Unheimliche
Die unheimlichen Briefe
Das Verrätertor
Die vier Gerechten
Der viereckige Smaragd
Zimmer 13
Der Zinker

Rex Stout

Rex Stout, geboren am 1. Dezember 1886 in Noblesville, USA, hat sich nach eigener Aussage in etwa 30 verschiedenen Berufen versucht, bis er genug Geld beisammen hatte, um in der Welt herumreisen zu können. Sein erstes Buch schrieb er Ende der zwanziger Jahre in Paris.
1932 begann er, Detektivgeschichten zu schreiben, und sein erster Nero-Wolfe-Roman (*Die Lanzenschlange*) erschien 1934. Mit der Detektivfigur des rundlichen, bequemen, biertrinkenden und orchideenzüchtenden Nero Wolfe wurde Rex Stout weltberühmt. Er wollte, wie er selbst einmal sagte, einen Detektiv agieren lassen, der in allem das genaue Gegenteil der gängigen Kollegen war.
Rex Stout starb 1975 – Nero Wolfe erweist sich bis heute als unsterblich.

Die erschienenen Nero-Wolfe-Romane:

Allegro mordioso für Nero Wolfe
Abendmahl mit Nero Wolfe
Blutige Blaubeeren
Der Gutenacht-Krimi mit Nero Wolfe
Heikle Gäste
Nero Wolfe in Montenegro
Die Sünden der Väter
Tod in zwei Raten
Das tönende Alibi
Verworrene Fäden
Verwünschte Geschichten
Die zerbrochene Vase